Antigua luz

John Banville

Antigua luz

Traducción de Damià Alou

ALFAGUARA

© Título original: *Ancient Light*
© 2012, John Banville
© De la traducción: Damià Alou
© De esta edición:
   Santillana Ediciones Generales, S. A. de C. V.
   Av. Río Mixcoac 274, Col. Acacias,
   México, D. F., C. P. 03240, México.
   Teléfono 5420 7530
   www.alfaguara.com.mx

ISBN: 978-607-11-2120-2
Primera edición: agosto de 2012

© Diseño:
   Proyecto de Enric Satué

© Imagen de cubierta:
   Jesús Acevedo

Impreso en México

 PRISA EDICIONES

In memóriam Caroline Walsh

El Capullo está en flor. El Barro es Marrón. Me siento tan bien como una Pulga. todo puede ir mal.

CATHERINE CLEAVE, de niña

I

Billy Gray era mi mejor amigo y me enamoré de su madre. Puede que amor sea una palabra demasiado fuerte, pero no conozco ninguna más suave que pueda aplicarse. Todo esto ocurrió hace medio siglo. Yo tenía quince años y la señora Gray treinta y cinco. Estas cosas son fáciles de decir, pues las palabras no sienten vergüenza y nunca se sorprenden. Puede que la señora Gray todavía viva. Ahora tendría, ¿cuántos, ochenta y tres, ochenta y cuatro? Tampoco es muy mayor, para estos tiempos. ¿Y si emprendiera su búsqueda? Sería toda una aventura. Me gustaría volver a enamorarme, me gustaría volver a enamorarme, sólo una vez más. Podríamos seguir un tratamiento de glándulas de mono, ella y yo, y volver a ser como hace cincuenta años, entregados a nuestros éxtasis. Me pregunto cómo le irá, suponiendo que siga en este mundo. En aquella época era tan desdichada, y debe de haber sido tan desdichada, a pesar de su valerosa e inquebrantable jovialidad, y de verdad espero que las cosas le fueran mejor.

¿Qué recuerdo de ella ahora, en estos días suaves y pálidos en que caduca el año? Imágenes del pasado remoto se agolpan en mi cabeza, y la mitad de las veces soy incapaz de distinguir si son recuerdos o invenciones. Tampoco es que haya mucha diferencia, si es que hay alguna. Hay quien afirma que, sin darnos cuenta, nos lo vamos inventando todo, adornándolo y embelleciéndolo, y me inclino a creerlo, pues Madame Memoria es una gran y sutil fingidora. Los pecios que elijo salvar del naufragio general —¿y qué es la vida, sino un naufragio gradual?— a veces asumen un aspecto de inevitabilidad cuando los exhibo en sus vitrinas, pero son azarosos; quizá representativos, quizá de manera convincente, pero sin embargo azarosos.

Para mí hay dos manifestaciones iniciales perfectamente definidas de la señora Gray, separadas por los años. Puede que la primera mujer no fuera ella en absoluto, tal vez sólo un presagio, por así decir, pero me complace pensar que las dos eran una. Abril, por supuesto. ¿Recordáis cómo era abril cuando éramos jóvenes, esa sensación de líquida impetuosidad y el viento extrayendo cucharadas azules del aire y los pájaros fuera de sí en los árboles que ya habían echado brotes? Yo tenía diez u once años. Había cruzado la verja de la iglesia de la Virgen Inmaculada, la cabeza gacha como siempre —Lydia dice que camino como un penitente permanente—, y el primer presagio que tuve de la mujer que iba en bicicleta fue el silbido de los neumáticos, un sonido que cuando era chaval me parecía excitantemente erótico, y la cosa no ha cambiado, no sé por qué. La iglesia se hallaba en una cuesta, y cuando levanté la vista y la vi acercarse con el campanario proyectándose a su espalda tuve la emocionante sensación de que había caído en picado del cielo en ese mismo momento, y que lo que había oído no era el sonido de los neumáticos sobre el asfalto, sino unas alas veloces batiendo el aire. La tenía casi encima, bajaba la cuesta en punto muerto, se reclinaba hacia atrás, relajada y guiando con una sola mano. Llevaba un impermeable de gabardina, y los faldones aleteaban detrás de ella a izquierda y derecha, sí, como alas, y también llevaba un suéter azul sobre una blusa de cuello blanco. ¡Con qué claridad la veo! Me la debo de estar inventando, quiero decir que debo de estar inventándome estos detalles. La falda era ancha y suelta, y de repente el viento primaveral la levantó, dejándola desnuda de cintura para abajo. Ah, sí.

Hoy en día se nos asegura que apenas hay una mínima diferencia en la manera en que los dos sexos experimentamos el mundo, pero ninguna mujer, y estoy dispuesto a apostar, ha conocido jamás la sufusión de secreto deleite que inunda las venas de un varón de cualquier edad, desde que da sus primeros pasos hasta que es nonagenario, ante el espectáculo de las partes pudendas femeninas, tal como se les solía llamar de manera pintoresca, expuestas de modo accidental, es decir, fortuito, repentinamente a la vista de todos. Contrariamente, e imagino que para decepción de lo que suponen las mujeres, no es el atisbo de la carne lo que hace que los hombres nos quedemos clavados en el suelo, se nos seque la boca y nos salgan los ojos de las órbitas, sino el atisbo de esas escasas prendas que suponen la última barrera entre la desnudez de una mujer y nuestra mirada embobada y fija. No tiene sentido, lo sé, pero si en una abarrotada playa en un día de verano, los trajes de baño de las mujeres, mediante alguna brujería secreta, se transformaran en ropa interior, todos los varones presentes, los chavales desnudos con sus panzas y penes a la vista, los socorristas apoltronados y cubiertos de músculos, incluso los maridos calzonazos de pantalones arremangados y pañuelo de cuatro nudos en la cabeza, todos, digo, se transformarían en ese instante y aparecería una horda de sátiros de ojos inyectados en sangre y que aúllan dispuestos a la rapiña.

Pienso sobre todo en esos días de antaño cuando yo era joven y las mujeres, bajo sus vestidos —¿y cuál no llevaba entonces vestido, si exceptuamos alguna muchacha que jugaba al golf o alguna estrella de cine aguafiestas que aparecía con unos pantalones de raya perfecta?—, parecían haber sido equipadas por un fabricante de telas de barco, con todo tipo y formas de jarcias y juanetes, foques y cangrejas, arrufaduras y estayes. Mi Dama de la Bicicleta, en aquel momento, con sus tensas ligas y bragas de un satén perlado, tenía todo el brío y la gracia de una esbelta goleta que navega sin temor en medio de un fuerte cauro. Parecía tan asombrada como yo por lo que el viento le estaba haciendo a su recato. Bajó la vista a sí misma y a continuación me miró y enarcó las cejas y formó una O con la boca, y emitió una gorgoteante risa y se alisó la falda sobre las rodillas con un gesto despreocupado del dorso de su mano libre y pasó alegremente a mi lado. Me pareció haber visto a una diosa, pero cuando me volví hacia ella no era más que una mujer rebotando sobre una gran bicicleta negra, una mujer con aquellos alerones o charreteras en los hombros de su abrigo que por entonces estaban de moda, y unas costuras torcidas en las medias de nailon, y el pelo cortado como si fuera un seto, igual como lo llevaba mi madre. Aflojó la marcha con prudencia al llegar a la verja de la iglesia, la rueda delantera le bailó y con el timbre emitió un gorjeo antes de girar a la izquierda para coger la calle de la Iglesia.

No la conocía, no la había visto antes, que yo supiera, aunque por entonces habría dicho que había visto a todas las personas que vivían en nuestro pequeño y apiñado pueblo al menos una vez. Y de hecho, ¿volví a verla? ¿Es posible que ella fuera realmente la señora Gray, la misma que cuatro o cinco años después irrumpiría de manera tan trascendental en mi vida? No puedo evocar los rasgos de la mujer que iba en bici con la suficiente claridad como para afirmar con total certeza si fue una primera visión de mi Venus Doméstica, aunque me aferro a la posibilidad con nostálgica insistencia.

Lo que me afectó tanto de ese encuentro en la iglesia, aparte de la pura excitación, fue el que se me hubiera otorgado la posibilidad de echarle un vistazo al mundo de la feminidad propiamente dicha, que se me hubiera permitido acceder, aunque fuera durante uno o dos segundos, al gran secreto. Lo que me emocionaba y fascinaba no era sólo la visión de las piernas bien torneadas de la mujer y de sus prendas interiores fascinantemente complejas, sino la manera sencilla, divertida y generosa en que ella me había mirado, emitiendo esa risa gutural, y el revés despreocupado y lleno de gracia con que había sometido su falda hinchada. Quizá por eso se me ha fusionado en la mente con la señora Gray, por eso ella y la señora Gray son para mí las dos caras de la misma valiosísima moneda, pues la elegancia y la generosidad fueron las cosas que valoré, o debería haber valorado, en la primera y, pienso a veces de manera desleal —lo siento, Lydia—, única pasión verdadera de mi vida. La amabilidad, o lo que se solía denominar cariñosa amabilidad, era la marca de agua perceptible en cada uno de los gestos que la señora Gray me dirigía. Creo que no estoy siendo muy tierno. No la merecía, ahora lo sé, pero ¿cómo podía haberlo sabido entonces, siendo apenas un muchacho inmaduro e inexperto? Todavía no he acabado de escribir estas palabras y ya oigo el quejido de comadreja que hay en ellas, el lloriqueante intento de exculparme. La verdad es que no la amé lo bastante, y me refiero a que no la amé como debiera haberlo hecho, joven como era, y creo que eso la hizo sufrir, y esto es todo lo que tengo que decir sobre el tema, aunque estoy seguro de que eso no impedirá que diga mucho más.

Se llamaba Celia. Celia Gray. Es una combinación que no suena muy bien, ¿verdad? En mi opinión, los nombres de las mujeres casadas nunca suenan bien. ¿Es porque todas se casan con los hombres equivocados, o, en cualquier caso, con los apellidos equivocados? *Celia* y *Gray* forman una pareja demasiado lánguida, un lento siseo seguido por un golpe sordo, la dura *g* de Gray no es lo bastante dura ni de lejos. Ella no era lánguida, desde luego. Si digo que era pechugona, esa hermosa y antigua palabra quedará mal interpretada, se le concederá demasiado peso, de manera literal y figurada. No creo que fuera hermosa, al menos no de manera convencional, aunque imagino que un muchacho de quince años tampoco podía esperar que le concedieran la manzana dorada; no pensaba en ella como una mujer hermosa, ni tampoco lo contrario; me temo que, después de que el lustre inicial perdiera brillo, dejé de pensar en si era hermosa o no y, con gratitud, la acepté tal como era.

Un recuerdo de ella, una imagen repentina aparecida de manera espontánea, fue lo que me hizo emprender trastabillando el vericueto de la Memoria. Algo que llevaba, llamado media combinación, creo —sí, de nuevo prendas interiores—, una especie de falda resbaladiza de color salmón, de seda o nailon, que cuando se la quitaba dejaba un verdugón de color rosa allí donde la tira elástica había presionado la carne plateada y flexible de su vientre y costado, y, aunque menos discernible, también en la espalda, por encima de su culo maravillosamente túrgido, con sus dos profundos hoyuelos y esos dos trozos de carne gemelos y un tanto rasposos de debajo, allí donde se sentaba. Ese círculo rosado que rodeaba su cintura me excitaba muchísimo, pues sugería un tierno castigo, un exquisito sufrimiento —yo pensaba en el harén, sin duda, de huríes marcadas y cosas así—, y me echaba con la mejilla reposando en su cintura y poco a poco, con el dedo, recorría aquella arruga, y mi respiración agitaba los relucientes pelos oscuros que había en la base de su vientre y en mi oído resonaban los tins y plofs de sus tripas en su incesante labor de transubstanciación. La piel siempre estaba más caliente en esa senda estrecha e irregular dejada por la tira elástica, en cuya superficie la sangre se agolpaba de manera protectora. También sospecho que saboreaba la blasfema insinuación de corona de espinas que era aquello. Pues lo que hacíamos juntos siempre estaba dominado por una leve, muy leve, y enfermiza religiosidad.

*

Hago una pausa para dejar constancia, o al menos mencionar, un sueño que tuve ayer por la noche, en el que mi esposa me abandonaba por otra mujer. No sé qué podría significar, si es que significa algo, pero desde luego me ha dejado huella. Como en todos los sueños, la gente que aparecía en éste era evidentemente ella misma y al mismo tiempo no lo era; a mi mujer, por mencionar al actor principal, se la veía bajita, rubia y mandona. ¿Cómo sabía yo que era ella, teniendo en cuenta lo poco que se parecía a la real? Tampoco yo era exactamente yo mismo, sino un tipo corpulento y pesado, de mirada triste, movimientos lentos, una especie de morsa vieja, pongamos, o algún otro torpón y suave mamífero marino; sentía la espalda curva, correosa y gris, y desaparecía detrás de una roca. Y ahí estábamos los dos, ajenos el uno al otro, ella no era ella y yo no era yo.

Mi mujer no alberga inclinaciones sáficas, que yo sepa —aunque, ¿qué sé en realidad?—, pero en el sueño era jovial y enérgicamente hombruna. El objeto de sus afectos era una extraña criaturita parecida a un hombre, de finas patillas y un leve bigote, sin caderas, un doble, ahora que lo pienso, de Edgar Allan Poe. En cuanto al sueño propiamente dicho, no os aburriré, ni a mí, con los detalles. De todos modos, como creo que ya he dicho, no creo que retengamos detalles, y si lo hacemos los corregimos, censuramos y adornamos hasta tal punto que constituyen algo totalmente nuevo, el sueño de un sueño, en el que el original queda transfigurado, al igual que el sueño transfigura la experiencia de estar despierto. Lo cual no me impide atribuir a los sueños todo tipo de implicaciones proféticas y numinosas. Pero seguramente es demasiado tarde para que Lydia me abandone. Todo lo que sé es que esta mañana me desperté antes del amanecer con una opresiva sensación de pérdida y privación, y una tristeza absoluta. Como si algo fuera a suceder.

Creo que estaba un poco enamorado de Billy Gray antes de enamorarme mucho de su madre. Aquí tenemos otra vez esa palabra, enamorarse; qué fácilmente sale de la pluma. Qué raro se me hace pensar así en Billy. Ahora tendría mi edad. Cosa que tampoco es extraordinaria —entonces era de mi edad—, y sin embargo me resulta desazonador. Tengo la impresión de que de repente he subido un peldaño —¿o lo he bajado?— hacia otra fase del envejecimiento. ¿Lo reconocería si me lo encontrara? ¿Me reconocería él a mí? Se enfadó tanto cuando estalló el escándalo. Estoy seguro de que la vergüenza pública me afectó tanto como a él, o incluso más, diría, pero al mismo tiempo me dejó estupefacto la pasión con la que me rechazó. Después de todo, a mí no me habría importado que se acostara con mi madre, por mucho que cueste imaginarlo; la verdad es que me cuesta imaginar a cualquiera acostándose con mi madre, la pobre y vieja cosilla, que es como pensaba en ella, como pobre, vieja y cosilla. Eso fue seguramente lo que tanto molestó a Billy, el tener que hacer frente al hecho de que su madre era una mujer a la que alguien deseaba, y que ese alguien, además, era yo. Sí, debió de causarle una amplia variedad de sufrimientos imaginarnos a los dos retozando desnudos en brazos del otro sobre aquel repugnante colchón en el suelo de la casa de Cotter. Probablemente él nunca había visto a su madre desnuda o, al menos, no lo recordaba.

Fue Billy el primero que dio con la casa de Cotter, y a menudo me preocupaba que algún día nos encontrara a su madre y a mí haciendo el amor en ella. ¿Sabía su madre que Billy conocía el lugar? No me acuerdo. De saberlo, mi preocupación no habría sido nada comparada con su pavor ante la idea de que su único hijo la descubriera mientras hacía el amor con su mejor amigo en mitad de una antigua mugre, sobre un suelo sucio y cubierto de hojas.

Me acuerdo del primer día que vi la casa. Habíamos estado en el pequeño avellanar a orillas del río, Billy y yo, y él me había llevado hasta una cresta y me había señalado el tejado que asomaba entre las copas de los árboles. Desde la altura en la que nos encontrábamos sólo se divisaba el tejado, y al principio no lo distinguía, pues las tejas estaban cubiertas de un musgo tan verde como el follaje que las rodeaba. Por eso debía de haber permanecido oculta durante tanto tiempo, y por eso, poco después, sería un lugar de encuentro tan seguro para la señora Gray y para mí. Mi deseo fue bajar y entrar enseguida —pues después de todo éramos chicos, y lo bastante jóvenes para ir siempre en busca de cualquier cosa que pudiéramos denominar un local para montar un club—, pero Billy se mostraba reacio, algo extraño, me pareció, puesto que él había descubierto el lugar y había estado dentro, o eso decía. Creo que la casa le daba un poco de miedo; quizá tuvo una premonición, o la creyó encantada, como estaría pronto, de hecho, pero no por fantasmas, sino por Lady Venus y su muchacho retozón.

Es curioso, pero aquel día veo nuestros bolsillos llenos de avellanas que habíamos recogido en el bosque, y el suelo que nos rodeaba estaba cubierto del oro batido de las hojas caídas, aunque era abril, tenía que ser abril, las hojas verdes y todavía en los árboles, y las avellanas aún sin formar. Y por mucho que lo intento, sin embargo, no veo ninguna primavera, sino el otoño. Supongo que entonces nos marchamos, los dos, a través de las hojas verdes y no doradas, con los bolsillos no llenos de avellanas, y volvimos a casa sin alterar la paz de la cabaña de Cotter. De todos modos, algo me había llamado la atención al contemplar el tejado que se combaba entre los árboles, y al día siguiente regresé, impulsado por el amor, imperioso y siempre práctico, y descubrí que aquella casa en ruinas era justo el lugar que la señora Gray y yo necesitábamos para cobijarnos. Pues sí, en aquella época ya éramos íntimos, por expresarlo de una manera delicada.

Billy era de un carácter tan dulce que lo hacía muy atractivo. Tenía unos rasgos hermosos, aunque no muy buena piel, con marcas, igual que la de su madre, me temo, y era propenso a los granos. También tenía los ojos de su madre, de un líquido tono terroso, y las pestañas maravillosamente largas y finas, cada una nítidamente dibujada, de manera que me recordaban, o me recuerdan ahora, ese pincel especial que utilizan los miniaturistas, ese único filamento de pelo de marta. Tenía un curioso caminar patizambo, acompañado de un balanceo, y meneaba los brazos formando un círculo, con lo que parecía estar recogiendo gavillas invisibles de algo que brotaba del aire a medida que avanzaba. Aquel verano me había regalado un juego de manicura dentro de una elegante funda de piel de cerdo; sí, un juego de manicura, con sus tijeritas, y cortaúñas, y lima, y un lustroso palito de marfil, que en un extremo tenía la forma de una cucharilla diminuta y aplastada, que mi madre examinó con recelo y declaró que o bien era un modelador de cutículas —¿un *modelador de cutículas?*—, o, más prosaicamente, un instrumento para extraer la suciedad de debajo de las uñas. Aquel regalo de chica me dejó desconcertado, y lo acepté complacido, aunque receloso. No se me había ocurrido regalarle nada; no me había parecido que esperara ningún regalo mío, ni que le importara que no se lo hiciera.

Ahora, de repente, me pregunto si fue su madre quien compró el juego de manicura para que él me lo regalara, un regalo secreto y remiso, entregado por una tercera persona, que ella pensaba que yo adivinaría que era cosa suya. Eso ocurrió algunos meses antes de que ella y yo nos hiciéramos —¡va, dilo de una vez, por amor de Dios!—, antes de que nos hiciéramos amantes. Ella me conocía, desde luego, pues durante aquel invierno yo había ido a buscar a Billy casi cada día de camino a la escuela. ¿Acaso le parecía la clase de muchacho que consideraría un juego de manicura un buen regalo de Navidad? La atención que prestaba Billy a su higiene personal era bastante menos que concienzuda. Se bañaba incluso menos que el resto de nosotros, y de ello era prueba ese tufillo corporal marronoso que desprendía de vez en cuando; también los poros de las ranuras que había junto a sus fosas nasales tenían unas obstrucciones negras, y con un temblor que era a la vez de goce y repugnancia me imaginaba que los extraía utilizando mis pulgares como pinzas, después de lo cual sin duda habría necesitado esa elegante gubia de marfil. Llevaba un suéter con agujeros, y los cuellos de sus camisas nunca parecían limpios. Poseía una escopeta de aire comprimido con la que disparaba a las ranas. Era de verdad mi mejor amigo, y yo lo quería, de una manera u otra. Nuestra amistad quedó sellada una tarde de invierno mientras compartíamos un cigarrillo clandestino en el asiento trasero del coche familiar que estaba aparcado delante de su casa —se trata de un vehículo que dentro de poco llegaremos a conocer muy bien— y me confió que su nombre no era William, tal como hacía creer a todo el mundo, sino Wilfred, y que además su segundo nombre era Florence, por su difunto tío Flor. ¡Wilfred! ¡Florence! Mantuve el secreto, eso sí lo puedo decir a mi favor, aunque no es gran cosa, lo sé. Pero ah, cómo lloró, de dolor, rabia y humillación, el día en que nos vimos después de haber averiguado lo de su madre y yo; cómo lloró, y yo fui la causa primordial de sus lágrimas de amargura.

No me acuerdo de la primera vez que vi a la señora Gray, si es que no fue la mujer de la bici, claro. No nos fijábamos mucho en las madres; en los hermanos, sí, también en las hermanas, pero no en las madres. Eran personajes difuminados, carentes de forma y sexo, poco más que un delantal y una mata de pelo despeinado y un leve aroma a sudor. Siempre estaban un tanto ocupadas en un segundo plano, haciendo cosas con moldes de repostería o calcetines. Debo de haber estado cerca de la señora Gray en numerosas ocasiones antes de verla como algo concreto y definido. De manera confusa, poseo un falso recuerdo de ella, en invierno, aplicando polvos de talco a las partes interiores y relucientemente sonrosadas de mis muslos, que se habían irritado por el roce de los pantalones; algo muy poco probable, pues, dejando aparte otras consideraciones, en aquella ocasión llevaba unos pantalones cortos, cosa bastante impensable si tenía ya quince años, pues todos deseábamos llevar pantalones largos a los once, o a los doce, como muy tarde. Entonces ¿de quién era madre esa mujer, me pregunto, la que me aplicaba polvos de talco, y qué oportunidad para una iniciación todavía más precoz dejé pasar, quizá?

De todos modos, no se dio ningún momento de cegadora iluminación cuando la señora Gray se apartó de las labores y ataduras de la vida doméstica y se deslizó hacia mí dentro de su media concha, transportada por los carrillos hinchados de los céfiros de la primavera. Incluso cuando llevábamos ya un tiempo acostándonos juntos me habría resultado difícil describirla de manera detallada. De haberlo intentado, lo que habría ofrecido habría sido una versión de mí mismo, pues cuando la miraba era yo a quien veía primero, reflejado en el esplendoroso espejo en que la convertía.

Billy nunca me había hablado de ella —¿por qué iba a hacerlo?— y durante mucho tiempo no pareció prestarle más atención que yo. Era un tardón, y, por regla general, las mañanas en que iba a buscarlo para ir a la escuela no estaba preparado, y me invitaban a entrar, sobre todo si llovía o helaba. No era él quien me invitaba —¿recuerdas ese rubor de furia callada y tremenda vergüenza que experimentábamos cuando nuestros amigos nos pillaban in fraganti en el seno desnudo de nuestras familias?—, así que debía de ser ella. Y sin embargo no recuerdo ni una sola vez en que ella apareciera en la puerta de la casa, cubierta con el delantal, arremangada, insistiéndome en que entrara y me sumara al círculo familiar durante el desayuno. Puedo ver la mesa, no obstante, y la cocina que ocupaba casi por completo, y el gran frigorífico estilo americano del color y la textura de la leche cuajada, el cesto de paja de la ropa sucia sobre el escurridor, el calendario de la tienda de comestibles que mostraba un mes en el que no estábamos, y esa tostadora cromada y achaparrada en la que se reflejaba el hirviente resplandor del sol procedente de la ventana.

Oh, el olor matinal de las cocinas de los demás, la calidez como de algodón, el sonido metálico y las prisas, todos medio dormidos y enfadados. La novedad y extrañeza de la vida nunca parecían más vivas que en esos momentos de intimidad y desorden hogareño.

Billy tenía una hermana menor que él, una criatura irritante que parecía un elfo, con unas trenzas largas y bastante grasientas y una cara blanca afilada y descarnada cuya mitad superior quedaba desdibujada detrás de unas enormes gafas de montura de concha cuyas lentes circulares eran tan gruesas como una lupa. Al parecer me encontraba irresistiblemente divertido y se retorcía con una maligna hilaridad cuando yo aparecía en la cocina con mi cartera, arrastrando los pies como un jorobado. Se llamaba Kitty, y desde luego era un tanto felina* en su manera de entrecerrar los ojos cuando me sonreía, apretando los labios hasta formar un fino marco carente de color que parecía ir de una de sus orejas intrincadamente retorcidas, traslúcidas, prominentes y sonrosadas a la otra. Ahora me pregunto si ella también estaba enamorada de mí, y esas muestras de gracioso desdén eran una manera de ocultarlo. ¿O todo esto no es más que vanidad por mi parte? Después de todo, soy, o era, actor. Algo pasaba con ella, padecía una afección de la que no se hablaba y que la hacía estar, como solía decirse entonces, delicada. Yo la encontraba irritante, y creo que incluso me daba un poco de miedo; si era así, vaya clarividencia la mía.

El señor Gray, padre y marido, era largo y enjuto, y también miope, igual que su hija —curiosamente, era óptico, una circunstancia cuya tremenda ironía no creo que se nos escape a ninguno—, y llevaba pajarita y suéteres Fair Isle sin mangas. Y naturalmente mostraba esos dos

---

* *Kitty* significa «gatito», «minino». *(N. del T.)*

asomos de cuernos que le brotaban justo por encima de la línea de pelo, la señal del cornudo, algo que, lamento decir, era obra mía.

¿Era mi pasión por la señora Gray, en sus comienzos, en cualquier caso, algo más que una intensificación de la convicción que todos teníamos a esa edad de que las familias de nuestros amigos eran mucho más simpáticas, amables e interesantes —en una palabra, más deseables— que la nuestra? Al menos Billy tenía una familia, mientras que yo sólo tenía a mi madre viuda, que regentaba una pensión para viajantes de comercio y otros viandantes, que más que alojarse en nuestra casa la rondaban, como fantasmas inquietos. Yo estaba fuera todo el tiempo que podía. La casa de los Gray a menudo se encontraba vacía a última hora de la tarde, y Billy y yo holgazaneábamos por allí durante horas después de las clases. ¿Y los demás, la señora Gray y Kitty, por ejemplo, dónde iban a esas horas? Todavía puedo ver a Billy, con su blazer azul marino y su mugrienta camisa blanca de cuyo cuello acababa de arrancarse con una mano la manchada corbata de la escuela, delante del frigorífico con la puerta abierta, mirando su iluminado interior con unos ojos vidriosos, como si contemplara algo fascinante por televisión. De hecho, había un televisor en la salita de arriba, y a veces subíamos y nos repantigábamos delante con las manos hundidas en los bolsillos del pantalón y los pies apoyados en nuestras carteras, intentando ver las carreras de caballos de la tarde, que ocurrían en lugares de sonido exótico al otro lado del mar, como Epsom, Chepstow o Haydock Park. La recepción era mala, y a menudo todo lo que veíamos eran jinetes fantasma a horcajadas sobre sus monturas fantasma, avanzando a ciegas a través de una ventisca de interferencia estática.

En la absoluta ociosidad de una de esas tardes, Billy fue a buscar la llave del mueble bar —sí, los Gray poseían un mueble tan exótico, pues eran de las personas más acomodadas de nuestro pueblo, aunque dudo que en aquella casa nadie llegara a beberse un cóctel— y dimos cuenta de la valiosísima botella de whisky de doce años de su padre. De pie junto a la ventana, con un vaso de cristal tallado en la mano, mi colega y yo nos sentíamos como un par de calaveras del Período Regencia mirando desdeñosos el mundo sobrio y soso que había a nuestros pies. Era mi primera copa de whisky y, aunque nunca llegaría a aficionarme, el solemne y amargo hedor de la bebida y su manera de quemarme la lengua me parecieron presagios del futuro, una promesa de todas las abundantes aventuras que seguramente la vida iba a depararme. En la placita que había delante de la casa, el pálido sol de principios de primavera doraba los cerezos y hacía brillar las negras y artríticas puntas de sus ramas, y el viejo Busher, el ropavejero, pasaba con su carrito en un rechinar de ruedas, mientras una motacila se apartaba del camino de las deshilachadas pezuñas de su caballo, y al presenciar todas aquellas cosas sentí el dolor dulce y agudo de la nostalgia, sin objeto pero definida, como el dolor fantasma de un miembro amputado. ¿Vi, o intuí, ya entonces, en la lejanía del túnel del tiempo, diminuta en la distancia pero cobrando sustancia lentamente, la figura de mi futuro amor, la castellana de la Casa de los Gray, que ya había iniciado su singular coqueteo conmigo?

¿Cómo solía llamarla, cuando me dirigía a ella? No recuerdo haberla llamado por su nombre nunca, aunque debería haberlo hecho. Su marido a veces la llamaba Lily, pero no creo que yo le aplicara ningún apelativo ni apodo cariñoso. Albergo la sospecha, que no hay que rechazar, de que en más de una ocasión, en los espasmos de la pasión, llegué a gritar la palabra ¡*Madre!* Dios mío. ¿Cómo debo interpretarlo? Espero que no como algunos me dirán que lo haga.

Billy se llevó la botella de whisky al cuarto de baño y rellenó el revelador descenso de nivel con agua del grifo, y yo sequé y lustré los vasos lo mejor que pude con mi pañuelo y los devolví a su lugar, en el estante del mueble bar. Compinches en el delito, Billy y yo de pronto nos sentimos recelosos el uno del otro, y yo cogí mi cartera apresuradamente y me marché, dejando a mi amigo despatarrado en el sofá otra vez, contemplando las incontemplables carreras que resonaban a través de la nieve estática.

Me gustaría poder decir que fue ese día, porque lo recuerdo de manera tan concreta, el primero en que me encontré cara a cara con la señora Gray, la primera vez de verdad, en la puerta de su casa, quizá, entrando mientras yo salía, ella con la cara enrojecida a causa del frío cortante del exterior y yo aún con un cosquilleo en los nervios a causa del whisky; un roce fortuito de su mano, una mirada sorprendida y demorada; un nudo en la garganta; un leve brinco del corazón. Pero no, el vestíbulo estaba vacío y sólo se veía la bicicleta de Billy y un solitario patín que debía de ser de Kitty, y no me topé con nadie en la puerta, nadie en absoluto. Cuando pisé la acera, ésta me pareció más lejana de la cabeza de lo que debería, y con tendencia a inclinarse, como si fuera sobre unos zancos y los zancos poseyeran unos muelles blandos a cada extremo: en resumen, estaba borracho, no demasiado, pero borracho de todos modos. Así pues, fue una suerte que no me encontrara con la señora Gray en tal estado de euforia etílica, pues no hay manera de saber lo que podría haber hecho, si lo hubiera echado todo a perder antes incluso de que comenzara.

¡Y fijaos! En la plaza, cuando salgo, es, de manera imposible, otra vez otoño, no primavera, y la luz del sol se ha suavizado y las hojas del cerezo son de color herrumbre y Busher el ropavejero ha muerto. ¿Por qué las estaciones son tan insistentes, por qué se me resisten de este modo? ¿Por qué la Madre de las Musas sigue despistándome así, dándome lo que parecen pistas falsas, soplándome mentiras al oído?

Mi esposa acababa de subir hasta el nido que tengo debajo del tejado, sorteando a regañadientes la empinada y traidora escalera del desván, que tanto detesta, para decirme que habían llamado por teléfono preguntando por mí. Al principio, cuando asomó su cabeza por la puerta baja —con qué rapidez rodeé esta página con un brazo protector, como un escolar al que pillan garabateando guarradas—, apenas comprendí lo que me estaba diciendo. Debía de estar muy concentrado, inmerso en el mundo perdido del pasado. Generalmente oigo sonar el teléfono de la sala de estar, un sonido remoto extrañamente quejumbroso que sacude mi corazón de angustia, al igual que me ocurría hace mucho tiempo cuando mi hija era un bebé y su llanto me despertaba en la noche.

La persona que había llamado, dijo Lydia, era una mujer cuyo nombre no había entendido, aunque era inconfundiblemente norteamericana. Esperé. Ahora Lydia miraba soñadora detrás de mí, a través de la ventana inclinada que hay delante de mi escritorio, en dirección a las montañas que hay a lo lejos, de un azul pálido y planas, como si hubieran estado pintadas en el cielo con una suave aguada color lavanda; uno de los encantos de nuestra ciudad es que hay pocos lugares desde los que no sean visibles estas suaves y, pienso siempre, virginales colinas, si estás dispuesto a alargar el cuello. ¿De qué había querido hablar conmigo esa mujer que había telefoneado, pregunté en tono amable? Con esfuerzo, Lydia apartó la mirada de la ventana. De una película, dijo, una película en la que al parecer me ofrecen el papel protagonista. Interesante. No he actuado nunca en el cine. Pregunté el título de la película, o de qué iba. Lydia se mostró inconcreta, más inconcreta de lo que había sido hasta ese momento. No creía que la mujer le hubiera dicho el título. Al parecer se trata de una biografía, pero no está segura de quién es el biografiado... Un alemán, al parecer. Asentí. ¿Había dejado la mujer algún número al que pudiera llamarla? Ante esa pregunta, Lydia bajó la cabeza y me miró ceñuda en un solemne silencio, como un niño al que le han hecho una pregunta difícil y molesta cuya respuesta no sabe. Tanto da, dije, sin duda la mujer volvería a telefonear, quienquiera que fuese.

Mi pobre Lydia, siempre está así aturdida cuando pasa una mala noche. Su nombre verdadero, por cierto, es Leah —Lydia se lo puse yo tras entender mal su nombre, y se le quedó—, Leah Mercer, *de soltera,* como habría dicho mi madre. Era una mujer grande y guapa, de hombros anchos y un perfil teatral. En estos días sus cabellos poseen dos tonos, lo que solía denominarse entrecano con, en las raíces, unos vacilantes reflejos amarillentos. Cuando la vi por primera vez, su pelo poseía el lustre de un ala de cuervo, con un gran mechón plateado, un destello de fuego blanco; en cuanto el plateado comenzó a propagarse ella sucumbió a los incentivos de Adrian y la peluquería Rizado y Teñido, de donde regresa apenas reconocible tras su cita mensual con su maestro del color. Sus ojos brillantes, negros como el kohl, esos ojos de hija del desierto, como los solía considerar yo, últimamente han adquirido un aspecto desvaído y vaporoso, y me preocupa seriamente que padezca cataratas. Cuando era joven, su silueta poseía las amplias líneas de una de las odaliscas de Ingres, pero ahora su esplendor ha decaído y tan sólo lleva prendas holgadas e hinchadas de matices apagados, su camuflaje, como dice con una triste carcajada. Bebe un poco demasiado, pero yo también; nuestro gran dolor, que ya dura una década, no podrá ahogarse nunca, por mucho que lo pisoteemos para mantenerlo bajo la superficie. También fuma mucho. Tiene una lengua viperina ante la que cada vez soy más cauto. Le tengo mucho cariño, y ella, creo, me lo tiene a mí, a pesar de nuestras fricciones y esporádicos desacuerdos no expresados.

Habíamos pasado una noche espantosa, los dos, yo con mi sueño de haber sido reemplazado en los afectos de Lydia por un escritor andrógino de cuentos góticos, y ella sufriendo uno de esos brotes nocturnos de obsesiones que la han acechado a intervalos irregulares durante los últimos diez años. Se despierta, o al menos salta de la cama, y se lanza hacia la oscuridad recorriendo todas las habitaciones, subiendo y bajando, llamando a nuestra hija. Es una especie de sonambulismo en el que en lugar de caminar corre, en el que está convencida de que nuestra Catherine, nuestra Cass, sigue con vida y vuelve a ser una niña y está perdida en algún lugar de la casa. Yo me levanto adormilado y voy tras ella, sólo despierto a medias. No intento detenerla, y sigo la advertencia de las viejas en el sentido de que no hay que interferir de ninguna manera cuando una persona se halla en ese estado, pero no me alejo por si tropieza, para poder cogerla antes de que caiga e impedir que se haga daño. Es sobrecogedor, cómo recorre la casa a oscuras —no me atrevo a encender las luces— buscando desesperadamente esa figura huidiza. Las sombras se agolpan a nuestro alrededor como un coro silencioso, y de vez en cuando entra por la ventana la luz de la luna o el brillo de una farola, y parecerá un poco atenuado, y me recuerda a una de esas reinas trágicas del teatro griego, que a medianoche recorre furiosa el palacio del rey, su marido, chillando el nombre de su hija perdida. Con el tiempo acaba cansándose, o se despierta, o las dos cosas, como ocurrió ayer por la noche, y se deja caer en un escalón, se desploma, sollozando de una manera espantosa. Permanezco a su lado impotente, sin saber cómo rodearla con mis brazos, tan amorfa la veo, en su camisón negro sin mangas, la cabeza colgando y las manos hundidas en el pelo que, en la oscuridad, parece igual de negro que la primera vez que la vi, mientras salía a la luz del verano a través de la puerta giratoria del hotel de su padre, el Halcyon de feliz recuerdo, los altos paneles de cristal de la puerta emitiendo repetidos y fugaces destellos de azul y oro. ¡Sí, sí, la cresta de la ola!

La peor parte, para mí, de estas espectaculares conmociones de angustia llega al final, cuando ella es todo arrepentimiento, y se reprende por su estupidez y suplica que la perdone por haberme despertado de manera tan violenta y provocado ese pánico innecesario. Es sólo que, dice, cuando esta sonámbula le parece algo tan real que Cass, su hija, esté viva, atrapada en una de las habitaciones de la casa, aterrorizada e incapaz de hacer oír sus gritos de ayuda. Ayer por la noche estaba tan avergonzada y furiosa que se insultó, utilizó palabras horribles, hasta que me agaché junto a ella y la rodeé en un torpe abrazo de simio y conseguí que pusiera su cabeza en el hueco de mi hombro, y al final se tranquilizó. Le salía tanto moco que le dejé que se limpiara en la manga de mi pijama. Temblaba, pero cuando le ofrecí ir a buscarle el batín o una manta se aferró a mí con más fuerza y no me permitió dejarla sola. El leve olor a rancio de su pelo me inundaba las fosas nasales, y la carne de su hombro desnudo estaba helada y tersa como una esfera de mármol bajo mi mano ahuecada. A nuestro alrededor los muebles del vestíbulo apenas resaltaban en la penumbra, como espectadores estupefactos y sin habla.

Creo que sé qué es lo que atormenta a Lydia, aparte del inconsolable dolor que ha estado alimentando en su corazón durante los diez años transcurridos desde la muerte de nuestra hija. Al igual que yo, nunca creyó en el más allá, aunque sospecho que teme que, por culpa de una cruel laguna en las leyes de la vida y de la muerte, Cass no haya muerto del todo, sino que de alguna manera siga existiendo, cautiva y sufriendo en la tierra de las sombras, con la mitad de las semillas de granada todavía sin tragar en la boca, esperando en vano a que su madre llegue y la reclame de vuelta al mundo de los vivos. No obstante, lo que ahora es el horror de Lydia en una época fue su esperanza. *¿Cómo podía morir alguien que había estado tan vivo?*, me preguntó aquella noche en el hotel de Italia adonde fuimos a reclamar el cadáver de Cass, y su tono fue tan feroz y su expresión tan imperiosa que por un momento yo también pensé que había un error, que quizá era de otros la hija irreconocible que había quedado aplastada en una de esas rocas batidas por las olas debajo de la austera y pequeña iglesia de San Pietro.

Como ya he dicho, nunca creímos en el alma inmortal, Lydia y yo, y poníamos una sonrisa de ligera condescendencia cuando los demás expresaban sus esperanzas de volver a ver algún día a sus seres amados ya difuntos, pero no hay nada como la pérdida de tu única hija para ablandar la cera de las convicciones lacradas. Tras la muerte de Cass —incluso a día de hoy soy incapaz de ver esas palabras escritas sin un estremecimiento de incredulidad, tan inverosímiles parecen, incluso cuando las grabo en la página— nos descubrimos aventurándonos, a tientas, abochornados, en la posibilidad no de otro mundo, exactamente, sino de un mundo cercano a éste, contiguo a él, donde pudieran pervivir los espíritus de aquellos que ya no estaban y sin embargo no se habían ido del todo. Nos aferramos a lo que podían ser señales, a los presagios más vagos, a asomos de insinuaciones. Las coincidencias ya no eran lo que habían sido hasta entonces, meras arrugas en la por otra parte anodinamente plausible superficie de la realidad, sino fragmentos de un código, amplio e imperioso, una especie de desesperada transmisión por semáforo enviada desde el otro lado que, de manera exasperante, éramos incapaces de leer. Cómo nos poníamos a escuchar ahora, desoyendo todo lo demás, cuando, en compañía de alguien, oíamos que otra persona había sufrido una pérdida, de qué manera, sin aliento, nos aferrábamos a sus palabras, con qué avidez escrutábamos sus caras, para ver si realmente creían que no habían perdido del todo a quienes habían perdido. Ciertas disposiciones de objetos supuestamente al azar nos sorprendían con una fuerza rúnica. En particular esas grandes bandadas de pájaros, estorninos, creo que eran, que se reunían sobre el mar ciertos días, cayendo en picado y desviándose como una ameba, cambiando de dirección con una coordinación perfecta e instantánea, y que parecían inscribir en el cielo una serie de ideogramas dirigidos exclusivamente a nosotros, pero dibujados de una manera demasiado veloz y fluida como para que pudiéramos interpretarlos. Toda esa ilegibilidad nos resultaba un tormento.

He dicho nos resultaba, pero naturalmente nunca hablábamos de esas patéticas esperanzas en una señal del más allá. Las pérdidas provocan una curiosa inhibición entre quienes las sufren, una turbación, casi, que no resulta fácil de explicar. ¿Se debe al temor a que si esas cosas se expresan acaben adquiriendo una importancia aún mayor, se conviertan en una carga todavía más pesada? No, no es eso, no del todo. La reticencia, el tacto, esa tristeza mutua que se imponía sobre Lydia y sobre mí era a la vez una medida de magnanimidad, lo mismo que hace que el carcelero pase de puntillas delante de una celda en la que el condenado a muerte duerme su última noche, y un signo de nuestro temor a despertar e incitar actividades más inventivas en esos torturadores demoníacos cuya tarea especial era, y es, atormentarnos. Empero, no hace falta decir que cada uno sabía lo que pensaba el otro, y, todavía más, lo que sentía el otro: es un efecto más de nuestro dolor compartido, esta empatía, esta telepatía de la congoja.

Estoy pensando en la mañana posterior al primer arrebato nocturno de Lydia, cuando levantó súbitamente la cabeza de la almohada convencida de que nuestra recién fallecida Cass estaba viva y en algún lugar de la casa. Incluso cuando se acabó el pánico y nos hubimos arrastrado de vuelta a la cama, no conseguimos volver a dormir, no del todo —Lydia emitía unos postsollozos en forma de hipo, y el tam-tam de mi corazón se calmaba lentamente—, sino que permanecimos echados boca arriba durante mucho tiempo, como si practicáramos para ser los cadáveres que seríamos algún día. Las cortinas eran gruesas y estaban perfectamente cerradas, y no me di cuenta de que había salido el sol hasta que, encima de mí, vi formarse una imagen de brillante luz trémula que se propagó hasta abarcar casi todo el techo. Al principio lo tomé como una alucinación generada por mi conciencia falta de sueño y todavía un tanto frenética. Tampoco le encontraba ningún sentido, lo cual no es de sorprender, pues la imagen, tras verla un momento, estaba boca abajo. Lo que ocurría era que una abertura entre las cortinas del tamaño del ojo de una aguja dejaba entrar un estrecho haz de luz que había convertido la habitación en una cámara oscura, y la imagen que teníamos sobre nosotros era un retrato invertido y recién creado por el alba del mundo exterior. Se veía la carretera que había bajo la ventana, con su asfalto azul arándano, y, más cerca, una reluciente joroba negra que formaba parte del techo de nuestro coche, y el solitario arce plateado de delante, delgado y tembloroso como una chica desnuda, y más allá se dibujaba toda la bahía, comprimida entre el índice y el pulgar de sus dos muelles, el norte y el sur, y luego el azul lejano y más pálido del mar, que en el horizonte invisible se convertía de manera imperceptible en el cielo. ¡Qué claro resultaba todo, qué nítidamente delineado! Podía ver los cobertizos que se alineaban junto al muelle norte, sus tejados de amianto que refulgían a la primera luz, y, al abrigo del muelle sur, los mástiles erguidos y de color ámbar de los barcos de vela que allí anclados se empujaban mutuamente. Pensé que incluso podía distinguir las diminutas olas del mar, aquí y allá con una alegre motita de espuma. Pensando aún que a lo mejor era un sueño, o una ilusión, le pregunté a Lydia si podía ver ese luminoso espejismo y me dijo que sí, sí, y me agarró la mano y la apretó con fuerza. Hablábamos en susurros, como si la mera acción de nuestras voces pudiera hacer añicos el frágil ensamblaje de luz y color espectral que había sobre nosotros. Aquello parecía vibrar dentro de sí mismo, era todo un diminuto temblor, como si se tratara de las propias e ingentes partículas de luz, el fluir de los fotones, lo que estábamos viendo, que supongo que es lo que era, en sentido estricto. Pero lo más probable es que pensáramos que aquello no era un fenómeno del todo natural, para el cual había una explicación científica totalmente sencilla, precedida por una leve tosecilla y seguida de un murmullo de disculpa: seguramente aquello era algo que se nos concedía, un don, un mensaje, en otras palabras, un signo incuestionable, que alguien enviaba para consolarnos. Nos quedamos allí contemplándolo, sobrecogidos, durante, bueno, no sé cuánto tiempo. A medida que el sol estaba cada vez más alto, la imagen invertida que había sobre nosotros se dirigía a su ocaso, retrocediendo por el techo hasta que apareció un gozne en un borde y comenzó a deslizarse imparablemente hacia la pared del fondo y se derramó por fin en la alfombra y desapareció. Inmediatamente nos levantamos —¿qué otra cosa podíamos hacer?— y comenzaron nuestros quehaceres diarios. ¿Nos sentíamos consolados, nos sentíamos aliviados? Un poco, hasta que el asombro del espectáculo que se nos había ofrecido comenzó a difuminarse, a resbalar y deslizarse y ser absorbido por la textura vulgar y fibrosa de las cosas.

También en la costa donde murió nuestra hija, otra costa, en Portovenere, que es, por si no lo sabéis, un antiguo puerto de mar de Liguria situado en el extremo de una lengua de tierra que se adentra en el golfo de Génova, delante de Lerici, fue donde se ahogó el poeta Shelley. Los romanos lo conocían con el nombre de Portus Veneris, pues mucho tiempo atrás hubo un santuario consagrado a esa encantadora diosa en el desolado promontorio donde ahora se alza la iglesia de San Pedro Apóstol. Bizancio albergó su flota en la bahía de Portovenere. Su esplendor hace mucho que desapareció, y ahora no es más que una población un tanto melancólica, descolorida por el salitre, donde abundan los turistas y las bodas. Cuando nos enseñaron a nuestra hija en el depósito de cadáveres, ésta no tenía rasgos: las rocas y las olas del mar de San Pedro los habían borrado y la habían dejado en un anonimato sin rostro. Pero era ella, desde luego, de eso no había duda, a pesar de la esperanza sin fundamento de su madre en que se hubieran equivocado de identidad.

Nunca descubrimos por qué Cass estaba en Liguria, de entre todos los lugares. Tenía veintisiete años y era una especie de erudita, aunque errática: desde pequeña había sufrido el síndrome de Mandelbaum, un defecto de la mente poco común. ¿Qué podemos saber de los demás, aun cuando sea tu propia hija? Un hombre inteligente cuyo nombre he olvidado —mi memoria se ha vuelto un cedazo— planteó el siguiente dilema: ¿cuál es la longitud de una costa? Parece un reto bastante sencillo, que un topógrafo profesional, pongamos, puede solucionar fácilmente, con su catalejo y una cinta métrica. Pero reflexionad un momento. Qué bien calibrada tiene que estar esa cinta métrica para poder medir todos los rincones y ranuras. Y los rincones tienen rincones, y las ranuras tienen ranuras, ad infínitum, o *ad* al menos el límite indefinido en el que la materia, así llamada, se desvanece sin transición en medio del aire. De manera parecida, con las dimensiones de la vida hay que detenerse a cierto nivel y decir esto, *esto* era ella, aunque sepamos naturalmente que no lo era.

Estaba embarazada cuando murió. Eso fue un golpe para todos nosotros, sus padres, un golpe posterior a la calamidad de su muerte. Me gustaría saber quién era el padre, el no futuro padre; sí, eso es algo que me gustaría mucho saber.

La misteriosa mujer del cine volvió a llamar, y esta vez fui yo el primero en llegar al teléfono, bajando a toda prisa las escaleras del desván casi sin tocar el suelo: no me había dado cuenta de que estaba tan impaciente, y me sentía un poco avergonzado de mí mismo. Me dijo que su nombre era Marcy Meriwether, y que llamaba desde Carver City, en la costa de California. No era joven, y tenía voz de fumadora. Me preguntó si estaba hablando personalmente con el señor Alexander Cleave, el actor. Me pregunté si algún conocido me estaba gastando una broma: la gente de teatro siente una penosa afición por las bromas. Parecía un poco molesta por que no le hubiera devuelto la llamada anterior. Me apresuré a explicarle que mi esposa no había entendido su nombre, a lo cual la señora Meriwether pasó a deletrearlo, en un tono de cansina ironía, que indicaba que o bien no se creía mi excusa —que incluso a mí me había sonado mala e inverosímil— o estaba harta de tener que deletrear su melifluo aunque un tanto risible nombre a personas demasiado poco atentas o inseguras como para haber comprendido su nombre la primera vez. Es una ejecutiva, e importante, de eso estoy seguro, de Pentagram Pictures, un estudio independiente que va a filmar una película basada en la vida de un tal Axel Vander. También me deletreó ese nombre, lentamente, como si en aquel momento ya hubiera decidido que estaba tratando con un mentecato, algo comprensible en una persona que ha pasado su vida laboral entre actores. Confesé que no sabía quién es, o era, Axel Vander, pero fue un detalle al que quitó importancia, y dijo que me mandaría material sobre él. Tras decirlo, soltó una mordaz carcajada, no sé por qué. La película iba a titularse *La invención del pasado,* un título no muy comercial, pensé, aunque no lo dije. La iba a dirigir Toby Taggart. Este anuncio fue seguido por un prolongado y expectante silencio, que evidentemente tenía que llenar yo, aunque no pude, pues en mi vida había oído hablar de Toby Taggart.

Pensé que en ese momento la señora Meriwether estaría dispuesta a dejar de perder el tiempo con una persona tan mal informada como yo, pero, por el contrario, me aseguró que todos los que participaban en el proyecto estaban muy entusiasmados ante la perspectiva de trabajar conmigo, muy entusiasmados, y que naturalmente yo había sido la primera y evidente elección para el papel. Como corresponde, emití un ronroneo de agradecimiento a ese halago, y a continuación mencioné, con cierta timidez pero no, consideré, en tono de disculpa, que jamás había trabajado en el cine. ¿Lo que oí entonces en el auricular fue una veloz aspiración? ¿Es posible que una persona con tanta experiencia en el cine como la señora Meriwether no supiera ese detalle de un actor al que estaba ofreciendo un papel protagonista? No importaba, dijo, eso no era inconveniente; de hecho, Toby quería a alguien que no hubiera salido nunca en la pantalla, una cara nueva —tened en cuenta que estoy en la sesentena—, una afirmación en la que, de eso me di cuenta, no creía más que yo. A continuación, con una brusquedad que me dejó parpadeando, colgó. Lo último que oí de ella, mientras colgaba el teléfono, fue el inicio de un ataque de tos, estentórea y flemosa. Volví a preguntarme desasosegado si no sería una broma, pero, sin ninguna prueba convincente, decidí que no.

Axel Vander. Pues muy bien.

La señora Gray y yo tuvimos nuestro primer... ¿cómo llamarlo? ¿Nuestro primer encuentro? Así suena demasiado íntimo e inmediato —ya que, después de todo, no fue un encuentro carnal— y al mismo tiempo demasiado prosaico. Fuera como fuese, fue un día de abril como pintado a la acuarela, con ráfagas de viento y chaparrones repentinos y cielos inmensos y enjuagados. Sí, otro abril; en cierto modo, en esta historia siempre es abril. En aquella época yo era un muchacho de quince años sin experiencia, y la señora Gray era una mujer casada en la madurez de sus treinta y cinco. Nuestra población, me dije, seguramente nunca había conocido una relación como ésa, aunque probablemente me equivocaba, pues no había nada que no hubiera ocurrido antes, excepto lo que ocurrió en el Edén, en ese catastrófico comienzo de todo. Tampoco es que la gente llegara a enterarse demasiado pronto, y quizá no se habría enterado nunca de no haber sido por la lascivia y el insaciable entrometimiento de los metementodo. Pero aquí está lo que recuerdo, aquí está lo que conservo.

Vacilo, consciente de cierta circunspección, como si el mojigato pasado me tirara de la manga para impedírmelo. Sin embargo, el breve escarceo —¡ésta es la palabra!— de aquel día fue una cosa de niños comparado con lo que vendría después.

De todos modos, ahí va.

Dios mío, me siento como si volviera a tener quince años.

No era sábado, desde luego tampoco domingo, así que debía de ser un día de fiesta, o una festividad —quizá la de San Príapo—, pero en cualquier caso no había clase, y yo había ido a casa de Billy a buscarlo. Habíamos planeado ir a alguna parte, hacer algo. En la pequeña plaza cubierta de gravilla donde vivían los Gray, los cerezos temblaban al viento, y las sinuosas sartas de flores de cerezo rodaban por la acera como boas de plumas de color rosa pálido. Las nubes que surcaban el cielo, de un gris humo y plata líquida, exhibían grandes tajos a través de los cuales resplandecía el cielo azul vaporoso, y los frenéticos pajarillos revoloteaban veloces de un lado a otro o se posaban en los resaltos de los tejados en hileras apiñadas, ahuecando las plumas en medio de procaces trinos y algarabía. Billy me dejó entrar. Como siempre, no estaba a punto. Iba a medio vestir, en camisa y jersey, pero todavía llevaba sus pantalones de pijama a rayas e iba descalzo, y emitía ese olor a lana de una cama que lleva mucho tiempo sin hacerse. Subimos a la sala de estar, él delante.

En aquellos días, cuando sólo los muy ricos podían permitirse tener calefacción central, las mañanas de primavera como aquélla en nuestras casas hacía un frío especial que lo recubría todo como un esmalte, como si el aire se hubiera convertido en vidrio soluble de la noche a la mañana. Billy fue a acabar de vestirse y yo me quedé en medio de la sala, sin ser gran cosa, a duras penas yo mismo. Había momentos como ése, en los que uno estaba en punto muerto, por así decir, sin preocuparse de nada, a menudo sin fijarse en nada, a menudo sin *ser* realmente, en ningún sentido vital. Aquella mañana mi estado de ánimo no era de ausencia, sin embargo, no del todo, sino de pasiva receptividad, reflexiono ahora, un estado de espera medio consciente. Las ventanas oblongas de marco metálico, todo cielo y resplandor, eran demasiado luminosas para mantener mi mirada, que aparté de ellas para repasar la sala de manera indolente. Con qué rapidez parecen llenarse siempre de presagios las cosas que hay en habitaciones que no son nuestras: esa butaca tapizada de chintz que parecía a punto de levantarse furiosamente; esa lámpara de pie que se mantenía tan inmóvil y ocultaba su cara bajo un sombrero de culi; el piano vertical, con la tapa agrisada por una inmaculada capa de polvo, arrumbado contra la pared con un semblante hostil y abandonado, como un animal doméstico grande y torpe que la familia había dejado de querer mucho tiempo atrás. Podía oír claramente esos lascivos pájaros que emitían sus silbidos de admiración. Empecé a sentir algo, una vaga y estremecedora sensación en un costado, como si me hubieran enfocado un débil haz de luz o un cálido aliento me hubiera rozado la mejilla. Rápidamente eché un vistazo hacia la entrada, pero estaba vacía. ¿Había habido alguien allí? ¿Era el residuo de una risa lo que acababa de captar?

Me dirigí rápidamente hacia la puerta. El pasillo estaba vacío, aunque creí detectar el vestigio de una presencia, una arruga en el aire donde alguien había estado un momento antes. De Billy no había señal: a lo mejor había vuelto a la cama, no me habría sorprendido. Me aventuré por el pasillo, y la alfombra —¿de qué color, de qué color era?— amortiguó mis pasos; no sabía adónde iba ni qué buscaba. El viento susurraba en las chimeneas. Hay que ver cómo el mundo se habla a sí mismo, a su manera secreta y soñadora. Había una puerta medio abierta, no me fijé hasta que casi la hube pasado. Me vi allí, mirando a los lados y atrás, y todo se ralentizó de repente con una especie de sacudida.

Esa alfombra, ahora la recuerdo: era una franja azul pálido o gris azul, lo que se llamaba una alfombrilla, creo, y las tablas de los lados estaban barnizadas de un desagradable tono marrón oscuro y brillaban como un toffee pegajoso y chupado. Ya veis lo que se puede evocar, todo tipo de cosas, cuando uno se concentra.

El Tiempo y la Memoria son una quisquillosa empresa de decoradores interiores, siempre cambiando los muebles y rediseñando y reasignando habitaciones. Estoy convencido de que lo que vi a través de aquella puerta abierta era un cuarto de baño, pues recuerdo claramente el frío brillo de la porcelana y el zinc, y sin embargo lo que llamó mi atención fue el tipo de espejo que solía haber aquellos días en los tocadores de los dormitorios de las mujeres, de borde superior curvado y alas a los lados, e incluso —¿puede que sea cierto?— unos pequeños alerones triangulares colocados encima de las alas para que la señora, mientras se arreglaba, pudiera colocarlos en un ángulo que le permitiera verse desde arriba. Y lo más desconcertante aún es que había otro espejo, éste de cuerpo entero, adosado a lo que tenía que ser el lado que daba hacia fuera de la puerta que se abría hacia dentro, y fue en ese espejo donde vi la habitación reflejada, con el tocador, o lo que fuera, en el centro, con su propio espejo, o debería decir espejos. Lo que tenía delante de mí, por tanto, no era exactamente una imagen del cuarto de baño, o dormitorio, sino un reflejo, y de la señora Gray no veía un reflejo, sino el reflejo de un reflejo.

Sed pacientes conmigo, a través de este laberinto de cristal.

Así que allí estoy, inmóvil delante de esa puerta, mirando fijamente en ángulo hacia ese espejo de cuerpo entero, colocado, de manera improbable, en la parte exterior de la puerta que se abría hacia dentro. Al principio no me di cuenta de lo que veía. Hasta ese momento, el único cuerpo que había visto de cerca era el mío, y tampoco conocía de una manera especialmente íntima esa entidad todavía en desarrollo. No estoy seguro de cómo esperaba que sería una mujer sin ropa. Sin duda lo había estudiado ávidamente en las reproducciones de pinturas clásicas, me había comido con los ojos a esa mujer vestida a la antigua de muslos sonrosados, representada por algún pintor clásico rechazando a un fauno, o a alguna matrona clásica entronizada con toda pompa en medio de, en feliz expresión de Madame Geoffrin, un fricandó de niños, pero sabía que incluso las más desnudas de esas fornidas figuras, con sus pechos en forma de embudo y sus deltas perfectamente calvos y sin ranuras, ofrecían una representación de la mujer en pelotas que distaba mucho de ser naturalista. En la escuela, de vez en cuando una sucia y antigua postal pasaba torpemente de mano en mano bajo el pupitre, pero normalmente el daguerrotipo de una *cocotte* que enseñaba algún fragmento de carne desnuda quedaba oscurecido detrás de manchas de dedos y una filigrana de arrugas blancas. De hecho, mi ideal de mujer madura era la dama de Kayser Bondor, una belleza de cartulina recortada de un palmo de altura apoyada en el mostrador de corsetería de la mercería de la señorita D'Arcy, al final de nuestra calle Mayor, ataviada con un vestido color lavanda que exhibía el borde de una combinación excitantemente casta por encima de unas deliciosas piernas larguísimas enfundadas en unas medias de nailon de quince deniers, una esbelta sofisticada que aparecía de manera imperiosa, en medio de un frufrú, en muchas de mis fantasías nocturnas. ¿Qué mujer mortal podía compararse con esa presencia, con ese majestuoso porte?

La señora Gray en el espejo, en el espejo reflejado, estaba en pelotas. Sería más galante decir que estaba desnuda, lo sé, pero en pelotas es la expresión. Tras un instante de confusión y sorpresa me llamó la atención el aspecto granuloso de su piel —supongo que debía de tener la piel de gallina, allí de pie—, y su brillo amortiguado, como el lustre del filo de un cuchillo empañado. En lugar de los tonos de color rosa y melocotón que había esperado —Rubens es en gran parte responsable de ello—, su cuerpo, de manera desconcertante, mostraba una variedad de tonos apagados que iban del blanco magnesio al plata y al estaño, un matiz mate de amarillo, ocre pálido, e incluso una especie de verde en algunos lugares y, en los recovecos, una sombra de malva musgoso.

Lo que se me presentaba era un tríptico de ella, un cuerpo como desmembrado, o, diría más bien, desmontado. El panel central del espejo, es decir, el panel central del espejo del tocador, si eso es lo que era, le enmarcaba el torso, los pechos y el vientre y esa mancha oscura de abajo, mientras que los paneles de ambos lados mostraban sus brazos y sus codos, flexionados de manera extraña. Había un solo ojo, en algún lugar de la parte de arriba, que me miraba fijamente desde mi misma altura con un atisbo de desafío, como si dijera: *Sí, aquí estoy, ¿qué piensas hacer conmigo?* Entiendo perfectamente que este revoltijo es inverosímil, si no imposible: para empezar, tendría que haber estado colocada muy cerca y justo delante del espejo, de espaldas a mí, para que yo pudiera verla reflejada de ese modo, pero no lo estaba, sólo su reflejo lo estaba. ¿Cabía la posibilidad de que se encontrara un poco más lejos, al otro lado de la habitación, oculta en el ángulo de la puerta abierta? Pero en ese caso no se la habría visto tan grande en el espejo, habría parecido más lejana y mucho más pequeña. A no ser que los dos espejos, el que estaba en el tocador, en el que se reflejaba, y el de la puerta, que reflejaba su reflejo, produjeran al combinarse un efecto lupa. No lo creo. Sin embargo, ¿cómo puedo explicar estas anomalías, estas improbabilidades? No puedo. Lo que he descrito es lo que aparece en el ojo de mi memoria, y debo contar lo que veo. Posteriormente, cuando le pregunté, la señora Gray negó que tal cosa hubiera ocurrido, y dijo que debía de tomarla por una auténtica fresca —fue la palabra que utilizó— si imaginaba que se exhibiría de esa manera ante un desconocido en su casa, y encima un muchacho, y además el mejor amigo de su hijo. Pero mentía, estoy convencido de ello.

Eso fue todo lo que hubo, ese brevísimo atisbo de una mujer fragmentada, y enseguida seguí caminando por el pasillo, trastabillando, como si alguien me hubiera dado un fuerte empellón en las lumbares. ¿Qué?, gritaréis. ¿Podemos llamar a eso un encuentro, un escarceo? Ah, pero imaginad la tormenta que bulle en el corazón de un muchacho después de tal licencia, de un gesto tan conciliador. Y sin embargo, no, no fue una tormenta. Yo no estaba todo lo impresionado ni inflamado que debería. La sensación más intensa era de serena satisfacción, como la que puede sentir un antropólogo, o un zoólogo, que por una feliz casualidad, de manera totalmente inesperada, divisa una criatura cuyo aspecto y atributos confirman la teoría referente a la naturaleza de toda una especie. Ahora sabía algo que sabría siempre, y si os burláis y decís que después de todo no es más que el conocimiento de cómo era una mujer desnuda, lo único que demuestra eso es que no recordáis lo que es ser joven y anhelar tener experiencias, anhelar lo que comúnmente llamamos amor. Que la mujer no se hubiera arredrado ante mi mirada, que no hubiera corrido a cerrar la puerta y ni siquiera hubiera levantado una mano para cubrirse, no me pareció ni descuido ni descaro, sino algo extraño, o, mejor dicho, muy extraño, y algo que merecía una profunda y prolongada reflexión.

No obstante, la cosa no se acabó sin un susto. Cuando al llegar a lo alto de las escaleras oí unas rápidas pisadas a mi espalda, no me volví temiendo que fuera ella, que hubiera echado a correr detrás de mí como una ménade, todavía sin una prenda encima e impulsada por quién sabe qué idea descabellada. Sentí que se me arrugaba la piel de la nuca como si esperara que algo me atacara violentamente, unas manos, unos dedos, unos dientes, incluso. ¿Qué podía querer de mí? Lo evidente no era lo evidente: yo tenía quince años, no lo olvidéis. Estaba indeciso entre el impulso de bajar las escaleras y huir de la casa y nunca volver a ensombrecer su umbral y el impulso opuesto de permanecer donde estaba, darme la vuelta y abrir completamente los brazos para recibir ese regalo espléndido y no buscado de feminidad, desnuda como una aguja, en feliz expresión de Piers el labrador, totalmente sin aliento y palpitando lánguida de deseo. La persona que estaba a mi espalda no era la señora Gray, sin embargo, sino su hija, la hermana de Billy, la irritante Kitty, todo coletas y gafas, que pasó a mi lado apretándose contra mí, resollando y riendo de manera disimulada, y bajó las escaleras con un estruendo, y al llegar abajo se detuvo y se volvió y me dirigió una sonrisita de suficiencia que me puso los pelos de punta, y a continuación desapareció.

Tras respirar de manera profunda y por alguna razón dolorosa, yo también bajé, circunspecto. El vestíbulo estaba vacío, y no se veía a Kitty por ninguna parte, lo cual me llenó de alivio. Abrí en silencio la puerta de entrada y salí a la plaza, mis gónadas zumbando como esos hermosos aislantes de porcelana, esas cosas que parecen rollizas muñequitas y que solían verse en los brazos de los postes telegráficos, que los cables cruzaban o atravesaban... ¿Os acordáis? Sabía que Billy se preguntaría qué había sido de mí, pero no me pareció que, dadas las circunstancias, fuera capaz de mirarlo a la cara, al menos no por el momento. Se parecía muchísimo a su madre, no sé si lo he mencionado. Curiosamente, jamás mencionó mi huida de su casa, ni cuando volví a verlo al día siguiente, ni nunca, de hecho. A veces me asombra que... Bueno, tampoco sé de qué me asombro. Las familias son instituciones extrañas, y los que residen en ellas saben muchas cosas extrañas, a menudo sin saber que las saben. Cuando finalmente Billy averiguó lo mío con su madre, ¿no me parecieron su rabia, sus violentas lágrimas un pelín excesivas, incluso en un caso tan provocativo como el que de repente nos afectaba? ¿Qué quiero dar a entender con eso? Nada. Sigamos, sigamos, pues nos dirigimos a la escena de un accidente, o un crimen.

Transcurrieron los días. Yo me pasaba la mitad del tiempo contemplando a la señora Gray reflejada en el espejo de mi memoria y la otra mitad imaginando que lo había imaginado todo. Pasó una semana o más antes de que volviera a verla. En las afueras del pueblo había un club de tenis, junto al estuario, del que toda la familia Gray era socia, y al que yo a veces iba con Billy a darle a la pelota, sintiendo que llamaba horriblemente la atención con mis zapatillas de tenis baratas y mi camiseta deshilachada. ¡Ah, los clubs de tenis de antaño! Mi corazón todavía ronda esas pistas encantadas. Incluso los nombres, Melrose, Ashburn, Wilton, The Li.nes, denotan un mundo mucho más elegante que la sombría ciénaga en la que vivíamos. Aquel club, situado junto al estuario, se llamaba Courtlands; imagino que el juego de palabras no era intencional.* Había visto a la señora Gray jugar allí una vez, haciendo pareja con su marido en un partido de dobles contra otra pareja que en mi recuerdo no es más que un par de fantasmas vestidos de blanco que cabecean y se hunden en el espectral silencio de un pasado perdido. La señora Gray jugaba en la red, inclinándose de manera amenazante con el culo en pompa y saltando para golpear la pelota como un samurái que rebana a un enemigo por la mitad en diagonal. No tenía las piernas tan largas como la dama de Kayser Bondor, de hecho eran más robustas que otra cosa, pero con un hermoso bronceado, y bien torneadas en el tobillo. Llevaba pantalón corto en lugar de una de esas aburridas minifaldas, y en los sobacos de su camisa de algodón de manga corta se veían manchas de humedad.

Aquel día, el día del incidente —¡el incidente!— del que deseo dejar constancia, yo volvía a casa solo cuando ella me adelantó con el coche y se detuvo. ¿Fue el día del partido de dobles? No me acuerdo. Y si lo fue, ¿dónde estaba su marido? Y si yo venía del club, ¿dónde estaba Billy? Retenidos, esos dos, por la diosa amatoria, demorados, desviados, encerrados en el cuarto de baño gritando en vano para que los dejaran salir... Tanto da, no estaban. Era por la tarde y el sol se veía deslavazado tras un día de chaparrones.

---

* Literalmente, «tierra de pistas (de tenis)». *(N. del T.)*

La carretera, estampada con aromáticas manchas de humedad, discurría junto a la línea del tren, y más allá el estuario formaba una masa cambiante de turbulento morado, y el horizonte quedaba bordeado por un hervor de nubes blancas como el hielo. Me había echado el jersey sobre los hombros y anudado las mangas flojas delante del pecho, como un auténtico jugador de tenis, y llevaba la raqueta en su tensor en un descuidado ángulo debajo del brazo. Cuando oí que el motor frenaba detrás de mí supe, no sé cómo, que era ella, y mi corazón también pareció frenarse, y adquirió un ritmo sincopado. Me paré y me di la vuelta, frunciendo el ceño en fingida sorpresa. Ella tuvo que estirarse hasta el asiento del copiloto para bajar la ventanilla. El coche no era un coche, sino más bien un coche familiar, de un tono gris apagado y un tanto abollado; había dejado el motor en marcha y aquella cosa fea y grande y jorobada jadeaba y temblaba sobre su chasis como un viejo caballo resfriado, tosiendo un humo azul por la parte de atrás. La señora Gray se inclinó un poco más con la cara vuelta hacia arriba en dirección a la ventanilla abierta, sonriéndome de madera socarrona, y me recordó a las heroínas amablemente sardónicas de las alocadas comedias americanas de los años cuarenta, capaces de inventar réplicas ingeniosas a toda velocidad y torear a sus prometidos mientras gastaban los incontables millones de sus malhumorados padres en coches deportivos y sombreros estúpidos. ¿He dicho ya que su pelo era de un tono roble y lo llevaba cortado de manera anodina, y que tenía un rizo en una sien que constantemente colocaba detrás de la oreja, aunque nunca se quedara allí?

—Creo, joven —dijo—, que los dos llevamos el mismo camino.

Y así era, aunque resultó que no era el camino a casa.

Era una conductora impaciente, los pies solían resbalarle en los pedales, y era dada a soltar palabrotas en voz baja y a tirar de manera violenta de la palanca de cambios, que estaba montada sobre el árbol de dirección, mientras movía el brazo izquierdo como la manivela articulada de una bomba. ¿Fumaba? Ya lo creo, y a menudo lanzaba la ceniza hacia la parte superior de la ventanilla, que mantenía abierta un dedo, aunque la mayor parte de las veces la ceniza volvía a entrar. El asiento delantero no tenía reposabrazos en medio, y era tan ancho y mullido como un sofá, y cada vez que pisaba los frenos o rascaba una marcha dábamos una sacudida al unísono. Durante un largo rato la señora Gray no dijo nada y se limitó a mirar ceñuda la carretera, sus pensamientos al parecer en otra parte. Yo me quedé sentado con las manos en el regazo, los dedos tocándose punta con punta. ¿En qué pensaba? En nada, que yo recuerde; simplemente esperaba, otra vez, lo que tuviera que ocurrir, al igual que esperé aquel día en la sala de estar de los Gray, antes del encuentro en el espejo, aunque esta vez estaba más excitado, más sin aliento. Ella se había quitado su traje de tenis y llevaba un vestido de un material ligero con un pálido estampado de flores. De vez en cuando me llegaba el olor de sus diversas fragancias, al tiempo que una columna de humo de su cigarrillo le salía de los labios y me alcanzaba la boca. Nunca he sido tan consciente de la presencia de otro ser humano, esa entidad separada, ese inconmensurable no-yo; un volumen que desplaza el aire, un leve peso ejercido al otro lado del asiento de un banco; una mente en funcionamiento; un corazón que late.

Rodeamos el pueblo, siguiendo una carretera secundaria moteada por el sol que discurría junto a una pared seca y un bosquecillo de abedules que brillaban con una luz trémula. Era una zona de las afueras a la que rara vez me aventuraba; es extraño que en un lugar tan limitado como el nuestro hubiera partes a las que uno nunca solía ir. La tarde menguaba, pero la luz todavía era intensa, el sol descendía a través de los árboles que había a nuestro lado, esos árboles que, tal como los veo ahora, no eran demasiado exuberantes, apenas era abril, pues las estaciones todavía siguen cambiando. Coronamos una colina de poca altura y dejamos atrás el bosque, lo que nos concedió una inesperada panorámica hasta el mar de las tierras altas de color estridente, a continuación nos sumimos en una hondonada en sombras y de repente llegamos a un recodo lleno de barro, donde la señora Gray, con un gruñido, hizo girar el volante y desvió el coche a la izquierda, y abandonamos la carretera para coger una pista forestal llena de maleza, y quitó el pie del acelerador y el coche dio unos cuantos tumbos como de borracho durante unos metros de terreno desigual y al final se detuvo con un gemido y un bandazo.

Apagó el motor. El canto de los pájaros invadió el silencio. Con las manos todavía en el volante, se inclinó hacia delante para mirar la tracería de marfil y ramas marrones que había sobre nosotros a través del parabrisas inclinado.

—¿Te gustaría besarme? —preguntó, todavía con la vista dirigida al cielo.

Me pareció menos una invitación que una pregunta general, algo que simplemente sentía curiosidad por saber. Fijé la mirada en la penumbra llena de zarzas que había junto al coche. Lo que resultaba más sorprendente es que nada de eso me sorprendía. A continuación, tal como ocurren estas cosas, los dos volvimos la cabeza en el mismo momento y ella colocó un puño sobre el blando asiento, entre nosotros, para apuntalarse, y con un hombro levantado avanzó la cara, inclinada a un lado en un leve ángulo, los ojos cerrados, y la besé. La verdad es que fue un beso muy inocente. Tenía los labios secos y los encontré quebradizos como el ala de un escarabajo. Al cabo de un segundo o dos nos separamos y nos recostamos otra vez, y tuve que aclararme la garganta. Qué estridentes sonaban las voces de los pájaros a través del bosque vacío.

—Sí —murmuró la señora Gray, como para confirmar algo para sí, a continuación volvió a poner en marcha el motor y se giró para mirar por el retrovisor, se le tensaron los tendones del cuello a los lados y colocó un brazo paralelo al respaldo del asiento, y metió chirriando la marcha atrás y retrocedimos por la pista y fuimos a parar a la carretera.

Yo sabía muy poco de chicas —y valoraba mucho lo poco que sabía— y casi nada de mujeres. Durante un verano, en la costa, cuando yo tenía diez u once años, había visto a una belleza de pelo caoba de mi misma edad a la que había adorado a distancia —¿y quién, en la dulce neblina de la infancia, no ha adorado a una belleza de pelo caoba en la costa?—, y un invierno a una pelirroja del pueblo, una tal Hettie Hickey, que a pesar de un nombre tan poco alentador era delicada como una figurita de Meissen, llevaba múltiples capas de visos de encaje y exhibía las piernas cuando bailaba rock, y que durante tres consecutivas noches de sábado que nunca olvidaré consintió en sentarse a mi lado en la fila de atrás del cine Alhambra y me permitió ponerle una mano en la pechera del vestido y ahuecar la palma en torno a uno de sus pechecitos, sorprendentemente fríos pero excitantemente flexibles y blandos.

Esos flechazos de refilón del dios del amor, junto con esa visión de la ciclista al lado de la iglesia con la ropa levantada por un golpe de viento —sin duda ahí también había intervenido un dios juguetón—, constituían el total de mi experiencia erótica hasta la fecha, aparte de los ejercicios solitarios, que no cuento. Ahora, después de ese beso en el coche, tuve la impresión de haber dejado de estar vivo y haber quedado suspendido en un estado intermedio entre el ser y no ser. Pasaba los días atolondrado, y por las noches me arrojaba a una cama sudorosa y hedionda, preguntándome: ¿me atreví...? ¿Se atrevió...? Elaboré muchos planes para volver a encontrarme con ella, para volver a estar a solas con ella, para verificar lo que apenas podía esperar que fuera cierto, que si aprovechaba mi ventaja ella podría... Bueno, podría ¿el qué? Ahí estaba el punto en el que todo se volvía inconcreto. A menudo era incapaz de decir qué resultaba más imperioso, el anhelo de que se me permitiera investigar su carne —pues después de aquel beso mis intenciones anteriormente pasivas habían pasado a la fase de intervención activa— o la necesidad de comprender qué entrañaría exactamente esa investigación. Se trataba de una confusión entre las categorías del verbo conocer. Es decir, yo sabía más o menos cuáles eran los requisitos necesarios para que yo hiciera y ella se dejara hacer, pero, aunque era inexperto, no me cabía duda de que la simple mecánica de la cosa sería lo menos importante.

De lo que estaba seguro era de que lo que parecían prometer mis dos encuentros con la señora Gray, uno en el lado remoto de ese nexo de espejos y el otro en este lado más cercano, en el coche familiar bajo los árboles, constituiría una experiencia nueva por completo. Mis sentimientos eran una mezcla vertiginosamente intensificada de impaciencia y alarma, y la obsesiva determinación de agarrar con las dos manos, y cualquier otra extremidad que hiciera falta, cualquier cosa que se me ofreciera. Ahora había en mi sangre un ávido pálpito que me sobresaltaba, y también me escandalizaba, creo. Y sin embargo, durante todo el tiempo, a pesar de esa pasión, esos dolores, persistía una extraña sensación de distanciamiento, de que la cosa no iba del todo conmigo, de estar allí y no estar, como si todo ocurriera aún en las profundidades de un espejo, mientras yo permanecía fuera, observando, sin tocar. Bueno, ya conocéis la sensación, no sólo me ha ocurrido a mí.

Aquel breve momento de contacto en el bosquecillo de abedules fue seguido de otra semana de silencio. Al principio me sentí decepcionado, luego indignado y después tristemente desanimado. Pensé que me había engañado y que el beso, al igual que la exhibición en el espejo, no había significado nada para la señora Gray. Me sentí un marginado, a solas con mi humillación. Evitaba a Billy y me iba a la escuela solo. Él no pareció darse cuenta de mi frialdad, de mi reciente reserva. Lo observaba a escondidas en busca de alguna señal que delatara que sabía algo de lo que había ocurrido entre su madre y yo. En mis momentos más sombríos me había convencido de que la señora Gray me estaba gastando una elaborada broma para burlarse de mí, y ardía de vergüenza al haber picado tan fácilmente. Me llegaba la nauseabunda visión de ella relatando, mientras tomaba el té con su familia, lo que había ocurrido entre nosotros —«¡Y entonces me besó!»—, y los cuatro, incluido el cabizbajo señor Gray, gritaban y entre carcajadas se empujaban unos a otros. Mi aflicción era tal que incluso despertó a mi madre de su crónica letargia, aunque sus murmullos de interrogación y poco entusiasta interés sólo consiguieron enfurecerme, y no le contesté, sino que salí airado de casa y cerré de un portazo.

Cuando por fin, al final de esa segunda y atormentada semana, me topé con la señora Gray en la calle por casualidad, mi primer impulso fue no hacerle caso, exhibir una hiriente altivez y pasar a su lado sin decir una palabra ni saludarla. Era un día de primavera con vientos invernales y una aguanieve que parecía escupirte, y estábamos los dos solos en la calle, en el paseo de los Pescadores, una vía de casitas encaladas que discurría bajo la alta tapia de granito de la estación de ferrocarril. Ella luchaba contra el viento con la cabeza gacha, en medio del chasquido de las alas de murciélago de su paraguas, y habría sido ella la que hubiera pasado a mi lado sin saludarme, pues no veía nada por encima de las rodillas, de no haberme yo interpuesto en su camino. ¿De dónde saqué el valor, la desfachatez de llevar a cabo tal osadía? Durante un segundo no me reconoció, me di cuenta, y cuando lo hizo pareció aturrullada. ¿Era posible que hubiera olvidado, hubiera decidido que fingía olvidar, la exhibición del espejo, el abrazo del coche?

No llevaba sombrero, y sus cabellos estaban salpicados de relucientes gotitas de hielo derretido.

—Vaya —dijo con una titubeante sonrisa—, mírate, estás congelado.

Supongo que yo debía de estar temblando, no tanto por el frío como por la deprimente excitación de encontrarme con ella de manera accidental. La señora Gray llevaba unas galochas de goma y un impermeable de plástico transparente color humo abrochado hasta el cuello. Hoy en día nadie lleva ya esos impermeables, ni tampoco galochas; me pregunto por qué. Tenía la cara enrojecida por el frío, la barbilla en carne viva y reluciente, y le lloraban los ojos. Nos quedamos allí de pie, zarandeados por el viento, impotentes cada uno a su manera. Una fétida ráfaga nos llegó desde la fábrica de beicon que había junto al río. A nuestro lado, la tapia de piedra mojada relucía y emitía un olor a mortero húmedo. Creo que ella me habría esquivado y seguido andando de no haber visto mi expresión de necesidad y desolada súplica. Se me quedó mirando durante unos momentos en un gesto de conjetura, calculando las posibilidades, sin duda, calibrando los riesgos, y al final se decidió.

—Vamos —dijo, y se dio media vuelta, y los dos pusimos rumbo en la dirección por donde ella había venido.

Era la semana de las vacaciones de Pascua, y aquella tarde el señor Gray había llevado a Billy y a su hermana al circo. Me los imaginé acurrucados en un banco de madera en medio del frío, con el olor a hierba pisoteada subiendo entre sus rodillas, mientras la carpa aleteaba estruendosa a su alrededor y la banda de música bramaba y pedorreaba, y me sentí superior y más adulto no sólo que Billy y su hermana, sino también que su padre. Yo estaba en su casa, en su cocina, sentado a la gran mesa cuadrada de madera bebiendo una taza de té con leche que la señora Gray me había preparado, vigilante y cauto, es cierto, pero a resguardo, y calentito, y temblando como un perro de caza ante lo que me esperaba. ¿Qué me importaban a mí los acróbatas, o la siniestra troupe de payasos, o incluso un jinete que montaba a pelo cubierto de lentejuelas? Allí sentado, poco me habría importado enterarme de que la gran carpa se había derrumbado a causa del viento y los había asfixiado a todos, artistas y espectadores por igual. En un rincón, una cocina de leña chisporroteaba y siseaba detrás de una ventana cubierta de hollín, y su tubo de salida de humos alto y negro temblaba a causa del calor. Detrás de mí el motor de la gran nevera se apagó con un suspiro y un gruñido, y donde antes había habido un inatendido zumbido de repente hubo un silencio vacío. La señora Gray, que había salido para quitarse el impermeable y sus galochas de goma, regresó frotándose las manos. La cara, antes enrojecida, era ahora de un rosado reluciente, pero todavía tenía el pelo oscuro por la humedad y de punta.

—No me has dicho que me goteaba la punta de la nariz —dijo.

Tenía un aire de leve desesperación, y al mismo tiempo parecía compungidamente divertida. Después de todo, para ella aquél era un territorio inexplorado, seguramente, al igual que para mí. De haber sido yo un hombre y no muchacho, quizá habría sabido cómo proceder, una broma, una sonrisa maliciosa, un gesto de reticencia que indicara lo contrario —lo habitual—, pero ¿qué iba a hacer conmigo, acuclillado como un sapo a la mesa de su cocina con las perneras de mis pantalones mojadas por la lluvia y emitiendo un poco de vapor, la vista decididamente humillada, los codos plantados sobre la madera y la taza apretada entre mis manos, mudo de timidez y disimulada lujuria?

Al final salió airosa con una facilidad y una eficiencia que en aquel momento no conseguí apreciar debidamente por falta de experiencia. En una abarrotada habitación que daba a la cocina había una lavadora de carga superior con un panel metálico que sobresalía en su mitad, un fregadero de piedra, una tabla de planchar tensa y ahusada como una mantis, y un plegatín de metal que podría haberse doblado como mesa de operaciones de no haber estado tan bajo. Es posible que hubiera un colchón de crin tirado en el suelo, pues me parece recordar unas rayas de convicto de caricatura y una áspera tela de colchón cosquilleándome las rodillas desnudas. ¿O me confundo con el colchón posterior que había en el suelo de la casa de Cotter? De todos modos, en ese lugar de supinación nos colocamos en posición supina, primero de lado y encarados el uno al otro, todavía vestidos, y ella se apretó contra mí en toda su extensión y me besó en la boca, con fuerza, y por alguna razón enfadada, o eso me pareció. Lanzando una rápida mirada de soslayo que rebasó su sien y llegó al techo, tan alto, experimenté la sensación de pánico de hallarme entre cosas hundidas en el fondo de una profunda cisterna.

Por encima de la cama, y a mitad de la pared, había una sola ventana de cristal esmerilado, y la luz lluviosa que entraba era suave, gris y uniforme, y eso y el olor a colada y el olor a algún jabón o crema que la señora Gray se había aplicado en la cara parecían llegarme del remoto pasado de mi infancia. Y sin duda yo me sentía como un bebé que ha crecido demasiado, retorciéndome lloriqueando encima de esa mujer cálida y con aspecto de matrona. Pues habíamos avanzado, ya lo creo, sí, habíamos avanzado deprisa. Sospecho que ella tan sólo habría pretendido que permaneciéramos allí echados un rato de manera casta, vestidos, restregándonos contra los labios y los dientes y las caderas del otro, pero si era así, no había contado con la violenta determinación de un chaval de quince años. Cuando me hube retorcido y librado de los pantalones y calzoncillos de una patada, sentí en la piel desnuda el aire tan frío y satinado que me pareció que en todo mi cuerpo se dibujaba una estúpida sonrisa. ¿Todavía llevaba los calcetines puestos? La señora Gray, poniéndome una mano en el pecho para frenar mi impaciencia, se levantó y se quitó el vestido y se levantó la combinación y se desembarazó de la ropa interior, y a continuación, todavía con la combinación puesta, se echó otra vez y soportó que volviera a colocar mis tentáculos a su alrededor. Ahora decía *No* una y otra vez a mi oído, *¡no no no nooo!,* aunque a mí me sonaba más como una leve carcajada que como una súplica para que dejara de hacer lo que hacía.

Y lo que hice resultó ser muy fácil, como aprender a nadar sin esfuerzo. También resultó un poco aterrador, por encima de aquellas profundidades insondables, pero más poderosa que el miedo fue la sensación de haber alcanzado, por fin y sin embargo de manera tan precoz, un climatérico triunfal. Nada más acabar —sí, me temo que todo fue muy rápido— y desencaramarme de la señora Gray para quedar boca arriba justo en el borde del estrecho colchón con una pierna flexionada mientras ella quedaba empotrada contra la pared, comencé a hincharme de orgullo, ya incluso mientras me esforzaba por respirar. Sentí el impulso de salir corriendo para contárselo a alguien... Pero ¿a quién se lo podía contar? No a mi mejor amigo, desde luego. Tendría que contentarme con guardarme el secreto para mí y no compartirlo con nadie. A pesar de mi edad, era lo bastante mayor como para saber que en esa reserva había una forma de poder, sobre mí mismo y también sobre la señora Gray.

Si yo tenía miedo, mientras todo me daba vueltas, ¿qué debía de sentir ella? ¿Y si en realidad había ocurrido una catástrofe en el circo y el espectáculo se había interrumpido y Kitty había entrado corriendo para contar que el joven del trapecio había fallado en su salto y había caído a plomo a través de la polvorienta oscuridad y se había roto el cuello en medio de una nube de serrín justo en el centro de la pista, y se había encontrado a su mami semidesnuda, llevando a cabo incomprensibles acrobacias con el risible amigo de su hermano? Ahora permanecía asombrado ante los riesgos que había asumido la señora Gray. ¿En qué estaba pensando, cómo se había atrevido? A pesar del orgullo de mi hazaña, tenía la sensación de que no era sólo por mí que había estado dispuesta, y más que dispuesta, a correr ese peligro. Desde luego, no pensaba que me tuviera tanto aprecio, que me amara tanto. Y eso no era por inseguridad o falta de autoestima, no, sino todo lo contrario: tan enfrascado estaba en lo que sentía por mí mismo que no tenía ningún patrón con el que medir lo que ella podía sentir por mí. Así fue desde el principio, y así siguió hasta el final. Y así ocurre siempre, cuando uno se descubre a sí mismo a través de otro.

Tras haber obtenido de ella lo que más deseaba, ahora me enfrentaba a la peliaguda tarea de separarnos. No quiero decir que no la apreciara ni le tuviera cariño. Por el contrario, flotaba en un aturdimiento de ternura e incrédula gratitud. Una mujer adulta de la edad de mi madre pero, por lo demás, totalmente distinta a ella, una mujer casada con hijos, la madre de mi mejor amigo, se había quitado el vestido y desenganchado el portaligas y quitado las bragas —blancas, holgadas, prácticas— y con una media aún en el muslo y la otra por la rodilla se había echado debajo de mí con los brazos abiertos y permitido que me derramara en ella, incluso después se había vuelto de lado otra vez con un tembloroso suspiro de satisfacción y apretado sus pechos contra mi espalda, la combinación hecha un ovillo en torno a su cintura y la pelusa de su regazo hirsuta y cálida contra mi trasero, y me acariciaba la sien izquierda con las almohadillas de los dedos y me canturreaba al oído lo que me parecía una nana levemente obscena. ¿Cómo no iba a considerarme el hijo más favorecido del pueblo, del país, ¡del mundo!, el que había recibido más bendiciones?

Todavía tenía su sabor en la boca. En las manos todavía sentía el cosquilleo de la aspereza fría de sus flancos y la parte exterior de sus brazos. Todavía oía sus jadeos roncos y sentía la manera en que ella parecía caer y caer de mis brazos mientras se arqueaba violentamente contra mí. Y sin embargo ella no era yo, era completamente otra persona, y aunque yo era joven y recién llegado a todo eso, comprendí enseguida, con implacable claridad, la delicada tarea que tenía ahora de devolverla al mundo entre las innumerables cosas que no eran yo. De hecho, ya me había separado de ella, ya me sentía solo y triste por ella, aunque todavía rodeado por sus brazos con su cálido aliento en la nuca. Había visto una vez una pareja de perros entrelazados después de la cópula, el cuerpo unido y apartando la cara el uno del otro, el macho mirando a su alrededor de una manera aburrida y sombría, la hembra con la cabeza gacha, desalentada, y, Dios me perdone, pero en aquel momento no podía dejar de pensar en otra cosa, colocado como un muelle en el borde de aquella cama baja, anhelando estar en otra parte y recordar ese fastuoso, asombroso e imposible cuarto de hora de feliz retozar en los brazos de una mujer de tamaño mujer. ¡Tan joven, Alex, tan joven y ya tan bruto!

Al final nos pusimos de pie a tientas y regresamos apresuradamente a nuestras ropas, tan avergonzados ahora como Adán y Eva en el jardín tras comer la manzana. O no, era sólo yo el avergonzado. Aunque yo pensaba que quizá había dañado sus entrañas con tanto hurgar y socavar, a ella se la veía bastante serena, e incluso parecía ensimismada, pensando quizá en qué merienda prepararle a la familia cuando regresaran del circo, o, teniendo en cuenta el lugar donde nos encontrábamos, preguntándose si mi madre notaría al día siguiente las reveladoras manchas de mis calzoncillos al hacer la colada. Primero ama, observa el cínico, y luego calcula.

Yo también tenía mis distracciones, y por ejemplo deseaba saber por qué había una cama, o incluso un colchón desnudo, si eso es lo que era, en el lavadero, pero me daba miedo que resultara poco delicado preguntar —nun-

ca lo averigüé—, y quizá por mi mente cruzó la sospecha
de que no había sido el primero en yacer allí con ella, aunque si fue así, la sospecha resultó infundada, estoy seguro
de ello, pues ella era cualquier cosa menos promiscua, a
pesar de todo lo que acababa de ocurrir, y todo lo que aún
ocurriría entre nosotros. Además, experimentaba una desagradable sensación pegajosa en la entrepierna, y también
tenía hambre, pues ¿qué muchacho no estaría hambriento
tras ese esfuerzo? La lluvia había cesado un rato antes, pero
en aquel momento otro chaparrón comenzó a tintinear
contra la ventana que había sobre la cama, vi cómo las es-
pectrales gotas impulsadas por la lluvia temblaban y se
deslizaban sobre el grisáceo cristal empañado. Pensé, con
algo parecido a la pena, en las ramas mojadas de los cerezos
y su relucir negro, y en las flores empapadas que caían. ¿Era
eso estar enamorado, me pregunté, ese repentino y plañidero viento que te atravesaba el corazón?

La señora Gray se estaba abrochando un portaligas, el borde del vestido permanecía levantado, y me imaginé que me ponía de rodillas delante de ella y enterraba la
cara en la parte superior desnuda y muy blanca de sus piernas, aquella parte un tanto rolliza y redondeada que quedaba encima de la tensión de sus medias. Vio que la miraba y sonrió indulgente.

—Eres un muchacho muy simpático —dijo, ir-
guiéndose y sacudiendo el cuerpo de los hombros a las rodillas para alinear sus prendas, algo que, comprendí con
un reparo de consternación, a menudo había visto hacer a
mi madre. A continuación alargó el brazo y me tocó la
cara, ahuecó la palma en torno a mi mejilla, y su sonrisa
adquirió un aire atribulado y casi torció el gesto—. ¿Qué
voy a hacer contigo? —murmuró, con una risita de impotencia, como si todo la asombrara felizmente—. ¡Pero si
todavía no te afeitas!

La encontré bastante mayor: después de todo, era
de la misma edad que mi madre. No estaba seguro de

cómo tomármelo. ¿Debería halagarme que una mujer tan madura, una esposa y madre respetable, me hubiera encontrado, sucio como iba, con el pelo tan mal cortado y oliendo más mal que bien, tan tremendamente deseable que no hubiera podido hacer otra cosa que llevarme a la cama mientras su marido y sus hijos, totalmente ignorantes de lo que ocurría, se tronchaban de risa ante las mamarrachadas de Coco el payaso o levantaban la vista en angustiada admiración mientras la pequeña Roxanne y sus hermanos de mandíbula azulada hacían piruetas con los pies planos en la cuerda floja? ¿O yo no había sido más que una diversión, un juguete del momento, con el que una aburrida ama de casa había pasado la aburrida mitad de una tarde vulgar para mandarlo luego a casa sin más ceremonias, mientras ella regresaba a quien era realmente y se olvidaba por completo de mí y de las transfiguradas criaturas que ambos habíamos parecido ser cuando ella se agitaba en mis brazos y gritaba de éxtasis?

Y, por cierto, no se me pasa por alto la persistencia con que el tema del circo, con su chabacanería y relumbrón, se ha colado en este relato. Supongo que es un apropiado telón de fondo para el frenético espectáculo que la señora Gray y yo acabábamos de dar, aunque nuestro único público fuera una lavadora, una tabla de planchar y una caja de detergente Tide, a no ser naturalmente que la diosa y todas sus hadas estrelladas hubieran estado también presentes, invisibles.

Abandoné la casa con cautela, más ebrio que la otra vez que me bebí el whisky del padre de Billy, las rodillas tan temblorosas como las de un viejo y la cara todavía encendida. El día de abril en el que de repente me encontré estaba, desde luego, transfigurado, era todo arrebol y temblor y una luz que resbalaba por los objetos, en contraste con la lentitud de mi estado de saciedad, y a medida que avanzaba me sentía no como si anduviera, sino como si diera vueltas, al igual que un gran globo poco hinchado. Cuando llegué a casa evité a mi madre, pues estaba seguro de que las marcas de amor de una lujuria satisfecha hacía tan poco aunque sólo fuera de manera temporal serían claramente visibles en los rasgos enardecidos de mi cara, y me dirigí a mi habitación y me arrojé, realmente me arrojé, sobre la cama y me quedé echado boca arriba con el antebrazo protegiéndome los ojos cerrados, y en una pantalla interior volví a proyectar, fotograma a fotograma, a una cámara desquiciadamente lenta, todo lo que había tenido lugar no hacía ni una hora en otra cama, observado con asombro y temor reverencial por una galería de inocentes electrodomésticos. En el jardín empapado un mirlo comenzó a enjuagarse la garganta con una cascada de cánticos y yo lo escuché con cálidas lágrimas en los ojos. *Oh, señora Gray,* lloré en voz baja. *¡Querida mía!,* y me abracé sintiendo un dulce pesar, con el sufrimiento de un picor de prepucio.

No creía que ella y yo volviéramos a hacer lo que habíamos hecho aquel día. Que hubiera ocurrido una vez ya resultaba difícil de creer, y que se repitiera parecía inconcebible. Por tanto era esencial que cada detalle fuera recordado, verificado, catalogado y almacenado en la vitrina de cristal plomado de la memoria. Sin embargo, ahí sentí frustración. Resultó que el placer era tan difícil de revivir como lo habría sido el dolor. Ese fracaso formaba parte sin duda del precio de protegerte de los poderes representadores de la imaginación, pues de habérseme permitido volver a sentir con la misma fuerza, cada vez que pensaba en ello, todo lo que había sentido mientras rebotaba encima de la señora Gray, creo que me habría muerto. De manera parecida, tampoco conseguía formarme una imagen satisfactoriamente clara y coherente de la señora Gray. Me acordaba de ella, desde luego, pero sólo como una serie de partes dispares y dispersas, como en uno de esos cuadros antiguos de la Crucifixión en los que los instrumentos de tortura, los clavos y el martillo, la lanza y la esponja, se colocan en un primer plano y se ejecutan con el mayor esmero, mientras a un lado Cristo agoniza en la cruz en un borroso anonimato... Dios mío, perdóname por mezclar la concupiscencia con la blasfemia. Podía ver sus ojos color ámbar húmedo, que me recordaban a Billy de una manera irritante, asomando de sus párpados medio cerrados, que palpitaban como las alas de una polilla; podía ver las raíces húmedas de su pelo, apartado de la frente y que ya mostraba alguna cana; podía sentir el bulto de un pecho rollizo y lustroso rebosante en mi mano; podía oír sus gritos de éxtasis y oler el leve aroma a huevo de su aliento. Pero ella misma, la totalidad de ella, eso era lo que no podía volver a evocar en mi mente. Y también yo, incluso yo, quedaba fuera del alcance de mi recuerdo, no era más que unos brazos que apretaban y unas piernas en espasmo y unas nalgas que subían y bajaban de manera frenética. Todo aquello era un enigma, y me preocupaba, pues no estaba acostumbrado todavía al abismo que se abre entre la comisión de un hecho y el recuerdo de lo cometido, y haría falta práctica y la familiaridad resultante antes de que pudiera fijarla en mi mente con todo detalle y lograra ensamblarla en una sola pieza, y yo con ella. Pero ¿qué significa ensamblarla en una sola pieza? ¿Acaso recuperaba de ella algo más que un producto de mi imaginación? Eso era un enigma aún más grande, un problema aún mayor, el misterio del extrañamiento.

Aquel día no quería encontrarme con mi madre, y no sólo porque pensara que debía de llevar la culpa escrita en todo el cuerpo. El hecho era que nunca volvería a mirar a ninguna mujer, ni siquiera a mi madre, de la misma manera. Donde antes había habido chicas y madres, ahora había algo que no era ni una cosa ni otra, y no sabía cómo tomármelo.

Aquel día, mientras salía de la casa, la señora Gray me detuvo en el felpudo de la puerta de entrada y me interrogó por el estado de mi alma. Era una mujer devota de una manera vaga y deseaba asegurarse de que yo estaba en buena relación con Nuestro Señor y, sobre todo, con su Santa Madre, a la que reverenciaba de manera especial. Deseaba que fuera a confesarme sin demora. Al parecer había reflexionado sobre el asunto —¿le había dado vueltas mientras todavía nos metíamos mano en esa cama improvisada del lavadero?—, y ahora me decía que, aunque sin duda no debía perder tiempo a la hora de ir a confesar el pecado que acababa de cometer, no hacía falta que revelara con quién lo había cometido. Ella también se confesaría, por supuesto, sin identificarme. Mientras decía todas aquellas cosas me arreglaba de manera enérgica el cuello de la camisa y me peinaba mis erizados cabellos lo mejor que podía con los dedos: ¡lo mismo debía de hacer con Billy cuando lo despedía por las mañanas! Entonces me puso las manos en los hombros, me mantuvo a la distancia de sus brazos y me hizo un repaso con un cuidadoso ojo crítico. Sonrió y me besó en la frente.

—Vas a ser un tipo apuesto —dijo—, ¿lo sabes?

Por alguna razón, ese cumplido, aunque pronunciado con un sesgo irónico, hizo que la sangre me hirviera de nuevo, y de haber tenido más experiencia, de haberme preocupado menos el regreso de su familia, la habría empujado por las escaleras hasta el lavadero, le habría quitado la ropa y luego me habría quitado la mía, y la habría lanzado sobre ese camastro o colchón y empezado de nuevo. Confundió mi aspecto repentinamente mohíno con una mueca de resentido escepticismo, y dijo que lo había dicho en serio, que yo era guapo, y que debería sentirme complacido. No se me ocurrió qué responder, y me alejé de ella en medio de un tumulto de emociones y me adentré inflamado en la lluvia.

Me fui a confesar. El sacerdote que me tocó, tras mucho darle vueltas al asunto con el rostro encendido en la penumbra de sábado por la tarde de la iglesia, era uno al que había acudido muchas veces, un hombre grandote y asmático de hombros encorvados y aire compungido, cuyo apellido, por una feliz coincidencia, aunque quizá no tan feliz para él, era Capellán, o sea, que era el padre Capellán. Me preocupaba que me conociera de ocasiones anteriores, pero la carga que llevaba era tal que sentía la necesidad de un oído al que estuviera acostumbrado, y que estuviera acostumbrado a mí. Cada vez que el padre Capellán entraba por la puertecilla que había detrás de la reja —todavía puedo oír el brusco golpe seco que siempre me sobresaltaba— comenzaba emitiendo un fuerte suspiro de lo que parecía una resignada renuencia. Aquello me parecía tranquilizador, una señal de que detestaba tanto oír mis pecados como yo confesarlos. Recorrí el sonsonete de la preceptiva lista de faltas —mentiras, palabrotas, desobediencia— antes de aventurarme, para lo cual convertí la voz apenas en un hilo, en el asunto principal y mortal. El confesionario olía a cera, barniz viejo y sarga sucia. El padre Capellán había escuchado mi vacilante gambito de apertura en silencio, y en aquel momento dejó escapar otro suspiro que aquella vez sonó muy lastimero.

—Actos impuros —dijo—. Entiendo. ¿A solas o con otra persona, hijo mío?

—Con otra persona, padre.

—¿Una chica o un chico?

Eso me dio que pensar. Actos impuros con un chico... ¿En qué consistirían? Sin embargo, me permitió lo que consideré una respuesta astutamente evasiva.

—No ha sido un chico, padre, no.

Ahí se lanzó como un ave de rapiña.

—¿Tu hermana?

¿Mi *hermana,* aunque hubiera tenido una hermana? El cuello de la camisa comenzaba a asfixiarme.

—No, padre, no ha sido con mi hermana.

—Entonces con otra persona. Entiendo. ¿Has tocado la piel desnuda, hijo mío?

—Sí, padre.

—¿De la pierna?

—Sí, padre.

—¿Más arriba de la pierna?

—Mucho más arriba, padre.

—Ahh —se oyó un sonoro movimiento furtivo (me hizo pensar en un caballo en la caballeriza) mientras se acercaba a la reja. A pesar de la separación de madera del confesionario, ahora tenía la impresión de que estábamos casi acurrucados, uno en brazos del otro, en una conversación susurrada y sudorosa—. Continúa, hijo mío —murmuró.

Proseguí. Quién sabe qué versión tergiversada intenté endosarle, pero lentamente, tras mucho apartar con delicadeza las hojas de parra, penetré en el hecho de que la persona con quien había cometido actos impuros era una mujer casada.

—¿Penetraste en ella? —preguntó.

—Lo hice, padre —contesté, y me oí tragar saliva.

Para ser exactos, había sido ella quien había llevado a cabo la penetración, pues yo estaba muy excitado y torpe, pero eso me pareció una circunstancia que podía saltarme.

A continuación siguió un prolongado silencio en el que sólo se oyó una pesada respiración, al final del cual el padre Capellán se aclaró la garganta y se me acercó aún más.

—Hijo mío —dijo afectuosamente mientras su cabezón, en tres cuartos de su perfil, llenaba la reja cuadrada en penumbra—, éste es un pecado grave, un pecado muy grave.

Todavía dijo mucho más, acerca de la santidad del lecho matrimonial, de que nuestros cuerpos eran templos del Espíritu Santo, de que cada pecado de la carne que cometemos vuelve a clavar los clavos en las manos de Nuestro Salvador y la lanza en su costado, pero yo apenas le

escuchaba, tan completamente ungido estaba con el frío
bálsamo de la absolución. Cuando le hube prometido no
volver a obrar mal nunca más y el sacerdote me hubo ben-
decido, me puse en pie y me arrodillé ante el altar mayor
para pronunciar mi penitencia, la cabeza inclinada y las
manos entrelazadas, la piedad y un dulce alivio resplande-
ciendo en mi interior —¡qué maravilloso es ser joven y estar recién confesado!—, pero al poco, para mi horror, apareció un diminuto demonio escarlata que se posó en mi
hombro izquierdo y comenzó susurrarme al oído un resumen escabroso y anatómicamente exacto de lo que la señora Gray y yo habíamos hecho juntos aquel día en esa cama
baja. ¡Cómo me miraba el ojo encarnado de la lámpara del
santuario, qué escandalizadas y apenadas parecían las caras de los santos de yeso en las hornacinas que me rodeaban! Yo tenía que saber que si me moría en ese momento
iría directamente al infierno, no sólo por haber cometido
aquellos actos infames, sino por los recuerdos igualmente
infames que rememoraba en ese lugar consagrado, pero la
voz de aquel pequeño demonio era tan insinuante y las cosas que decía tan dulces —de alguna manera su relato era
más detallado y más convincente que todo lo que yo había
conseguido hasta entonces— que no podía evitar escu-
charlo, y al final tuve que interrumpir mis oraciones y salir a toda prisa del lugar y perderme en el crepúsculo.

Al lunes siguiente, cuando volví a casa de la escuela, mi madre me recibió en el vestíbulo en un estado de
gran agitación. Me bastó con echar un vistazo a su cara se-
vera y al temblor colérico de su labio inferior para saber
que estaba metido en un lío. ¡Se había presentado el padre
Capellán, en persona! Un día laborable, en mitad de la semana, mientras ella se dedicaba a sus cuentas domésticas,
allí estaba él, sin avisar, encorvado en la puerta de entrada
con el sombrero en la mano, y no había tenido más opción
que llevarlo a la salita de atrás, en la que ni siquiera los inquilinos podían entrar, y prepararle un té. Naturalmente,

yo sabía que había ido a mi casa a hablar de mí en vista de
lo que le había contado. Me sentí tan escandalizado como
asustado —¿y el tan cacareado secreto de confesión?—, y
unas lágrimas de indignación asomaron a mis ojos. ¿Qué
había estado haciendo?, me preguntaba mi madre. Negué
con la cabeza y le mostré las inocentes palmas de las manos, mientras en mi imaginación veía a la señora Gray, sin
zapatos y con los pies sangrando y el pelo rapado, a la que
una partida de madres indignadas y provistas de garrotes
llevaba por las calles del pueblo mientras le chillaba insul-
tos vengativos.

Mi madre me llevó a la cocina, el lugar donde se
abordaban todas las crisis domésticas, y donde enseguida
quedó claro que a mi madre no le importaba lo que había
hecho, y que sólo estaba furiosa conmigo por ser responsable de la irrupción del padre Capcllán en la tranquilidad
de una tarde sin inquilinos mientras ella se dedicaba a sus
sumas. A mi madre no le interesaban los clérigos, y sospecho que tampoco le interesaba mucho el Dios que representaban. Si era algo, era pagana, sin darse cuenta, y todas
sus devociones se dirigían hacia las figuras menos importantes del panteón: San Antonio, por ejemplo, recupera-
dor de objetos perdidos, y el amable San Francisco, y su
preferida, Santa Catarina de Siena, virgen, diplomática y
exultante con sus estigmas, que, de manera inexplicable,
resultaban invisibles para los ojos de los mortales.

—No había manera de librarse de él —dijo indignada—. Lo he tenido aquí sentado bebiendo el té y ha-
blándome de los Hermanos Cristianos.

Al principio mi madre no había entendido muy
bien de qué le hablaba. El padre Capellán se refería a las
maravillosas instalaciones que ofrecían los seminarios de
los Hermanos Cristianos, los verdes campos de deportes y
las piscinas de longitud olímpica, las suculentas y nutriti-
vas comidas que formaban unos huesos fuertes y unos
buenos músculos, por no mencionar, naturalmente, la sin

par riqueza de saber que me convertiría en el muchacho perspicaz y receptivo que sin duda un hijo de ella estaba destinado a ser. Al final lo entendió, y se indignó.

—¡Una vocación, para los Hermanos Cristianos! —dijo con amargo desdén—. ¡Ni siquiera para el sacerdocio!

Así que estaba a salvo, mi pecado había sido desvelado y nunca volvería a confesarme con el padre Capellán, ni con nadie más, pues aquel día señaló el inicio de mi apostasía.

El material, tal como lo denominó Marcy Meriwether —y, por alguna razón, sonó en mis oídos como los restos de una autopsia—, ha llegado hoy, por envío especial, desde la remota y soleada costa de los Estados Unidos. ¡Cuánto alboroto para ese envío! Un chacoloteo de pezuñas y una fanfarria con la corneta del cartero no habrían estado fuera de lugar. El mensajero, que tenía un aire de criminal de guerra balcánico, la cabeza rapada y vestido todo él de reluciente negro y calzado con lo que parecían unas botas de comando con unos cordones que llegaban hasta la mitad de las espinillas, no se contentó con llamar al timbre, sino que de inmediato se puso a aporrear la puerta. Se negó a entregarle el enorme sobre acolchado a Lydia, e insistió en que sólo podía recibirlo el destinatario en persona. Incluso cuando bajé de mi percha del desván, obedeciendo a las exasperadas llamadas de Lydia, me exigió que le enseñara una identificación fotográfica. Aquello me pareció, cuando menos, supererogatorio, pero no hubo manera de hacerle salir de sus trece —es evidente que se hacía una idea delirantemente falsa de sí mismo y de sus deberes—, y al final fui por mi pasaporte, que él examinó durante al menos medio minuto, respirando con fuerza por la nariz, y durante otro medio minuto examinó mi cara con una mirada recelosa. Tan arredrado estaba yo por su injustificada truculencia que creo que mi mano comenzó a temblar mientras firmaba el impreso de su tablilla con sujetapapeles. Supongo que tendré que acostumbrarme a este tipo de cosas, me refiero a envíos especiales y a tratar con matones, si voy a ser una estrella de cine.

Intenté abrir el sobre rompiéndolo con las uñas, pero estaba encerrado dentro de una funda de plástico impenetrable, y tuve que llevarlo a la cocina y colocarlo sobre la mesa y aplicar el cuchillo del pan, mientras Lydia lo miraba divertida. Cuando conseguí abrirlo, un fajo de papeles brotó del sobre y se derramó sobre la mesa. Había recortes de periódico y separatas de artículos de revistas y extensas reseñas de libros en letra menuda de gente de la que había oído hablar vagamente, de nombres sorprendentes y a menudo difíciles —Deleuze, Baudrillard, Irigaray y, por alguna razón mi favorito, Paul de Man—, en los que todos ellos reflexionaban y en su mayor parte discrepaban de manera violenta de la obra y las opiniones de Axel Vander.

Así que ese tal Vander era una figura literaria, crítico y profesor y, estaba claro, uno de esos a los que les alegra provocar polémicas. No parecía un gran tema para una película, habría dicho yo. Me pasé la mañana en el escritorio inmerso en las opiniones de sus adversarios y detractores —al parecer tenía pocos amigos—, pero no conseguí adelantar mucho. La especialidad de Vander es una de esas arcanas y codificadas —la palabra *deconstrucción* aparece a menudo— de la que mi hija Cass lo habría sabido todo. A esas hojas sueltas no las acompañaba ningún guión, sino un grueso volumen, *La invención del pasado* —así que de ahí habían sacado el título—, que con encomiable cara dura se proclama la biografía no autorizada de Axel Vander. La dejé para más tarde. Tendré que respirar muy hondo antes de sumergirme en ese pozo embarrado de datos y, no lo dudo, ficciones, pues todas las biografías son de manera necesaria, aunque involuntaria, mendaces. Ese tal Vander parece ser un sujeto escurridizo... y su nombre, por cierto, a mí me parece un anagrama. Además, me resulta levemente familiar, y me pregunto si Cass no me habló nunca de él.

Por la noche, Marcy Meriwether volvió a telefonear —imagino que después de tantos años de uso tiene el

teléfono injertado en la mano, como la lira de Orfeo—,
para asegurarse de que el *material* había llegado. Me dice
que también va a enviar a alguien a verme, uno de sus cazatalentos, tal como lo describe. Se llama Billy Striker. Un
nombre extraño, pero al menos rompe esa serie fastidiosa-
mente aliterativa de Marcy Meriwether, Toby Taggart y
Dawn Devonport... Sí, Dawn Devonport: ¿he mencionado que va a ser mi partenaire en *La invención del pasado*?
Estáis impresionados. Confieso que la perspectiva de trabajar con una estrella tan deslumbrante me alarma. Seguramente me arrugaré bajo el brillo de su celebridad.

Para apartar mi mente de asuntos tan perturbadoramente inquietantes, he estado garabateando en los
márgenes de estas páginas, haciendo un pequeño cálculo.
Aquel reencuentro con la señora Gray, bajo los auspicios
de la tabla de planchar, tuvo lugar una semana antes de su
cumpleaños, que caía, y todavía cae, si es que sigue con
vida, en el último día de abril. Lo que significa que nuestro como lo llamemos —¿aventura?, ¿encaprichamiento?,
¿retozo imprudente?— duró en total un poco menos de
cinco meses, o ciento cincuenta y cuatro días y noches,
para ser exactos. O no, fueron sólo ciento cincuenta y tres
noches, pues la noche del último día ella ya me había dejado para siempre. Y tampoco es que, si a eso vamos, pasá-
ramos ninguna noche juntos, ni una ni parte de una, pues
¿dónde podríamos haberlas pasado? Es cierto que yo tenía
la fantasía de que todos los Gray se iban a pasar la noche a
alguna parte, y que la señora Gray regresaba a escondidas
y me dejaba entrar en la casa y me llevaba a su dormitorio
del piso de arriba y me mantenía apasionadamente ocupado hasta que la aurora de rosáceos dedos se colaba por debajo de la persiana para despertarnos. Era una fantasía con
la que pasaba de manera agradable los intervalos que permanecía alejado de mi amada. Una fantasía, naturalmen-

te, pues aparte de las serias dificultades que habría tenido la señora Gray para librarse de su familia, estaba la cuestión de lo que habría dicho mi madre de haber descubierto que yo no había dormido en mi cama, por no hablar del señor Gray y de lo que habría hecho de haber albergado alguna sospecha y regresado a toda prisa a su casa y pillado a su esposa y a su amante menor de edad mancillando de manera enérgica el lecho nupcial. ¿Y si todos hubieran regresado juntos, el señor Gray y Billy y la hermana de Billy, y nos hubieran encontrado allí? Me los imaginaba a todos ellos en la puerta del dormitorio, bajo la estridente cuña de luz procedente del descansillo, el señor Gray en medio con Billy a un lado y Kitty al otro, los tres apretándose la mano unos a otros y observando boquiabiertos de estupefacción a los amantes de expresión culpable, sorprendidos en su avergonzada agitación, rompiendo apresuradamente lo que sería su último lúbrico abrazo.

Al principio, el asiento trasero del viejo coche familiar de los Gray —era de color piel de elefante, eso puedo verlo con claridad—, o incluso el asiento delantero en aquellas ocasiones en que mi deseo no admitía demora, era una morada de dicha lo bastante espaciosa para una amante demoníaca y su mozalbete. No digo que fuera cómodo, pero ¿qué más le da la comodidad a un muchacho cuando le hierve la sangre? Fue aquel último día de abril cuando volvimos a encontrarnos, aunque no sabía que era su cumpleaños hasta que me lo dijo. De haber sido más observador y menos impaciente a la hora de ir al grano quizá me habría fijado en lo callada que estaba, lo pensativa, su dulce tristeza, incluso, en contraste con su energía y alegría de la otra ocasión, la primera, cuando yacimos juntos. Entonces me dijo qué día era, y dijo que notaba la edad, y soltó un gran suspiro.

—Treinta y cinco —dijo—. ¡Imagínate!

El coche familiar estaba aparcado en la misma pista forestal donde nos habíamos detenido la otra tarde, y ella yacía despatarrada en el asiento trasero, con la cabeza y los hombros apoyados en extraño ángulo contra una manta de picnic doblada, el vestido subido por las axilas y yo encima de ella, agotado por el momento, la mano izquierda chapoteando en el hueco caliente y empapado que había entre sus muslos. El sol de la tarde era débil, y también llovía, y las grandes gotas procedentes de los árboles que teníamos encima caían en un plof metálico y sincopado sobre el techo del coche. Encendió un cigarrillo —un Sweet Afton, su marca preferida, con el bonito paquete color natillas—, y cuando le pedí uno puso unos ojos como platos con fingido escándalo y dijo que desde luego que no, y a continuación me echó el humo a la cara y se rió.

Ella no había nacido en nuestro pueblo —¿lo había dicho?—, ni tampoco su marido. Cuando se instalaron con nosotros ya estaban casados y Billy aún no había nacido, y el señor Gray alquiló un local en la esquina de Haymarket y abrió su tienda de gafas. Las circunstancias de su otra vida cotidiana, su vida lejos de mí y de lo que hacíamos juntos, constituían un tema que yo a veces encontraba aburrido y otras tremendamente doloroso, y cuando la señora Gray hablaba de ellas, como hacía a menudo, yo soltaba un suspiro de impaciencia e intentaba desviarla a otros temas, desviarla a otras *actividades*. Mientras estaba en sus brazos de aquel modo conseguía olvidar que era la mujer del señor Gray, o la madre de Billy —incluso podía olvidar a la gatuna Kitty—, y no deseaba que me recordaran que tenía una familia en algún lugar y que, después de todo, yo era un intruso.

La población de la que procedían los Gray —no recuerdo dónde estaba, si es que me molesté en preguntar— era mucho más grande y más importante que la nuestra, o eso insistía en decir ella. Le gustaba hacerme de rabiar describiendo sus anchas calles, sus hermosas tiendas y sus barrios ricos de las afueras; decía también que sus habitantes eran gente de mundo y refinada, no como la de nuestro

pueblo, donde se sentía atrapada y amargamente insatisfecha. ¿Atrapada? ¿Insatisfecha? ¿Cuando me tenía a mí? Vio
mi expresión y se inclinó hacia delante y tomó mi cara entre sus manos y la acercó a la suya y me besó, soltándome
una carcajada y humo en la boca.

—Nadie me había hecho un regalo de cumpleaños
tan bueno —me susurró con voz ronca—. ¡Mi precioso
muchacho!

Su precioso muchacho. Creo que ella me consideraba, o se obligaba a considerarme, como una especie de
hijo perdido mucho tiempo atrás, un hijo pródigo que,
para su dicha, había regresado, asilvestrado tras su estan-
cia entre los cerdos y necesitado de atenciones femeninas, y
desde luego de una matrona, para domarlo y civilizarlo.
Me mimaba, ya lo creo, me mimaba más allá de los deli-
rios más desaforados de un adolescente, pero también me
controlaba. Me hizo prometer que me bañaría más a menudo y con más esmero, y que me cepillaría los dientes
con regularidad. Tenía que cambiarme los calcetines cada
día, y pedirle a mi madre, aunque sin levantar sospechas,
que me comprara ropa interior presentable. Una tarde, en
la casa de los Cotter, sacó un envoltorio de ante atado en la
mitad con una tira de cuero y lo desenvolvió y lo colocó
sobre el colchón, revelando un reluciente juego de instrumentos de barbero, unas tijeras, una navaja de afeitar, pei-
nes de carey y unas relucientes tijeras de peluquero con
una doble serie superpuesta de dientes diminutos y muy
afilados. Aquello era una especie de hermano mayor del
juego de manicura que Billy me había regalado por Navidad. En una ocasión la señora Gray había hecho un curso
de peluquería, me dijo, y en su casa le cortaba el pelo a toda
su familia, y también a ella misma. A pesar de mis quejas
—¿cómo se lo iba a explicar a mi madre?— me hizo sentarme en una vieja silla de mimbre, a la soleada entrada, y
se puso a trabajar en mi enredada pelambrera con celeridad profesional, canturreando mientras trabajaba. Cuando

hubo terminado, dejó que me viera en el espejo en miniatura de su polvera; parecía Billy. En cuanto a mi madre,
por cierto, no tenía de qué preocuparme, pues en su habitual despiste ni siquiera se fijó en mi inexplicado corte de
pelo... Así era mi madre, genio y figura.

De repente me acuerdo de dónde salían esas cosas,
el juego de manicura y los instrumentos de barbero, y
probablemente también la polvera: ¡los vendía el señor
Gray en su tienda, claro! ¿Cómo podía haberme olvidado? O sea, que los conseguían a precio de coste. La idea de
que mi amada fuera un tanto agarrada es un poco decep-
cionante, debo decir. Con qué severidad la juzgo, incluso
ahora.

Pero no, no, ella era la generosidad personificada;
ya lo he dicho antes y vuelvo a decirlo. Desde luego, me
concedió el libre uso de su cuerpo, ese opulento jardín de
placer en el que yo sorbía y chupaba, aturdido como un
abejorro en pleno verano. Sin embargo, en todas partes
había límites que no podía traspasar. Por ejemplo, podía
hablar todo lo que quisiera de Billy, burlarme de él, si lo
deseaba, traicionar sus secretos —escuchaba todo lo que le
contaba de su hijo, de repente un desconocido, sin perder
comba, como si yo fuera un viajero de la antigüedad que
acababa de regresar con noticias del fabuloso Catay—,
pero no estaba permitida ninguna mordaz mención de la
delicada Kitty, ni, sobre todo, de su patéticamente miope
marido. No hace falta que diga que aquello me incitaba a
derramar burla y menosprecio sobre ambos cuando ella estaba presente, aunque no lo hacía, pues sabía lo que me
convenía. Ah, ya lo creo que sabía lo que me convenía.

Al volver la vista atrás, me sorprende lo poco que
llegué a saber de ella y de su vida. ¿Acaso no la escuchaba?
Porque, desde luego, a ella le encantaba hablar. Había veces en que sospechaba que la repentina intensificación
pasional que demostraba —el rastrillo de sus uñas en mis
omóplatos, una palabra picante jadeada en mi oído— no

era más que una maniobra para que yo acabara más rápidamente y ella pudiera recostarse y ponerse a charlar a gusto. Su mente estaba abarrotada de todo tipo de informaciones arcanas y curiosas, extraídas de su amplia lectura de *Tit-Bits* y la columna «Ripley's Believe It or Not!» de los periódicos. Conocía la danza que hacían las abejas cuando recogían la miel. Era capaz de contar de qué fabricaban la tinta los escribas de antaño. Una tarde, en la casa de Cotter, mientras el sol caía sobre nosotros en ángulo a través de la grieta de un cristal en lo alto, me explicó el principio del derecho del propietario de una casa a la antigua luz* —el cielo debe quedar visible en lo alto de una ventana vista desde la base de la pared opuesta, si lo recuerdo bien—, pues en una ocasión había trabajado de empleada en las oficinas de una empresa de tasadores oficiales. Conocía la definición de manos muertas, y era capaz de recitar de un tirón y por orden los signos del Zodíaco. ¿Con qué se hacen las cerezas confitadas? ¡Con algas marinas! ¡Cuál es la palabra más larga que se puede escribir a máquina con la hilera superior de las teclas? *¡Typewriter!* «¿A que no lo sabías, listillo?», gritaba, y reía encantada, y me clavaba el codo en las costillas. Pero de ella misma, de lo que la psicología popular llamaría su vida interior, ¿qué me contó? Olvidado, todo olvidado.

Todo no, no del todo. Recuerdo lo que me dijo un día cuando con cierta suficiencia observé que naturalmente ella y el señor Gray ya no podían hacer juntos lo que ella y yo hacíamos de manera frecuente. Primero me miró ceñuda, sin comprender exactamente a qué me refería, a continuación me sonrió con mucha dulzura y negó con la cabeza de un modo triste. «Pero yo estoy casada con él», dijo, y fue como si esa sencilla afirmación me revelara todo lo que me hacía falta saber de sus relaciones con un

---

* Esta *ancient light* se refiere a la «servidumbre de luces» en español. Hemos dejado este equivalente literal por sus resonancias dentro del texto. *(N. del T.)*

hombre al que yo había procurado odiar y despreciar. Me sentí como si me hubieran lanzado un golpe involuntario pero veloz y fuerte en el plexo solar. Primero me enfurruñé, a continuación comencé a sollozar. Ella me apretó contra su pecho como si fuera un bebé, murmurando *shh, shh* en dirección a mi sien y meciéndonos con suavidad de un lado a otro. Soporté aquel abrazo un rato —qué placer dulcemente vengativo se oculta tras el dolor del amor—, y luego me separé de ella hecho una furia.

Estábamos en la casa de Cotter, sobre el colchón del suelo de lo que había sido la cocina, los dos desnudos, ella sentada estilo sastre con los tobillos cruzados —no estaba tan enfadado como para no observar las relucientes perlas como de rocío con que yo había rociado la pelusa hirsuta de entre sus piernas—, yo arrodillado ante ella, la cara deformada en una rabia celosa y cubierta de lágrimas y moco, chillándole por su perfidia. Esperó hasta que me hube calmado, a continuación me hizo recostarme contra ella, yo aún sorbiendo por la nariz, y comenzó a jugar distraídamente con mi pelo —qué rizos, qué mechones tenía entonces, Dios mío, a pesar de esas tijeras de barbero que ella esgrimía—, y tras algunas vacilaciones y falsos comienzos, entre mucho suspiro y murmullo atribulado, dijo que yo debería comenzar a comprender lo difícil que todo eso era para ella, el hecho de estar casada y ser madre, y que su marido era un buen hombre, un hombre bueno y amable, y que moriría antes de hacerle daño. Mi única respuesta a ese palabreo de paparruchas románticas extraídas de revistas femeninas a las que era tan aficionada fue zafarme de ella en un gesto de furioso rechazo. Se calló, y permaneció así un buen rato, y sus dedos también dejaron de alborotarme el pelo. Fuera, los tordos hacían sonar su canto obsesivo en los árboles, y el sol de principios de verano que entraba a través de un marco roto me quemaba la espalda desnuda. Debíamos de componer una escena sorprendente, los dos, una piedad profana, la mujer afligida abrazando a un joven varón animal muy compungido que no era su hijo, y que, sin embargo, en cierto modo lo era. Cuando comenzó a hablar otra vez su voz sonó distante, y distinta, como si ella se hubiera transformado en otra persona, una desconocida, pensativa y serena: en otras palabras, y de manera alarmante, en un adulto.

—Me casé joven, sabes —dijo—. Apenas tenía diecinueve años. ¿Cuánto es eso, cuatro años mayor que tú? Me daba miedo acabar de solterona —se rió con cierta amargura y sentí que sacudía la cabeza—. Y ahora, mírame.

Lo consideré una admisión de profunda infelicidad en su matrimonio, y dejé que aquello me aplacara.

Pero creo que ha llegado el momento de decir algo acerca de nuestro secreto lugar de encuentro. Qué orgulloso de mí mismo y de mi abundancia de recursos me sentí la primera vez que llevé a la señora Gray a verlo. Nos encontramos al borde de la carretera que quedaba por encima de la avellaneda, tal como habíamos acordado, y yo salí de entre los árboles sintiéndome tan satisfecho como uno de esos personajes de película que evidentemente planean alguna maldad. Ella apareció en su coche, conduciendo de esa manera negligente que siempre me excitaba contemplar, agarrando indolente el volante con una mano, gastado, de un reluciente color crema, y la otra sujetando un cigarrillo, con el codo lleno de pecas asomando por la ventanilla y ese rizo detrás de la oreja girando al viento.

Paró el coche un poco lejos de mí y esperó a que otro que venía en dirección opuesta nos rebasara. Era una nublada mañana de mayo, con un brillo metálico en las nubes. Yo no había ido a la escuela para poder acudir a mi cita furtiva, y tenía la cartera oculta bajo unas matas. Le dije que me había tomado el día libre porque luego tenía hora con el dentista. A pesar de que técnicamente era mi amante, también era un adulto, y a menudo me descubría contándole una trola igual que haría con mi madre. Ella llevaba su vestido ligero y floreado de falda ancha, del que por entonces ya sabía lo mucho que disfrutaba yo viendo cómo se lo quitaba —se lo sacaba por la cabeza con los brazos rectos y los pechos en su escote halter blanco apretándose rotundos el uno contra el otro—, y unas bailarinas negras de terciopelo que tenía que quitarse y llevar en la mano para que no se ensuciaran de barro. Tenía los pies bonitos, enseguida los vi, pálidos e inesperadamente alargados y esbeltos, muy estrechos en el talón y ensanchándose con gracilidad hacia los dedos, que eran muy rectos y casi tan prensiles como los de las manos, cada uno perfectamente separado del otro, y que ahora movía al caminar, enterrándolos voluptuosamente en la tierra húmeda y con mantillo y produciendo un leve chop chop porque le gustaba.

Se me había pasado por la cabeza ponerle una venda en los ojos para intensificar la sorpresa de lo que iba a enseñarle, pero me había dado miedo que tropezara y se rompiera algo: me horrorizaba que se hiriera cuando estaba conmigo y tener que ir a buscar ayuda, acudir a mi madre, por ejemplo, o, Dios no lo quisiera, al señor Gray. Estaba emocionada como una niña, impaciente por saber cuál era la sorpresa que tenía para ella, pero yo no se lo decía, y cuanto más insistía ella, más terco me ponía yo, e incluso comencé a gritar un poco por su impertinencia, y yo iba delante de ella, con lo que la hacía ir deprisa, casi a la carrera, trastabillando descalza como iba, para no quedarse atrás. El sendero serpenteaba sombrío bajo los árboles sin hojas —¡fijaos, de repente vuelve a ser otoño, imposible!—, y en aquel momento me invadían unos irritados recelos. Al volver la vista atrás, me sorprende lo voluble que era mi estado de ánimo cuando estaba con ella, lo deprisa que me enfurecía por una nimiedad, o sin razón alguna. Parecía permanentemente suspendido sobre un pozo de furia humeante y sulfurosos vapores que me irritaban los ojos y me dejaban sin aliento. ¿Cuál era la causa de esa mohína sensación de que me tomaban el pelo y me trataban injustamente que jamás dejaba de atormentarme? ¿Es que no era feliz? Lo era, pero por debajo estaba también enfadado, siempre. A lo mejor es que ella era demasiado para mí, que el amor y todo lo que exigía me resultaba una carga demasiado pesada, de manera que incluso cuando me retorcía extasiado en su abrazo anhelaba en lo más hondo de mí la tranquilidad de antes, la antigua y cómoda vulgaridad de las cosas antes de que ella las transformara. Sospecho que en lo más recóndito de mí quería volver a ser muchacho, y no aquello en lo que el deseo que sentía por ella me había convertido. Menuda maraña de contradicciones estaba hecho, yo, un pobre y confundido Pinocho.

Pero, ah, queridos, qué cara tan larga puso cuando al final vio el lugar al que la había llevado, me refiero a la vieja casa de los Cotter, en medio del bosque. Fue cuestión de apenas un momento, su titubeo, y enseguida se recuperó y me mostró su sonrisa más ancha y valerosa de delegada de clase, pero en aquel momento incluso una criatura tan egoísta y poco observadora como yo no pudo pasar por alto la expresión de profunda aflicción que le agrietó la piel de las mejillas y le afiló la boca y tiró para abajo las comisuras de los ojos, como si lo que tenía delante, una casa antaño cuadrada y hermosa, ahora arrasada por el tiempo, con las paredes caídas y las vigas en mal estado a la vista, fuera la mismísima imagen de toda la locura y el peligro a que se había entregado al tomar por amante a un muchacho lo bastante joven como para ser su hijo.

A fin de distraernos de su consternación comenzó a ponerse sus zapatos absurdamente delicados, apoyando el tobillo en una rodilla y utilizando el índice de calzador, y para mantener el equilibrio se agarró fuertemente a mi brazo con una mano que le temblaba por algo más que el simple esfuerzo de mantenerse erguida. Afectado por su desilusión, yo también me sentía desilusionado, y vi aquella vieja casa en ruinas como lo que era realmente, y me maldije por haberla traído allí. Liberé mi brazo de ella y me aparté con brusquedad, y seguí avanzando y le di un furioso empujón a la puerta enmohecida, que se abrió brutalmente en medio del chirrido del único gozne que la mantenía unida al marco, y entré. En algunos lugares las paredes no eran más que una malla de listones, aquí y allá conservaban aún un enlucido medio desmoronado, y papel pintado, que en su mayor parte colgaba en lacias tiras que parecían lianas. Había un olor a madera podrida, cal y hollín inmemorial. La escalera se había desplomado, y había agujeros en el techo, y en el techo de los dormitorios de arriba, y también en el tejado de arriba de los dormitorios, de manera que cuando levanté la cabeza pude ver el cielo claramente a través de dos plantas y del desván, reluciendo entre las tejas.

Lo único que sabía de Cotter era que se había marchado mucho tiempo atrás, acompañado de todos los demás Cotter.

Un tablón crujió detrás de mí. Ella se aclaró la garganta delicadamente. Enfurruñado, me negué a volverme. Nos quedamos allí, en medio del silencio polvoriento, entre los pálidos haces de luz que llegaban de arriba, yo de cara a la casa vacía y ella a mi espalda. Parecía que estábamos en la iglesia.

—Es un lugar estupendo —dijo en tono de disculpa, con la voz un tanto pagada—, y has sido muy listo al encontrarlo.

Recorrimos el lugar, con un semblante sombrío y pensativo, sin decir nada y evitando mirarnos a los ojos, como un par de recién casados que caminan recelosos por las líneas de lo que será su primer hogar mientras el aburrido agente inmobiliario los espera en la escalera fumando un cigarrillo. No llegamos a besarnos, aquel día.

Fue ella la que en un día posterior encontró el viejo colchón lleno de grumos y manchas, doblado en dos y embutido en un armario húmedo y apestoso debajo de las escaleras. Juntos lo sacamos a rastras, y para airearlo lo colocamos sobre dos sillas de cocina bajo la única ventana que todavía tenía cristal, donde juzgamos que el sol brillaría con más fuerza.

—Servirá —dijo la señora Gray—. El próximo día traeré sábanas.

De hecho, durante la semana siguiente trajo todo tipo de cosas: una lámpara de aceite, que nunca encendimos, con un tubo bulboso de un maravilloso cristal que me hacía pensar en la vieja Moscovia; una tetera y un par de tazas de té y platillos desparejados, que tampoco llegamos a utilizar nunca; jabón y una toalla de baño y un frasco de colonia; también cosas para comer, entre ellas un tarro de carne en conserva y sardinas en lata y paquetes de galletas saladas, «por si acaso», dijo con una risita, «te entran ganas de picar».

Le encantaba esa parodia de ama de casa. Cuando era pequeña, dijo, adoraba jugar a las casitas, y de hecho, mientras la observaba sacar un alimento como de juguete tras otro de su cesta de la compra y colocarlos sobre los estantes combados de la sala, ella parecía con mucho, de los dos, la más joven. Fingí desdeñar ese burdo simulacro de felicidad doméstica que ella iba montando pieza a pieza, pero debía de haber algo en mí, una perdurable veta infantil, que me impedía echarme atrás y me impulsaba a unirme a ella, como de la mano, en sus felices juegos.

En algunos juegos. ¿Era la señora Gray culpable de violación, aunque fuera en un sentido legal? ¿Podía violarte una mujer, técnicamente? Al llevarse a la cama a un muchacho de quince años, y encima virgen, imagino que la habrían declarado legalmente culpable de un delito grave. Debería haberlo considerado. A lo mejor su capacidad de imaginar un inminente desastre quedaba embotada por una constante conciencia de la posibilidad —de la inevitabilidad, como acabó siendo— de que algún día, en un futuro muy lejano, la descubrieran y quedara deshonrada no sólo ante su familia sino ante los ojos de todo el pueblo, si no de la región. Había ocasiones en que se quedaba en silencio y apartaba los ojos de mí y parecía mirar algo que se acercaba pero que todavía estaba lejos, aunque no lo bastante como para que no pudiera distinguirlo en todo su espanto. Y en esas ocasiones, ¿yo la consolaba, intentaba distraerla, la apartaba de esa terrible visión? No. Me ponía de morros porque no me hacía caso, expresaba un comentario hiriente y me levantaba del colchón y me iba con pisadas indignadas al otro lado de la casa. El retrete encalado del jardín de detrás, con su trono manchado y sin asiento y una acumulación secular de telarañas en los rincones, era uno de mis lugares favoritos cuando deseaba castigarla por alguna de sus fechorías mediante una ausencia prolongada y, confiaba, preocupante. ¿En qué meditaba, allí acuclillado en la clásica pose, con los codos sobre las rodillas y la barbilla sobre las manos? No necesitamos remontarnos a los libros, nuestra trágica situación está escrita en los rollos de papel de váter. Un olor especial llegaba de fuera, intenso y de un agrio verdoso; entraba por el agujero cuadrado que había en lo alto de la pared detrás de la cisterna; todavía me llega a veces en ciertos días húmedos de verano, y hace que algo pugne por abrirse dentro de mí, una flor atrofiada que empuja procedente del pasado.

Que ella nunca me siguiera al retrete ni intentara convencerme de que volviera cuando yo me iba hecho un basilisco añadía motivos a mi resentimiento, y cuando yo regresaba, fingiendo una fría e impávida indiferencia, observaba por el rabillo del ojo alguna señal de burla o ironía —un labio mordido para evitar una sonrisa, o incluso una mirada desviada demasiado pronto, me habría hecho regresar inmediatamente al cagadero—, pero siempre la encontraba esperando con una mirada serena y solemne y una expresión de leve disculpa, aunque la mitad del tiempo debía de preguntarse de qué había que disculparse. Con qué ternura me abrazaba entonces, y qué complaciente al tenderse sobre aquel repugnante colchón y permitir que entrara en ella toda mi rebosante furia, mi necesidad y mi frustración.

Resulta extraordinario que no nos pillaran antes. Tomábamos todas las precauciones que podíamos. Al principio procurábamos ir a la casa de Cotter por separado. Ella siempre aparcaba el coche en un camino arbolado casi a un kilómetro de distancia, y yo escondía mi bicicleta bajo unas zarzas que había junto al camino que seguía el avellanar. Qué emoción, qué temor casi al salir de entre los árboles y caminar furtivamente hasta la hondonada donde estaba la casa, deteniéndome de vez en cuando y aguzando el oído, alerta como Calzas de Cuero, ante el persistente silencio del bosque.

Yo era incapaz de decidir qué prefería, si llegar el primero y esperarla, las palmas de las manos húmedas y el corazón percutiéndome en el pecho —¿vendría esta vez o habría recobrado la sensatez y decidido romper conmigo?—, o que ella llegara antes que yo, y encontrarla acurrucada y ansiosa delante de la puerta como siempre, pues le daban miedo las ratas, decía, y no se atrevía a entrar sola. En los primeros minutos nos sentíamos extrañamente cohibidos, y no decíamos nada, o sólo formalidades, como educados desconocidos, y apenas nos mirábamos, sobrecogidos por lo que éramos el uno para el otro, y también, sin duda, por la enormidad de lo que habíamos emprendido juntos. A continuación ella me tocaba de un modo casual, me rozaba la mano con la suya como de manera fortuita o me apartaba un mechón de cabello de la cara, y enseguida, como si hubiera quitado un seguro, nos lanzábamos el uno en brazos del otro, besándonos y arañándonos mientras ella emitía sus leves gemidos de dulce aflicción.

Adquirimos la habilidad de quitarnos la ropa, o al menos casi toda, sin interrumpir nuestro abrazo, y a continuación su piel maravillosamente fresca y un tanto granulosa se apretaba toda contra la mía, y caminábamos como cangrejos hasta la cama improvisada y lentamente caíamos en una especie de desvanecimiento que nos hacía perder el equilibrio. Al principio, sobre el colchón, éramos todo caderas y codos, pero al cabo de unos momentos de desesperada refriega todos nuestros huesos parecían relajarse y doblarse y mezclarse, y ella apretaba su boca contra mi hombro y exhalaba un prolongado y estremecedor suspiro, y empezábamos.

Pero ¿qué, os estáis preguntando, hacía mi amigo Billy, o no hacía, mientras su madre y yo nos dedicábamos a nuestra placentera calistenia? Ésta es una pregunta que a menudo me he formulado, con gran preocupación. Naturalmente, cada vez se me hacía más difícil mirarlo a la cara, mirar sus ojos siempre relajados y tranquilos, pues ¿durante cuánto tiempo podría ocultarle el resplandor de la culpa que yo estaba seguro de delatar? La cosa resultó menos difícil cuando acabó la escuela y comenzaron las vacaciones de verano. En vacaciones las alianzas cambiaban, surgían nuevos intereses que inevitablemente nos llevaban con nuevos o al menos distintos grupos de compañeros. Ni Billy ni yo teníamos la menor duda de que seguiríamos siendo muy buenos amigos, sólo que ahora nos veíamos mucho menos que antes, eso era todo. Lejos de la escuela, incluso los mejores amigos se daban cuenta de que había cierta reserva entre ellos, una timidez, una incomodidad, como si temieran, en ese nuevo reparto de libertades infinitas y sin trabas, pillar al otro de manera inadvertida en alguna circunstancia vergonzosa, enfundado en algún ridículo traje de baño, pongamos, o de la mano de alguna chica. Así que aquel verano Billy y yo, como todos los demás, comenzamos a evitarnos con discreción, él por las razones que acabo de mencionar, y yo..., bueno, yo por mis propias y extraordinarias razones.

Aquella mañana su madre y yo sufrimos un susto horrible. Era un neblinoso sábado de principios de verano, un sol blanquecino luchaba por asomar entre los árboles, prometiendo traer un día sofocante. Teóricamente la señora Gray estaba de compras, y yo haciendo no recuerdo qué. Permanecíamos sentados en el colchón el uno al lado del otro con la espalda apoyada en la pared pulverulenta y los codos en las rodillas, y ella me dejaba dar una calada a su cigarrillo —habíamos convenido que yo no fumaba, aunque ya consumía diez o quince al día, y ella lo sabía—, cuando de repente dio un brinco de alerta y me rodeó la muñeca con una mano temerosa. Yo no había oído nada, pero ahora sí. Llegaban voces de la cresta que había encima de nosotros. Enseguida me acordé de Billy y de mí el día en que me señaló el musgoso tejado de los Cotter camuflado entre las copas de los árboles. ¿Era él, que venía a enseñarle ese lugar a otro? Aguzamos el oído, respirando todo lo silenciosamente que nos permitían nuestros pulmones. La señora Gray me miraba de soslayo, y en el blanco de sus ojos había un destello de terror. Las voces que bajaban entre los árboles formaban un sonido hueco y resonante, como el de unos macillos de acero golpeando musicalmente la madera... o como el Destino, más bien, tamborileando con los dedos con un gesto divertido. ¿Eran voces de niños, de adultos, o de ambas cosas? No sabíamos decir. Todo tipo de fantasías descabelladas cruzaron mi mente. Si no era Billy, serían unos trabajadores que aparecerían con mazos y palancas para demoler lo que quedaba de la casa; era un grupo que buscaba a una persona desaparecida; eran los guardas, enviados por el señor Gray para arrestar a su casquivana esposa y a su precoz *inamorato*.

El labio inferior de la señora Gray se había puesto a temblar.

—Oh, Dios mío —susurraba tragando saliva—. Jesús de mi corazón.

Al poco, sin embargo, las voces se apagaron y el silencio regresó a la cresta de la colina. Pero aún no nos atrevíamos a movernos, los dedos de la señora Gray aún se clavaban como garras en mi muñeca. Entonces, bruscamente, se puso en pie y comenzó a ponerse la ropa con torpe precipitación. Yo la observaba con una creciente sensación de alarma, no ya temiendo que nos descubrieran, sino algo mucho peor, a saber, que el susto que se había llevado la hubiera amedrentado de manera definitiva y se marchara para nunca volver. Exigí que me dijera, quebrándoseme la voz, qué pensaba que estaba haciendo, pero no me contestó. Pude ver en sus ojos que ya se hallaba en otra parte, de rodillas, probablemente, aferrada a los pantalones de su marido y suplicando perdón. Se me ocurrió soltar alguna frase altisonante, pronunciar alguna solemne admonición —*Si sales de aquí ahora, ni se te ocurra pensar en...*—, pero no encontré palabras, y aun cuando las hubiera encontrado no me habría atrevido a pronunciarlas. Me asomaba al abismo que siempre había estado debajo de mí. Si la perdía, ¿podría soportarlo? Debía ponerme en pie de un salto, lo sabía, rodearla con mis brazos, no para tranquilizarla —¿qué me importaba su miedo?—, sino para impedir que se marchara por la fuerza. Sin embargo, una peculiar letargia se había apoderado de mí, esa aterrada letargia que se dice que se apodera del ratón que corretea por el campo cuando levanta la cabeza atemorizado y ve al halcón que vuela sobre él, y lo único que pude hacer fue sentarme allí y contemplarla mientras se ponía las bragas bajo el vestido y se inclinaba para recoger sus zapatos de terciopelo. Se volvió hacia mí, ciega de pánico.

—¿Qué aspecto tengo? —me preguntó en un susurro—. ¿Tengo buen aspecto? —sin esperar respuesta corrió hacia su bolso, sacó la polvera, la abrió y se miró en el espejito que había dentro, y ahora era ella la que parecía un ratón angustiado, con un temblor en las fosas nasales y asomando las puntas de sus dos incisivos un tanto montados—. Mírame —dijo consternada—. ¡El naufragio del *Hesperus*!

Me eché a llorar, sobresaltándome incluso a mí mismo. Era un llanto de verdad, el llanto crudo e impotente de un niño. La señora Gray dejó lo que estaba haciendo, se volvió hacia mí y se me quedó mirando aterrada. Ya me había visto llorar antes, pero había sido de furia o para que ella obedeciera mi voluntad, no de ese modo, abyecto, indefenso, y supongo que de repente volvió a darse cuenta de lo joven que yo era, después de todo, y a qué ignotas profundidades me había llevado. Se arrodilló en el colchón y me abrazó. Me produjo un escalofrío volver a estar en sus brazos ahora que estaba vestida, y cuando me incliné hacia ella y berreé de pena descubrí, para mi agradable sorpresa, que volvía a estar excitado, y me recosté y la arrastré conmigo y, a pesar de que se retorciera y protestara, deslicé las manos bajo sus ropas, y comenzamos de nuevo, y mis sollozos de miedo infantil y angustia se habían convertido ahora en el conocido y ronco jadeo que subía y subía en arco hasta el conocido grito final de triunfo y salvaje alivio.

Creo que fue el día en que le manifesté mi intención de dejarla embarazada. Recuerdo la modorra de mediodía y los dos echados juntos en silencio en una maraña de miembros sudorosos, una avispa zumbando en la esquina de una ventana rota y una brizna humeante de sol procedente de uno de los agujeros del techo formando un ángulo en el suelo junto a nosotros. Yo había meditado a menudo sobre el doloroso e inevitable hecho de la existencia del señor Gray, su imborrable marido, llegando a un estado de cólera reprimida, y la idea de llevar a cabo lo que seguramente sería la venganza definitiva sobre él apenas se había formado en mi mente y ya me oía anunciarla en voz alta y como si fuera algo que necesariamente había que llevar a cabo. Al principio me pareció que la señora Gray no lo comprendía, era incapaz de asimilar lo que yo había dicho, y no es de extrañar: desde luego, no era la clase de cosa que una mujer en medio de una aventura más peligrosa de lo habitual esperaría oír de los labios de su amante menor de edad. Cuando la cogías desprevenida o le decías algo que era incapaz de comprender enseguida, solía hacer algo que también he observado en otras mujeres: permanecía muy callada y quieta, como si de repente se encontrara amenazada y procurara pasar desapercibida hasta que el peligro desapareciera. Así que se quedó unos momentos inmóvil, con la espalda y su cálido trasero apoyados en mi pecho y uno de mis brazos debajo de ella. A continuación se dio la vuelta violentamente hasta quedar de cara a mí. Primero me miró incrédula, entonces me soltó un tremendo empujón con las dos manos en el pecho que me hizo resbalar hacia atrás sobre el colchón, hasta que mis omóplatos chocaron contra la pared.

—Esto que has dicho es muy desagradable, Alex Cleave —dijo con voz queda y terrible—. Debería darte vergüenza, ya lo creo que sí.

¿Fue entonces cuando me habló del hijo que había perdido? Una niña, nacida después de Billy y su hermana. El bebé estaba enfermo, y murió un día o dos después de un parpadeo de vida. La muerte, cuando llegó, fue repentina, y para la señora Gray resultó un tormento que la chiquitina no hubiera sido bautizada y ahora su alma estuviera en el limbo. Me incomodó saber de esa criatura, que para su madre era una presencia vivamente persistente, idealizada y adorada. Cuando la señora Gray hablaba de ella, con un suave canturreo y suspirando cariñosamente, me imaginaba la pequeña figurita dorada del Niño Jesús de Praga, con su corona y su capa, su cetro y su orbe, que reinaba en un esplendor impasible y en miniatura tras el tragaluz que había sobre la puerta principal de la casa de mi madre, y que me había dado miedo de pequeño y que todavía encontraba un tanto espeluznante. La señora Gray no andaba muy fuerte en las sutilezas de la escatología cristiana, y desde su punto de vista el limbo no era un lugar en el que las almas de los no bautizados quedaban permanentemente aisladas, sino una especie de purgatorio indoloro, una casa a medio camino entre la vida terrenal y las recompensas y gozos de la trascendencia beatífica, donde en aquel momento el bebé esperaba con paciencia el día, quizá el Día del Juicio, en que ascendería hasta la presencia de su Padre Celestial, donde los dos, madre e hijo, volverían a unirse dichosamente.

—Todavía no había escogido un nombre para ella —me dijo la señora Gray, tragando saliva apesadumbrada y secándose la nariz con el dorso de la mano. No es de extrañar que mi amenaza de fecundarla la hubiera alarmado y encolerizado.

Pero también podría haberle sugerido, aquel día, que si ella y yo teníamos un pequeñín propio, sería un sustituto del ángel embriónico que esperaba impaciente su turno tras las puertas del limbo. En aquel momento, sin embargo, después de su mención del bebé muerto, mi entusiasmo por una paternidad precoz se había enfriado considerablemente; de hecho, había quedado reducido a cenizas.

Lo que posteriormente consideré extraordinario de su reacción al proponerle dejarla en estado fue que no pareciera muy sorprendida; escandalizada, naturalmente, indignada, sí, pero no sorprendida. A lo mejor las mujeres nunca se sorprenden ante la perspectiva de quedar embarazadas, a lo mejor viven en un estado constante de preparación para esa eventualidad; a lo mejor podría consultar a Lydia al respecto, Lydia, mi Lydia, mi enciclopedia. La señora Gray ni siquiera me preguntó por qué quería tener un hijo, como si aceptara que era algo natural y obvio que yo lo deseara. De haberme preguntado, no habría sabido qué contestar. De haberse quedado embarazada de mí, a su marido le habría dolido mucho, sí, y habría sido agradable, pero también nos hubiera afectado mucho, a ella y a mí, y de manera dolorosa. ¿Sabía yo realmente lo que estaba diciendo, y si lo sabía, lo decía en serio? Estoy seguro de que no —después de todo, apenas era más que un niño— y estoy seguro de haberlo dicho sólo para escandalizarla y llamar su atención, exclusivamente, una tarea a la que dedicaba un gran esfuerzo e ingenio. No obstante, ahora me encuentro contemplando, con una punzada de lo que parece auténtico pesar, la posibilidad de que entre nosotros hubiéramos podido producir un muchacho espléndido e inteligente, pongamos, con los ojos de ella y mis extremidades, o una esplendorosa niña, una versión en miniatura de ella, con sus tobillos bien torneados y sus finos dedos de los pies y el rizo rebelde detrás de la oreja. Absurdo, absurdo. Imaginaos que ahora me encontrara con él o con ella, un hijo o una hija casi de la misma edad que tengo ahora, los dos incapaces de hablar de vergüenza ante la grotesca y cómica situación a la que nos había llevado un accidente amoroso y el rencor de un muchacho, y de la que sólo mi muerte podría librarnos, y ni siquiera eso borraría de los anales aquella risible mancha. Pero, pero. Mi mente gira confusa, mi corazón se encoge y se hincha. Absurdo. Miradme, dando tumbos al borde de la vejez y todavía soñando nostálgico con la generación, con un hijo que pudiera consolarme, una hija a la que pudiera amar, y en la que poder apoyar algún día mi frágil brazo para que me llevara por el último camino al final del cual aguarda lo que el Salmista denomina a su manera solemne mi morada definitiva.

Naturalmente, habría preferido una hija. Sí, sin duda una hija.

De hecho, lo sorprendente es que la señora Gray no se hubiera quedado embarazada, tantas eran la frecuencia y la energía con las que nos dedicábamos al asunto. ¿Cómo conseguía evitarlo? En este país, en aquellos días, no había medios legales disponibles para evitar la concepción, aparte del celibato, y aunque los hubiera habido, ella no se habría permitido utilizarlos, por la devoción a su fe. Pues ella creía en Dios, no en el Dios del amor, creo, pero desde luego sí en el Dios de la venganza.

Pero esperad. A lo mejor se quedó embarazada. A lo mejor por eso puso pies en polvorosa tan precipitadamente cuando se descubrió nuestra aventura. A lo mejor se marchó y tuvo un bebé, una niñita, nuestra, sin decírmelo. Si fue así, esa niñita ahora sería toda una mujer, tendría cincuenta años, y un marido, e hijos propios, quizá... ¡Personas distintas, desconocidas, que llevarían mis genes! Dios mío. Vaya cosas se me ocurren. Pero no, no. Cuando yo aparecí, retozón y petulante, ella debía de ser estéril.

El cazatalentos de Pentagram Pictures resultó ser Billie, no Billy como mi amigo de la infancia, y Stryker, no Striker —sí, probablemente fue el sentido del humor de Marcy Meriwether el responsable de que no me deletreara los nombres—, y es una mujer y categóricamente no, como yo había supuesto, un hombre. Yo me encontraba en mi desván, como siempre, cuando oí entrar en la plaza su ridículo cochecillo gimiendo y tosiendo, y luego el sonido del timbre. No presté atención, pensando que sería alguien que venía a ver a Lydia. Y ésta no le impidió la entrada, sino que la llevó a la cocina, la hizo sentarse y la agasajó con cigarrillos y té y un bizcocho; mi esposa siente debilidad por las desgracias y rarezas de todo tipo, sobre todo si son femeninas. ¿De qué pueden haber hablado, esas dos? No llegué a preguntar, por delicadeza, o timidez, o recelo. Pasaron sus buenos veinte minutos antes de que Lydia subiera y llamara a mi puerta para decirme que tenía una visita. Me levanté del escritorio, dispuesto a acompañarla abajo, pero ella se hizo a un lado en la estrecha entrada y, con el aire de un mago que saca un gran conejo de un sombrero muy pequeño, hizo pasar a la joven desde la estrecha escalera y con un empujoncito la impulsó al interior del cuarto, y se marchó.

Además de ser una mujer, Billie Stryker no es en absoluto como esperaba. ¿Y qué esperaba? Alguien inteligente y dinámico y americano, supongo. Sin embargo, Billie es una nativa de por aquí, una persona bajita y regordeta, diría yo, de entre treinta y cinco y cuarenta años. Su figura es de lo más singular, y parece montada a partir de un grupo de cajas de cartón de diversos tamaños que primero se dejaron bajo la lluvia y a continuación se amontonaron empapadas y de cualquier manera una encima de otra. El efecto general no lo mejoraban unos tejanos en extremo ajustados, ni el jersey negro de cuello cisne que convertía su cabezón en una pelota de goma colocada de manera precaria sobre esos cartones apilados. Tiene una cara simpática y diminuta embutida entre mucha carne sobrante, y las muñecas, con hoyuelos como las de los bebés, parecen haber sido atadas con unos hilos apretados allí donde van pegadas, o insertas, en las manos. Bajo el ojo izquierdo tenía una sombra morada y amarilla, los restos de lo que una semana atrás debió de ser un ojo a la funerala. Me pregunto cómo y dónde se lo pusieron así.

Ojalá que Lydia no la hubiera subido hasta aquí, pues aparte del hecho de que es mi refugio, la habitación de techo inclinado es pequeña, y Billie no lo es, y mientras me acercaba lentamente a ella me sentí un poco como Alicia al volverse enorme y quedar atrapada en la guarida del Conejo Blanco. Le indiqué la vieja butaca verde que es el único mueble que cabe en el estudio, aparte del escritorio en el que trabajo —yo lo llamo trabajo— y la antigua silla giratoria en la que me siento. Cuando me trasladé aquí Lydia intentó convencerme de que me creara un estudio de verdad en una de las habitaciones vacías que hay abajo —la casa es grande y sólo somos dos—, pero estoy contento aquí arriba, y no me importa pasar estrecheces, excepto en ocasiones como ésta, que son muy escasas. Billie Stryker se sentó allí, con un aire decidido pero inexplicablemente desamparado, haciendo girar sus dedos rechonchos y jadeando ligeramente y mirándolo todo excepto a mí. Tiene una manera especial y desaliñada de habitar una butaca, como si colgara de ella en lugar de estar sentada, colocando las nalgas en el borde delantero del cojín con las grandes rodillas bastante separadas y los pies calzados con zapatillas de deporte vueltos hacia dentro de una manera en que

la parte exterior de los tobillos reposa plana en el suelo. Me
desplacé hacia mi escritorio, sonriendo y asintiendo, igual
que un domador de leones encaminándose con cautela hacia su silla y su pistola, y me senté.

Ella parecía desconocer el motivo de su visita tanto como yo. Es una investigadora, si la comprendí correc-
tamente; ¿a los investigadores de las películas también se
los conoce como cazatalentos? Tengo mucho que aprender. Le pregunté si había estado investigando la vida de
Axel Vander y me miró como si acabara de contar un chis-
te sin gracia, y soltó una risita breve y al parecer burlona
que daba la impresión haber aprendido de Marcy Meriwether. Sí, dijo, le había dedicado muchas horas a Vander.
Muchas horas, ¿eh? Aquello sonó preocupantemente agotador. Me sorprendió su actitud reservada, y permanecimos allí sentados y sumidos en un prolongado y opresivo
silencio. De manera absurda se me ocurrió que puesto que
era una investigadora y sabía cómo llevar ese tipo de casos,
podría contratarla para que le siguiera la pista a la señora
Gray. La verdad, hay que ver qué fantasías se me meten en
la cabeza. De todos modos, no sería difícil descubrir el paradero de mi amor perdido. En el pueblo todavía habrá gente que se acuerde de los Gray —después de todo, sólo han
pasado cincuenta años desde que se marcharon, y la causa
de su repentina partida fue sin duda memorable—, y seguro que alguien sabrá lo que fue de ellos. Y no me cabe la
menor duda de que Billie Stryker sería un sabueso incansable una vez encontrara el rastro.

Le hice un par de preguntas acerca de la futura película en la que supuestamente los dos participábamos, y
de nuevo me lanzó esa mirada veloz y, me dije, incrédula,
aunque la verdad es que no subió más allá de mis rodillas,
y a continuación siguió contemplando la alfombra con aire
taciturno. Aquélla era una ardua labor, y yo estaba per-
diendo la paciencia. Indolente, puse a caminar mis dedos
por el escritorio y, canturreando, miré por la ventana, des-

de la cual, más allá de una esquina de la plaza, se ve un trozo del canal. Esa disciplinada y plácida imitación de un río es toda el agua que puedo soportar hoy en día; después de la muerte de Cass no podíamos seguir viviendo junto al mar como antes; la visión de las olas chocando contra las rocas era insoportable. ¿Por qué y a qué fin me había mandado Marcy Meriwether a esa criatura taciturna y patosa? ¿Y qué había pretendido Lydia durante el largo intervalo que habían pasado juntas abajo? Hay ocasiones en que me siento atrapado en una conspiración evidente y al parecer sin objeto urdida por mujeres. «No todo significa algo», le gusta decir a Lydia de manera críptica, y se hincha, como si hablara en serio pero al mismo tiempo le costara mucho contener la risa.

Le pregunté a Billie Stryker si le apetecía tomar algo, y entonces me habló del té y el bizcocho que Lydia le había servido en la cocina. Debería decir algo de esta cocina. Es el reino de Lydia, al igual que el desván es el mío. Últimamente pasa allí mucho tiempo, y yo rara vez me aventuro más allá de su umbral. Es un aposento cavernoso de techo alto y paredes de tosca piedra sin revestir. Hay una gran ventana sobre el fregadero, pero da directamente a unos brezos que en tiempo inmemorial fueron un rosal, de manera que la luz del sol apenas penetra, e impera una sombría penumbra. En ningún otro momento es más evidente que la familia de Lydia procede del desierto, al menos para mí, que cuando preside la cocina, en la alta mesa cuadrada de madera de pino restregada, con sus periódicos y sus cigarrillos, con un chal de púrpura circasiana sobre los hombros y sus morenos antebrazos cubiertos de muchas finas pulseras de tintineante oro y plata. No debería decirlo, pero a menudo pienso que en otra época es posible que a mi Lydia la hubieran tomado por una bruja. ¿De qué estuvieron hablando allí, ella y Billie Stryker?

En aquel momento Billie dijo que tenía que seguir —¿el qué, me pregunté?—, aunque no hizo ninguna otra señal de marcharse. Contesté, aunque sin poder ocultar mi perplejidad, que me alegraba de que hubiera venido, y que me sentía feliz de haberla conocido. Su respuesta fue más silencio y más mirada ausente. Y entonces, casi antes de darme cuenta, me puse a hablar de mi hija. Fue extraño, yo no soy así. No me acuerdo de la última vez que hablé con alguien de Cass, ni siquiera con Lydia. Conservo celosamente los recuerdos de mi difunta hija, los guardo muy en secreto, como una delicada acuarela que hay que proteger de la cruda luz del día. Y sin embargo ahí estaba, perorándole a esa desconocida reservada y recelosa acerca de mi hija y sus actividades. Naturalmente, veo a Cass en todas las jóvenes que conozco, no a Cass tal como era cuando puso fin bruscamente a su vida, sino como sería ahora, diez años más tarde. De hecho, sería de la edad de Billie Stryker, aunque seguramente eso es todo lo que tendrían en común.

Sin embargo, una cosa era que algo me recordara a Cass, aunque fuera de una manera tan tenue, y otra muy distinta ponerme a hablar de ella, y de una manera tan precipitada, e incluso tan descomedida. Cuando pienso en Cass —¿y cuándo no pienso en ella?—, creo percibir a mi alrededor una gran fuerza, un gran estruendo, como si estuviera directamente debajo de una cascada que me empapa y a la vez, de alguna manera, me deja seco, seco como un hueso. En eso se ha convertido para mí el duelo, en un diluvio constante que me agosta. Me di cuenta de que haber sufrido una pérdida también conlleva cierta vergüenza. O no, no es exactamente vergüenza. Una cierta incomodidad, pongamos, un cierto sonrojo. Incluso los primeros días posteriores a la muerte de Cass sentía el imperativo de no parlotear demasiado en público, de mantener el aplomo a toda costa, o al menos aparentarlo; cuando llorábamos, llorábamos en privado, Lydia y yo, cerrando la puerta con una sonrisa tras los que habían venido a consolarnos para de inmediato abrazarnos y casi aullar. No obstante, hablar en aquel momento con Billie Stryker me hizo sentir como si de alguna manera llorara. No sé explicarlo. No había lágrimas, desde luego, sólo palabras que me venían a la boca de manera imparable, y sin embargo tenía esa sensación de desamparo casi voluptuosa, esa sensación de caer hacia delante de cuando te abandonas a un berrido realmente poderoso. Y, por supuesto, cuando al final se acabaron las palabras me quedé totalmente compungido y abochornado, casi como si me hubiera escaldado un poco. ¿Cómo consiguió Billie Stryker que le contara tanto, al parecer sin el menor esfuerzo? Debe de haber en ella más de lo que se ve a simple vista. Y espero que así sea, porque lo que se ve a simple vista no es ni mucho menos agradable.

¿Qué le dije, qué le conté? No me acuerdo. Recuerdo sólo la perorata, pero no lo que peroré. ¿Dije que mi hija era una erudita y que sufría un extraño trastorno mental? ¿Relaté que cuando era joven y su enfermedad todavía no había sido diagnosticada su madre y yo pasábamos vertiginosamente de una angustiada esperanza a una híbrida decepción a medida que los signos de su enfermedad parecían disminuir sólo para volver a manifestarse de una manera más dura e ingobernable que nunca? Cómo anhelábamos, en aquellos años, pasar aunque sólo fuera un día normal, un día en el que pudiéramos levantarnos por la mañana y desayunar sin preocuparnos por nada, leernos fragmentos del periódico el uno al otro y planear hacer cosas, y luego dar un paseo, y contemplar las vistas con una mirada inocente, y luego compartir un vaso de vino y por la noche irnos juntos a la cama y yacer en paz el uno en brazos del otro y sumirnos en un sueño tranquilo. Pero no: nuestra vida con Cass implicaba una vigilancia constante, y cuando la esquivó y al final desapareció como por arte de magia —cuando se quitó de en medio, como dice esa exacta expresión—, reconocimos, incluso en medio de nuestro dolor, que el final que había impuesto a nuestra vigilia había sido inevitable. Nos preguntamos también, y el hecho de que nos lo preguntáramos nos horrorizó, si nuestra misma vigilancia en cierto modo no había acelerado el final. La verdad es que siempre nos había esquivado. En el momento de su muerte creíamos que estaba en los Países Bajos, inmersa en sus arcanos estudios, y cuando la noticia llegó de Portovenere, allá en el sur, nos dieron la triste noticia que en nuestros corazones habíamos sabido que llegaría algún día, sentimos no sólo su pérdida, sino que de algún modo había sido más hábil que nosotros, que, de una manera cruel y, sí, imperdonable, nos había burlado.

Pero esperad, un momento... Se me acaba de ocurrir una cosa. Aquel día era a mí a quien Billie Stryker estaba investigando. Ése era el motivo de todas esas evasivas y vacilación por su parte, de todos esos densos silencios: todo era una maniobra dilatoria mientras esperaba con paciencia a que yo comenzara a hablar, como haría de manera inevitable, para llenar el vacío que ella cuidadosamente había dispuesto. Qué sutileza por su parte, por no decir qué astucia, por no decir, de hecho, qué manipulación. Pero ¿qué averiguó de mí, a excepción de que tuve una hija y ésta murió? Cuando me disculpé por divagar tanto tiempo acerca de Cass, Billie Stryker simplemente se encogió de hombros y sonrió —tenía una sonrisa muy conmovedora, por cierto, triste y dulcemente vulnerable— y dijo que no pasaba nada, que no le importaba, que su trabajo era escuchar.

—Así soy yo —dijo—, una cataplasma humana.

Creo que definitivamente le pediré que me encuentre a la señora Gray. ¿Por qué no?

Bajamos y la acompañé a la puerta de entrada. No se veía a Lydia por ninguna parte. El coche de Billie es un antiguo Deux Chevaux corroído por la herrumbre. Cuando ella se colocó detrás del volante, se asomó para informarme, como si se le acabara de ocurrir, de que a principios de la semana siguiente, en Londres, habría una lectura del guión. Todo el reparto estaría allí, el director, desde luego, y el guionista. El nombre de éste es Josabe, o algo parecido. Me he vuelto un poco sordo y me molesta tener que pedirle a la gente que repita lo que me acaba de decir.

Billie se alejó en medio de nubes de humo marrón negruzco. Me quedé mirándola hasta que desapareció de la plaza. Estaba perplejo y sin saber cómo reaccionar, y presa de una leve pero definida desazón. ¿Había utilizado algún hechizo para hacerme hablar de Cass, o era que yo simplemente había estado esperando esa oportunidad? Y si es el tipo de persona con el que trataré en los meses siguientes, ¿en qué me he metido?

He pasado la tarde echándome al coleto, creo que ésa es la mejor expresión, *La invención del pasado,* la gruesa biografía de Axel Vander. El estilo de su prosa ha sido lo que, de buen principio, más me ha sorprendido... De hecho, me ha dejado tieso. ¿Es afectación, o se trata de una postura deliberada? ¿Es una ironía general y sostenida? Retórica en extremo, exageradamente elaborada, de lo más antinatural, sintética y densa, posee un estilo que podría haber sido forjado —*le mot juste!*— por el empleado de un tribunal de delitos menores de Bizancio, pongamos, un antiguo esclavo cuyo amo le ha concedido generosamente la libertad de utilizar su inmensa y ecléctica biblioteca, una libertad que el pobre tipo ha aprovechado con excesiva avidez. Nuestro autor —el tono te atrapa—, nuestro autor ha leído mucho pero de una manera no sistemática, y utiliza todos los recursos que ha ido recogiendo de esos libros para disimular su falta de instrucción —un poco de latín, un poco menos de griego, ja, ja—, aunque el efecto es justo el contrario, pues en cada espléndida imagen, en cada intrincada metáfora, en cada ejemplo de remedo de conocimiento y falsa erudición, se revela de manera inconfun-

dible como el ávido autodidacta que indudablemente es.
Debajo del lustre, de la estudiada elegancia, la pose de
dandi, late un hombre atenazado por los miedos, las an-
gustias, los amargos resentimientos, y también poseído de
un ingenio esporádico y mordaz y un ojo por lo que se podría denominar el bajo vientre de la belleza. No es de extrañar que se haya visto atraído por un sujeto como Axel
Vander.

    Este tal Vander, podría decir, era un pájaro de muy
curioso plumaje. Para empezar, parece ser que ni siquiera
era Axel Vander. El auténtico Vander, nacido en Amberes,
murió misteriosamente durante los primeros años de la guerra —había rumores, extendidos aunque poco plausibles,
de que, a pesar de sus ideas políticas espeluznantemente
reaccionarias, se había unido a la Resistencia—, y este otro
Vander, el falso, del que no se conoce nada, simplemente
asumió su nombre y hábilmente ocupó su lugar. El falso
Vander llevó a cabo una carrera genuina como periodista y
crítico, dejó Europa por los Estados Unidos, se casó y se ins-
taló en California, en una población que tenía el agradable
sonido de Arcadia, y durante muchos años enseñó en la universidad; su esposa murió —parece ser que padecía senili-
dad prematura y es posible que Vander la matara—, y poco después Vander abandonó su trabajo y se mudó a Turín,
donde moriría un año o dos más tarde. Éstos son los hechos, recogidos de la útil Cronología que nuestro autor nos
ofrece tras el Prefacio, y seguramente se escandalizaría al
verme presentarla de una manera tan austera y sin adornos.
Los libros que Vander escribió en sus años americanos,
sobre todo la colección de ensayos herméticamente titulados
*El alias como hecho destacado: el caso nominativo en la búsque-
da de la identidad,* le granjearon una gran reputación, aunque polémica, de iconoclasta e intelectual escéptico. «Una
veta repugnante recorre su obra», escribe con desencanto el
biógrafo, con una palpable muestra de desdén, «y muy a menudo su tono es el de una solterona refunfuñona y ponzo-

ñosa, una persona de esas que confiscan la pelota de fútbol que un crío cuela de manera accidental en su jardín y pasan las tardes escribiendo anónimos venenosos en cartas de papel perfumadas a sus vecinos del pueblo». Ya veis lo que os decía del estilo.

Y este Vander es el personaje que tengo que interpretar. Hay que ver.

Sin embargo, en cierto modo entiendo por qué alguien ha pensado que aquí hay material para una película. La historia de Vander teje un cierto hechizo mefítico. A lo mejor estoy muy sugestionable, pero mientras estaba sentado en la vieja butaca verde en la que hacía poco Billie Stryker se había posado y resollado, me inundó la sensación de que algo me agarraba de manera furtiva y hábilmente se apoderaba de mí. En el cielo de octubre que se veía desde la ventana inclinada flotaban nubes color cobre, y la luz de la habitación era un gas denso y pálido, y el silencio también era denso, como si se me hubieran taponado los oídos en un avión, y me pareció ver al misterioso primer y válido Axel Vander tambaleándose y cayendo sin emitir ningún sonido mientras su usurpador ocupaba inmediatamente su lugar y seguía caminando, hacia el futuro, y se apoderaba de mí, que dentro de poco me convertiré a su vez en una suerte de él, otro eslabón insustancial en la cadena de suplantación y engaño.

Saldré a dar un paseo; quizá eso me devolverá mi yo.

Me gusta caminar. O, mejor dicho, camino, y dejémoslo ahí. Es una antigua costumbre, adquirida en los primeros meses de pesar tras la muerte de Cass. Hay algo en el ritmo de caminar sin rumbo que me resulta balsámico. Mi profesión, de la que creía haberme retirado hasta que Marcy Meriwether me ha devuelto a las candilejas, o a las lámparas de arco, o como se llamen, siempre me ha permitido tener libres las horas del día. Produce una tibia

satisfacción estar en la calle sin nada que hacer mientras
los demás están encerrados trabajando. A media mañana,
o a primera hora de la tarde, las calles poseen un aire de
propósito claro pero no cumplido, como si algo importante se hubiera olvidado de ocurrir en ellas. Los cojos y los
tullidos salen de día a tomar el aire, y también los viejos y
los que ya no tienen trabajo engañan las horas muertas intentando subsanar sus pérdidas, probablemente igual que
hago yo. Su actitud es vigilante y un tanto culpable; quizá
temen que les echen en cara su ociosidad. Debe de ser difícil acostumbrarse a que no haya nada urgente que hacer,
como pronto averiguaré cuando esas lámparas de arco se
apaguen por última vez y desmonten los decorados. Imagino que el suyo es un mundo sin ímpetu. Los veo envi-
diando el ajetreo de los demás, observando con resentimiento al afortunado cartero en su ronda, las amas de casa
con sus carritos de la compra, los hombres de blanco que
reparten cosas necesarias en una furgoneta. Ellos son ocio-
sos sin querer, los errantes, los que no saben qué hacer.

Observo también a los vagabundos, ése es otro pa-
satiempo mío de siempre. Ya no es lo que era. A lo largo de
los años, los vagabundos, los auténticos vagabundos, han
disminuido constantemente en calidad y cantidad. Desde
luego, no estoy seguro de que se pueda seguir hablando
de vagabundos propiamente dichos, en el sentido antiguo
y clásico. Hoy en día nadie vaga por las carreteras, ni lleva
un atado colgando de un palo ni luce al cuello un pañuelo de colores, ni se ata las perneras de los pantalones bajo
la rodilla con un cordel, ni recoge colillas de cigarrillos del
arroyo y las guarda en una lata. Los que vagan por ahí ahora son todos borrachos, o drogadictos, y poco les importan
las costumbres tradicionales de la carretera. Los adictos,
en particular, son una raza nueva, siempre tienen prisa,
siempre tienen una misión, corretean sin desviarse nunca
por aceras abarrotadas o serpentean entre el tráfico de manera inconsciente, enjutos como perros de las praderas,

con unos traseros esqueléticos y los pies planos, ellos con los ojos muertos y un ronco hilo de voz, ellas tambaleándose detrás, agarradas a sus bebés de mirada asustada y chillando de manera incoherente.

Hay un giróvago al que vengo observando desde hace tiempo y al que llamo Trevor el hombre de Trinity. Es un tipo que está muy por encima de los demás, un aristócrata de la especie. La primera vez que lo vi, debe de hacer cinco o seis años, estaba en buena forma, sobrio y lleno de energía. Era una deslumbrante mañana de verano y él cruzaba uno de los puentes del río, caminando a saltitos y meneando los brazos, ataviado con un chaquetón marinero azul oscuro y unas botas bajas completamente nuevas de ante amarillo con suelas de grueso crepé. También lucía una gorra de pana especialmente vistosa con visera, y a pesar del calor de verano se anudaba al cuello la bufanda del Trinity..., de ahí el apodo que le puse. Tenía la barba entrecana y la llevaba bien recortada, hasta cierto punto; tenía los ojos claros, la cara rubicunda, y una levísima tracería de venas interrumpidas. No estoy seguro de qué me llamó la atención de él. Debió de ser ese aspecto que tenía de haber regresado de algún lugar espantoso y haber recuperado la salud y el vigor, pues estoy seguro de que había estado haciendo una cura de alcoholismo en el hospital de San Vicente o de San Juan de la Cruz; probablemente ése era el aspecto que tenía Lázaro después de que Marta y María lo llevaran a casa desde el cementerio y acabaran de quitarle el sudario y lo pusieran en pie y lo arreglaran un poco. Lo volví a ver un par de veces por la calle, todavía dando saltitos y alegre, y una mañana me coloqué detrás de él en el quiosco en el que compraba el *Times,* y me llegaron sus afrutados aromas.

Entonces ocurrió el desastre. Era temprano, las ocho o las ocho y media de una neblinosa mañana de otoño, y yo cruzaba el mismo puente donde lo viera por primera vez, y ahí estaba él, la bufanda, la misma gorra llamativa, las botas amarillas y todo, aislado en medio del tráfico de hombres que se apresuraban para ir a la oficina, inclinado, fláccido como una marioneta y tambaleándose hacia delante, los ojos cerrados como si dormitara, y el labio inferior enrojecido y colgándole, y en la mano izquierda una enorme botella dentro de una bolsa de papel marrón.

Sin embargo, esa caída de la gracia no fue su final, en absoluto. Ha dejado de beber muchas veces, y aunque cada vez ha vuelto a caer, y cada caída hace surtir su efecto con más saña, estas repetidas resurrecciones me animan, y me doy cuenta de que pongo una sonrisa de bienvenida cada vez que, tras otro ominoso período de ausencia, lo veo venir hacia mí por la calle, con un brillo en los ojos, el pelo de sus botas de ante cepillado, la bufanda del Trinity recién lavada y libre de babas. Nunca me saluda con la cabeza, naturalmente, y estoy seguro de que ni una vez ha sentido la presión de mis ojos que lo siguen ávidamente.

Cuando bebe pide limosna. Ha afinado su estilo, y es admirablemente sistemático; arrastra los pies hasta los lugares donde es más posible que se apiaden de él con la mano ahuecada y con un lastimoso canturreo, como un bebé sediento y cansado, la cara deformada hacia un lado y los ojos inyectados en sangre y anegados de lágrimas que no ha derramado. Pero sólo hace comedia. Un día que me sentía muy magnánimo le di un billete de diez libras —fue después de comer y yo había estado bebiendo—, y enseguida, sobresaltado por esa repentina munificencia, abandonó el personaje y me lanzó una mirada sonriente dándome cálidamente las gracias en un marcado acento de woosterichiano*. Creo que si se lo hubiera permitido me habría cogido la mano con las suyas y me habría apretado con la gratitud y el afecto de un camarada. En cuanto hube pasado, sin embargo, volvió a in-

---

* Es el acento de Bertie Wooster, personaje de P. G. Wodehouse, un joven vacuo y simpático. *(N. del T.)*

terpretar su papel, mugiendo y poniendo muecas con la mano tendida.

En un buen día se saca su buen dinero, diría yo. Una vez lo descubrí en el banco, lugar inverosímil donde los haya, en la ventanilla de una cajera, cambiando un mostrador lleno de monedas de cobre por billetes. Con qué paciencia lo atendió la joven uniformada, con qué estoicismo y buen humor, al parecer sin importarle el impresionante hedor que despide. Plácidamente observó cómo la mujer contaba las monedas, y con cortesía aceptó la escasa pila de billetes que ella le dio a cambio, que guardó en un rincón de las profundidades de su chaquetón marinero, ahora ya raído y siempre manchado. «Gracias, encanto, eres muy amable», murmuró —sí, me había acercado lo bastante como para captar lo que pudiera decir—, y tocó ligeramente el dorso de la mano de la joven en señal de agradecimiento, apenas con la punta de un dedo sucio.

Sus errancias son muy amplias, pues lo he visto por toda la ciudad, incluso en las afueras. A primera hora de una gélida mañana de primavera, mientras iba a coger un avión, lo divisé en la carretera del aeropuerto. Caminaba con aire decidido hacia la ciudad, el aliento le echaba humo y una gota en la punta de su pobre y abollada nariz brillaba como una joya recién tallada a la luz escarchada y teñida de rosa del sol. ¿Qué estaba haciendo allí, de dónde venía? ¿Resulta concebible que hubiera estado fuera y acabara de regresar en un vuelo de madrugada? ¿Cómo sé que no es un erudito internacionalmente renombrado, un experto en sánscrito, pongamos, o una autoridad sin parangón en el teatro Nō? Charles Sanders Peirce, el gran pragmático, tuvo que pedir limosna para comprar pan y durante una época vivió en la calle. Todo es posible.

Su manera de andar. Debe de tener algún problema en los pies —supongo que mala circulación—, pues los arrastra como si se deslizara, en una especie de trote dificultoso, podríamos decir, aunque consigue avanzar con sorprendente rapidez. También tiene algún problema en las manos —de nuevo la circulación— y observo que ahora lleva unos guantes de lana blancos y mugrientos sin dedos que alguien debe de haberle tejido. A medida que avanza mantiene los brazos levantados, con los codos doblados, esas garras enguantadas delante de él, como un boxeador sonado que hace un calentamiento a cámara lenta.

Impresiona pensar que debe de ser unos veinte años más joven que yo.

Esta tarde me lo he encontrado en mi paseo, tal como me esperaba, pues ahora es una especie de talismán para mí. Yo bajaba por el canódromo, donde todavía se yergue el esqueleto de un antiguo gasómetro. Es la clase de barrio, venido a menos y sin pretensiones, por donde prefiero caminar; soy un *flâneur* de estilo pobre, y nunca tomo las grandes avenidas ni las grandes extensiones de las zonas verdes de la ciudad. Cuando me he topado con Trevor de Trinity, éste estaba sentado en una tapia rota delante de la estación de autobuses. Tenía un envase de plástico transparente en el regazo y comía algo que sacaba del interior; debía de haberlo comprado en la tienda de la gasolinera que hay calle abajo. Me ha parecido que era algún tipo de empanada, o una de esas salchichas envueltas en un hojaldre llenas de bultos que parecen pre-comidas, pero cuando me he acercado he visto que era, de entre todas las cosas, un cruasán. ¡El bueno de Trev, nunca se pierde las pequeñas delicias de la vida! También tenía un vaso de plástico con café... No era té, pues me llegó el rico aroma tostado de los granos. De todos modos, estaba borracho, y bastante aturdido, y mientras comía hablaba solo en un murmullo, y por la pechera le iban cayendo copos de hojaldre. Podría haberme parado y sentado a su lado; incluso aminoré el paso y me paré un momento con intención de hacerlo, pero me faltó el valor y seguí caminando, a mi pesar. Él ni se ha dado cuenta de mi presencia, como siempre, demasiado trompa para fijarse en ese viejo, canoso y descolorido ídolo de los matinales, enfundado en su buen abrigo de *tweed* y guantes de estrangulador de cabritilla.

Me gustaría saber quién es, o quién fue. Me gustaría saber dónde vive. Tiene un techo, de eso estoy seguro. Alguien lo cuida, se preocupa por él, le compra botas nuevas cuando se le gastan las viejas, le lava la bufanda, lo lleva al hospital para que se desintoxique. Estoy seguro de que es una hija. Sí, seguramente una hija devota.

Sé que hora queréis saberlo todo de mí y la gran pantalla. Ya no es plateada como antes, desde luego, sino de un tono chillón, cosa que para mí no supone ninguna mejora. Marcy Meriwether me ha asegurado que yo fui el primero a quien ofreció el papel de Axel Vander, pero luego me enteré de que se lo habían ofrecido al menos a otros tres actores de mi quinta, y que todos lo rechazaron, momento en el cual Marcy M. me llamó desesperada para invitarme a interpretar a ese viejo monstruo. ¿Por qué acepté? Toda mi vida fui actor de teatro, y pensé que ya era un poco tarde para empezar en un nuevo campo. Supongo que me sentí halagado —bueno, sí, me sentí halagado, desde luego: otra vez la vanidad, mi principal pecado—, y no pude por menos que aceptar. Resulta que actuar en el cine parece bastante fácil —casi todo el rato rondas por ahí, y constantemente te reparan y renuevan el maquillaje— en comparación con el latazo noche tras noche del escenario. Coser y cantar, sin duda. ¿O coser y *mascar,* como le oí decir a alguien?

La lectura del guión tuvo lugar en una casa vacía, grande, blanca e inquietante junto al Támesis, que había sido alquilada especialmente para la ocasión, cerca de donde se halla el nuevo Globe Theatre. Confieso que me ponía nervioso aventurarme en ese mundo nuevo y un tanto alarmante. Conocía a unas cuantas personas del reparto de haber trabajado con ellas en el teatro, y otros me resultaban tan familiares de haberlos visto en películas que era como si los conociera. El resultado fue que me encontré con un ambiente que era como la vuelta al cole tras las largas vacaciones de verano, una nueva clase y nuevos profesores con los que lidiar, unas cuantas caras nuevas y otras que recordaba del año anterior, todas un tanto transformadas, un poco más grandes, más toscas, más amenazantes. Billie Stryker también estaba allí, y tenía más que nunca ese aire de cartón mojado, con sus tejanos abultados y su jersey de cuello cisne. Me saludó con un cauto gesto de la mano y una de sus escasas, inseguras y cansinamente melancólicas sonrisas. Verla me calmó, lo que seguramente demuestra hasta qué punto necesitaba que algo me tranquilizara.

La casa alquilada era cavernosa y de un blanco hueso, como un enorme cráneo, ahuecada y blanqueada, con muchos pasillos y cuartitos y escaleras sinuosas a través de las cuales reverberaban nuestras voces, uniéndose y chocando en un estruendo que causaba dolor de cabeza. Hacía un tiempo extraño: era uno de esos días perturbadores que a veces se dan en octubre, cuando parece que por pura maldad el año se ha invertido temporalmente y volvemos a estar en primavera. El sol era rojizo e intenso, pero no calentaba, y una brisa poderosa y musculosa subía del río y agitaba las aguas en unas olas de un marrón fangoso.

Dawn Devonport fue la última en llegar, naturalmente, pues de entre los presentes era la estrella de las estrellas. Su limusina, uno de esos vehículos especiales y esbeltos, negros y relucientes, probablemente blindado, con ventanillas opacas y una rejilla amenazante, se bamboleó pesadamente sobre su suspensión reforzada al acercarse a la puerta. El conductor, de punta en blanco con uniforme gris paloma y una gorra de reluciente visera, salió a saltitos con ese estilo fornido pero de bailarín que gastan, y abrió la puerta trasera y la dama salió del mullido asiento con consumada destreza, permitiendo apenas un atisbo de la parte inferior de una de sus largas piernas color miel. Unas cuantas docenas de fans la habían estado esperando para saludarla, apiñados en la acera bajo el frío cortante

—¿cómo sabían adónde ir, o estoy siendo un poco ingenuo?—, y ahora irrumpieron en una irregular salva de aplausos que a mis oídos sonó más a burla que a adoración. Mientras pasaba entre ellos, la estrella más que caminar parecía flotar, transportada en la burbuja de su inviolable belleza.

Su verdadero nombre es Stubbs, o Scrubbs, algo de un burdo que le pega muy poco, así que no es de extrañar que enseguida se lo cambiara... Pero ¿por qué, oh, por qué Devonport? En el oficio se la conoce, de manera inevitable, como la Lustrasofás, aunque me sorprende que estos jovenzuelos de hoy en día conozcan esa expresión, que seguramente pertenece a la época de los Metro, los Goldwyn y los Mayer. Desde luego, es una criatura cautivadora. El único defecto que observo en su belleza es una leve, muy leve, pelusa grisácea que le cubre toda la piel, y que bajo la cámara parece la trémula pelusa de un melocotón, pero que en la vida real le da aspecto mugriento como de golfillo. Me apresuro a decir que ese detalle suburbial me parece excitante de una manera que no puedo explicar, y de haber sido yo más joven..., bueno, de ser más joven imagino que sería capaz de todo tipo de cosas, y probablemente acabaría poniéndome en ridículo. Apareció donde estábamos nosotros, esperándola en medio del vestíbulo enorme lleno de corrientes de la casa, un coro de gargantas masculinas que carraspeaban —debíamos de sonar como una colonia de ranas toro en el momento más tórrido de la temporada de apareamiento—, y enseguida se deslizó con una ligera inclinación hacia delante, como un caballito de mar, directamente hacia Toby Taggart, nuestro director, y le colocó dos dedos de una mano sobre la muñeca y dibujó su famosa y levísima sonrisa, desviando la mirada borrosa a un lado, y rápidamente pronunció unas cuantas palabras dirigidas sólo a él.

Os sorprenderá descubrir que es una persona menuda, mucho más menuda, desde luego, de lo que se ve en la pantalla, en la que resplandece intensamente con toda la magnificencia y majestad de la propia Diana de los Tres Caminos. Es delgada hasta lo inverosímil, tal como han de ser hoy en día todas las actrices —«Pero si no como», me dijo, en medio del tintineo de una carcajada, cuando fuimos a comer y galantemente me ofrecí a servirle un sándwich—, sobre todo en la parte interior de los brazos, observo, que son cóncavos de verdad, con los nervios a la vista bajo la piel pálida de un modo poco agradable y que me hace pensar, y lamento decirlo, en una gallina desplumada. Resulta difícil detallar cómo es el resto de ella, me refiero en la vida real, pues naturalmente poco hay de su persona que no se haya expuesto en público, sobre todo en sus primeros papeles, cuando estaba dispuesta a mostrar a los hastiados mamuts que manejan su mundo de qué material estaba hecha, pero en la gran pantalla toda la carne se alisa, y parece suave como el plástico y de la misma densa resistencia. Tiene algo de esas chicas alocadas de los años veinte, y yo creo que promueve esa imagen de manera deliberada. Suele calzar zapatos acabados en punta y de caña alta que se abrochan sobre el empeine, y medias anticuadas con costuras, y unos vestidos diáfanos como túnicas dentro de los cuales su cuerpo ágil e ingrávido se mueve, como si no obedeciera a ninguna restricción, con su sinuoso y nervioso ritmo. ¿Habéis observado que nunca se ven sus manos en primer plano? Son otro de sus puntos flacos, aunque a mí también me gustan. Son grandes, desde luego demasiado grandes para sus delicadas muñecas, profusas en venas, de nudillos grandes y dedos en espátula.

A pesar de toda la estudiada fragilidad de la imagen que presenta a su público, hay algo hombruno en ella que también es de mi agrado. Fuma —sí, ¿lo sabíais?— con majestuosa aplicación, proyectando la cara hacia delante y hacia un lado y chupando el cigarrillo con los labios fruncidos, con lo que parece tan plebeya como cualquier técnico de producción. Se sienta con los codos plantados sobre las rodillas y sostiene cualquier cosa, ya sea una taza de té o un guión enrollado, apretándola con las dos manos, los grandes nudillos tensos y relucientes, hasta un punto que parecen más nudilleras que nudillos. En algunos registros, su voz también es más ronca de lo que debería. Me pregunto si hay alguna circunstancia concreta en el mundo del cine que vuelve más toscas a las actrices y endurece su sensibilidad, al igual que el exceso de ejercicio desarrolla en demasía sus músculos. Quizá por eso son tan perturbadoramente atractivas para la mitad masculina del público, y probablemente también para la mitad de la mitad femenina, por esa impresión que dan de ser un tercer género, dominante e inexpugnable.

Pero esa cara, ah, esa cara. Soy incapaz de describirla, lo que significa que me niego. ¿Quién no la conoce, de todos modos, en todos sus planos, matices y poros? ¿Acaso hay algún joven cuyos sueños febriles no hayan salido de —o no se hayan adentrado en— los rasgos graves y dulcemente tristes, vorazmente eróticos, de esos ojos grises? A cada lado del puente de la nariz presenta una delicada salpicadura de pecas; son de color rojo, oro viejo, chocolate oscuro; en la pantalla las oculta aplicándose un maquillaje extra grueso, aunque no debería, pues son terriblemente conmovedoras, como decimos los actores, en su delicado atractivo. Tiene aplomo y nunca pierde la serenidad, como ya podéis imaginar, aunque en lo más profundo de ella, en el mismísimo sustrato de su ser, detecto el latido de un terror primordial, un tembleque en sus nervios tan veloz y leve que apenas se percibe, la vibración de ese miedo en el que todos en nuestro oficio acaban cayendo —y que yo sepa, también todos los que no son de nuestro oficio—, ese miedo simple, puro, insoportable de que te descubran.

Me gustó desde el momento en que el desgarbado Toby Taggart la cogió por el codo —¡menudo contraste!—

y la llevó hasta donde yo me encontraba, inspeccionando de manera estudiada mis uñas, y me la presentó, a mí, su partenaire jubilado. Mientras se acercaba no se me pasó por alto el gesto un tanto ceñudo, medio de consternación, medio irónico y aterrado, que dibujó la piel pálida que tiene entre las cejas al contemplarme, ni tampoco el infinitesimal e implacable erguirse de sus hombros, un gesto que no pudo evitar. No me ofendí. En el guión hay algunos vigorosos toqueteos entre ella y yo, una perspectiva que no puede ser muy apetitosa para una persona tan maravillosa, tan delicada, tan flagrantemente joven. No recuerdo lo que dije, o tartamudeé, cuando Toby nos presentó; creo que ella se quejó del frío. Toby, que no la oyó bien, seguramente soltó una carcajada sonora, lenta y desesperada, un ruido parecido al arrastrarse de un mueble por un suelo de madera sin moqueta. En aquel momento todos nos hallábamos en un estado de leve histeria.

El darle la mano a alguien siempre me provoca un estremecimiento, pues hay en ello una pegajosa e injustificada intimidad, y la atroz sensación de que extraen algo de nosotros, aparte de la imposibilidad de saber en qué momento exacto hay que soltar y recuperar nuestra pobre y encogida patita; Dawn Devonport debe de haber ido a clases, sin embargo, y su mano venosa apenas tocó la mía antes de retirarla enérgicamente; no, no enérgicamente, sino en una veloz caricia que se frenó durante un cuarto de segundo mientras la soltaba, al igual que los artistas del trapecio sueltan las puntas de los dedos del otro de esa manera lánguida y aparentemente nostálgica cuando se separan en el aire. También me lanzó la misma sonrisa de soslayo que le había dirigido a Toby, y retrocedió, y un momento después todos nos adentrábamos en una sala de techo alto y abundantes ventanas de la planta baja, avanzando a trompicones detrás de la estrella, la estrella de las estrellas, como una cadena de presos con nuestros invisibles grilletes y pisando los talones del de delante.

La habitación era completamente blanca, incluso habían pintado el parqué con una capa de lo que parecía blanco de España, y no había más mobiliario que una docena de sillas de madera de aspecto barato y respaldo redondo arrumbadas contra las cuatro paredes, lo que dejaba en medio un gran espacio vacío que poseía un preocupante aspecto punitivo, como si los más tontos de entre nosotros, los que se olvidaran sus frases o tropezaran con el atrezo, fueran a acabar allí, señalados para su confusión y vergüenza. Tres ventanas altas de persianas de guillotina que no dejaban de vibrar daban al río. Toby Taggart, a fin de tranquilizarnos, movió su mano ancha y cuadrada y nos dijo que nos sentáramos donde quisiéramos, y mientras chocábamos unos con otros, todos avanzando en manada hacia lo que parecía el rincón más discreto, algo que había estado allí mientras pululábamos por el vestíbulo, un atisbo de posibilidades mágicas que todos habíamos sentido durante un momento, desapareció de repente, y fue tan descorazonador como si nos halláramos al final y no al principio de esa fantástica empresa. Qué frágil resulta este absurdo oficio en el que me he pasado la vida fingiendo ser otras personas, y sobre todo fingiendo no ser yo mismo.

En primer lugar, Toby Taggart dijo que llamaría al guionista para que nos pusiera al corriente de los orígenes de nuestra historia, tal como lo expresó. *Nuestra historia:* muy típico de Toby en su estilo más pijo: ¿sabéis que su madre era Lady Tal de Tal, se me olvidó el nombre, de mucho postín? Menudo contraste con su padre, el actor, Taggart el Tunante, que era la etiqueta que con gran regocijo le puso la prensa amarilla al descomedido, adorado y peor actor de su generación. Como veis, me he dedicado a recoger todos los datos que he podido acerca de los mandamases de esta compañía con la que trabajaré en las semanas y meses subsiguientes.

A la mención que hizo Toby del escritor todos estiramos el cuello y nos quedamos, bueno, cuellilargos, pues no teníamos ni idea de que se encontrara entre nosotros. Rápidamente lo aislamos, al misterioso señor Josabe, que merodeaba solo en un rincón, y después de que todos nos fijáramos en él, pareció tan alarmado como Miss Muffet en su escabel cuando se le acerca una araña.* De hecho, como descubrí, lo había oído mal, pues su nombre no es Josabe, sino JB, ya que así es como ahora conocen al biógrafo de Axel Vander aquellos que tienen cierta confianza con él. Sí, la persona que ha perpetrado nuestro guión es la misma que escribió la historia de su vida, algo de lo que hasta ahora no me había dado cuenta. Es un tipo de mi quinta un tanto retraído y esquivo; tuve la impresión de que le desasosegaba mucho estar allí: probablemente se considera muy por encima de la mera labor de guionista. ¡Así que ése es el tipo que escribe como Walter Pater en estado de delirio! Emitió unos cuantos ejems y ujums, mientras Toby esperaba a que empezara a hablar con una sonrisa de apenada benevolencia, y al final el narrador de nuestra historia consiguió arrancar. Tenía muy poco que compartir con nosotros que no estuviera en el guión, ensayó una prolongada falordia de cómo se había embarcado en la biografía de Axel Vander tras un fortuito encuentro en Amberes —lugar de nacimiento del auténtico, el ur-Vander, como recordaréis si habéis prestado atención— con el erudito que afirmaba haber desenmascarado al viejo farsante que es el falso Vander. Esta parte es toda una historia. El erudito, un profesor emérito de Estudios Post-Punk de la Universidad de Nebraska llamado Fargo DeWinter —«No, señor, tiene razón, la hermosa ciudad de Fargo no se halla en Nebraska, como tanta gente parece pensar»—, con mucha diligencia y aplicación había descubierto y sacado a la luz algunos artículos antisemitas escritos por

---

* Se refiere a una conocida rima infantil en inglés: *«Little Miss Muffet / Sat on a tuffet, / Eating her curds and whey; / Along came a spider, / Who sat down beside her». (N. del T.)*

Vander durante la guerra para la publicación colaboracionista *Vlaamsche Gazet*. DeWinter confesó haberse sentido más divertido que escandalizado por las barbaridades de las que Vander había salido impune; y no se trataba sólo de unos escritos simplemente repugnantes en una publicación ahora ya desaparecida, sino también, si hemos de creerle, del asesinato, o la eutanasia, que sin duda es como la habría denominado el bribón, de una esposa enferma y molesta. Esta última maldad había permanecido oculta hasta que JB puso a Billie Stryker sobre la pista maloliente de Vander y toda la verdad salió a la luz... Tampoco es que, como observó JB con una desagradable sonrisa, la verdad sea siempre completa, o, si lo es, acabe saliendo a la luz. Esas revelaciones llegaron demasiado tarde para dañar al renombrado Vander, que por entonces ya había muerto, pero prácticamente destruyeron su póstuma reputación.

Trabajamos hasta mediodía. Yo estaba mareado y sentía un zumbido en la cabeza. Las superficies blancas que nos rodeaban, y el vendaval que soplaba fuera y hacía retumbar las ventanas, y la corriente del río y el frío sol reluciendo sobre las aguas turbulentas: todo me producía la sensación de formar parte de una salida náutica, una obra de teatro de aficionados, digamos, escenificada a bordo de un barco, en la que la tripulación es el reparto, los marineros se ponen en pie con traje de paisano y el grumete entra indignado. En una habitación de arriba había sándwiches y agua embotellada. Cogí mi vaso y mi plato de plástico y me refugié en el saliente de uno de los ventanales y dejé que la luz del exterior inundara mis nervios crispados. Como allí estábamos más altos, se veía una panorámica más amplia y un mayor ángulo del río, y a pesar del vértigo mantuve la mirada fija en el agua que corría veloz y lejos de los demás que pululaban por la mesa con caballetes que tenía detrás, donde se exponía el almuerzo improvisado. Parecerá absurdo, pero siempre me siento tímido entre un grupo de actores, sobre todo al comienzo de una producción, tímido y vagamente amenazado, no estoy seguro de cómo ni por qué. Un reparto de actores es, en cierto modo, más ingobernable que cualquier otra reunión, pues esperan algo con impaciencia, una orden, una instrucción, cualquier cosa que les dé un propósito, que les enseñe sus marcas y los calme. Esta tendencia mía a mantenerme a distancia es, sospecho, lo que me granjeó una reputación de egoísta —¡egoísta, entre actores!— y cierto resentimiento en mis años de éxito. Pero siempre fui igual de inseguro que los demás, farfullando mis frases mentalmente y temblando de miedo escénico. Me pregunto si la gente no se daba cuenta de eso, si no el público, sí al menos mis compañeros de reparto, o los más perspicaces.

Otra vez la misma pregunta: ¿por qué estaba yo allí? ¿Por qué me habían acabado asignando ese extraordinario papel sin solicitarlo, sin ni siquiera hacerme una prueba? ¿Me había parecido que algunos de los más jóvenes del reparto me lanzaban una sonrisita entre resentida y burlona? Otra razón para darles la espalda. Pero, Señor, cómo me pesaron los años. Siempre había sentido más miedo escénico fuera que dentro del escenario.

Percibí su presencia antes de volverme a la derecha y encontrármela al lado, mirando por la ventana, al igual que yo, y también con un vaso de plástico atrapado entre sus manos ahuecadas. Para mí todas las mujeres están rodeadas de un aura, pero las Dawn Devonport de este mundo, escasas como son, casi refulgen. *La invención del pasado,* en su versión cinematográfica, cuenta con una docena de personajes, pero en realidad sólo hay dos papeles dignos de mención, yo haciendo de Vander y ella haciendo de Cora, y, tal como suelen ser estas cosas —probablemente no es más inmune que yo a la envidia de los demás—, ya había comenzado a forjarse una suerte de vínculo entre nosotros, y nos encontrábamos a gusto juntos, o todo lo a gusto que se puede esperar que estén dos actores uno a la luz del otro.

He conocido a muchas primeras actrices, pero nunca había estado tan cerca de una auténtica estrella del cine, y de repente me llegó la extraña impresión de una Dawn Devonport que era una réplica reducida de su personalidad pública, modelada con mano experta, a la que daba vida a la perfección, pero que carecía de cierta chispa esencial —era más apagada, con menos gracia, o simplemente humana, supongo, tan sólo vulgarmente humana—, y no supe si debería sentirme decepcionado, quiero decir, desencantado. De lo que hablamos en este segundo encuentro recuerdo tan poco como lo que se dijo en el primero, cuando nos presentaron en el vestíbulo. Había algo en ella, en esa combinación de fragilidad y cierta masculinidad, que me recordaba enormemente a mi hija. No creo haber visto una sola película protagonizada por Dawn Devonport, pero es igual: su cara con ese mohín burlón, esos insondables ojos gris amanecer me resultaban tan familiares como la cara de la luna, e igual de distantes. ¿Cómo no iba entonces, junto a esa ventana alta y llena de luz, a acordarme de la hija que perdí?

Todas las mujeres con aura que he amado en mi vida, y utilizo la palabra amado en su sentido más amplio, han dejado en mí cierta impresión, igual que se dice que los viejos dioses de la creación han dejado su huella en las sienes de los hombres que modelaron del barro y convirtieron en nosotros. Del mismo modo, guardo un rasgo particular de cada una de mis mujeres —pues sigo pensando en ellas como mías— grabado de manera indeleble en el envés de mi memoria. Observaré en la calle unos cabellos color trigo que desaparecen entre la multitud apresurada, o una mano delgada que se levanta y se despide de un cierto modo; escucharé una risa en la otra punta del vestíbulo de un hotel, o tan sólo una palabra pronunciada con una inflexión afectuosa y reconocida, y en ese instante ella estará allí, de una manera viva y fugaz, y mi corazón, como un perro viejo, dará un salto y soltará un ladrido de nostalgia. No es que haya olvidado los atributos de esas mujeres a excepción de uno, es sólo que el que permanece con más intensidad es el más característico: su esencia, diríase. La señora Gray, no obstante, a pesar de los años transcurridos desde la última vez que la vi, ha permanecido en mi interior íntegra, o con toda la integridad posible en una criatura que no es uno mismo. De alguna manera he recogido todas sus partes dispersas, como se dice que haremos con nuestros restos cuando suene la Última Trompeta, y las he ensamblado en un modelo de trabajo lo bastante completo y vivo para que mi memoria lo maneje. Es por esta razón que no la veo en la calle, que no me la evoca el giro de la cabeza de una desconocida, ni oigo su voz en mitad de una multitud indiferente: al estar tan ampliamente presente para mí, no precisa mandarme señales fragmentarias. O quizá, en su caso, mi memoria funciona de una manera especial. A lo mejor no es la memoria lo que la hace pervivir en mi interior, sino una facultad completamente distinta.

Incluso en los días en que ocurrió todo, ella no siempre era mi ella. Cuando yo estaba en su casa y la familia se encontraba presente, ella era la esposa del señor Gray, o la madre de Billy, o peor todavía, la de Kitty. Si yo visitaba a Billy y tenía que entrar y sentarme a la mesa de la cocina a esperarlo —y era un auténtico tardón—, la señora Gray me recorría con su mirada un tanto desenfocada, me sonreía de una manera distante y emprendía alguna tarea inconcreta como si se hubiera acordado de ésta al verme. En esas ocasiones se movía más lenta de lo habitual, de una manera insólita y verdaderamente soñadora que los otros, de haber sido otros y no su familia, habrían encontrado sospechosa. Cogía cualquier cosa, lo que fuera, una taza de té, un trapo de cocina, un cuchillo manchado de mantequilla, y lo miraba como si aquello se le hubiera aparecido por voluntad propia, exigiendo su atención. Al cabo de un momento, sin embargo, volvía a dejar el objeto, con un aire de intensificado ensimismamiento. La veo a la mesa de la cocina, el objeto devuelto a su sitio pero aún no soltado del todo, su mano todavía posada en él como para retener el tacto exacto, la textura exacta, mientras que con los dedos de la otra mano retorcía y retorcía el rizo rebelde que tenía detrás de la oreja.

¿Y qué hacía yo en esas ocasiones, cuál era mi actitud? Sé que parecerá descabellado, o simplemente tendencioso, si digo que creo que fue en esos tensos intervalos en la cocina de los Gray donde, sin saberlo, di mis primeros y vacilantes pasos en el mundo de la escena; no hay nada como un precoz amor clandestino para aprender los rudimentos del oficio de actor. Sabía lo que se exigía de mí, sabía el papel que tenía que interpretar. Era imprescindible que por encima de todo pareciera inocente hasta el punto de la idiotez. Con habilidad, por tanto, adopté la tapadera protectora del adolescente imbécil y exageré la natural torpeza de un quinceañero, trastabillando y farfullando, fingiendo no saber adónde mirar ni qué hacer con las manos, soltando observaciones inapropiadas y derribando el salero o derramando la leche de la jarra. Incluso conseguía sonrojarme cuando me hablaban directamente, no por la culpa, desde luego, sino como si me muriera de vergüenza. Qué orgulloso estaba de mi magnífica actuación. Aunque estoy seguro de haber sobreactuado hasta la exageración, creo que ni Billy ni su padre se dieron cuenta de que actuaba. Como siempre, Kitty era la que me preocupaba, pues de vez en cuando, en mitad de una de mis pantomimas, la pillaba observándome con lo que parecía la expresión sardónica de que a ella no se la daba con queso.

La señora Gray, a pesar de su elaborado aire de confusa indiferencia, estaba permanentemente sobre ascuas, de eso no me cabe duda, temiendo que tarde o temprano yo fuera demasiado lejos y me diera un batacazo que nos dejara a los dos despatarrados en mitad de nuestra perfidia a los pies de sus atónitos seres amados. Y yo, me avergüenza decirlo, me metía con ella sin piedad. Me divertía ver cómo su máscara se derretía de vez en cuando, apenas un segundo. Yo le lanzaba un guiño insinuante cuando me parecía que los demás no miraban, o al cruzarnos tropezaba suavemente contra alguna parte de ella por accidente. Había un atractivo erótico en la manera en que, como digo, si le tocaba la pierna bajo la mesa del desayuno, ella intentaba disimular su sobresalto, y me recordaba los aturrullados e inútiles intentos de recato que escenificaba durante nuestros primeros días juntos, cuando la acorralaba en el asiento trasero del coche y le arañaba la ropa en mi prisa por llegar a esa zona alta o hueca de su carne desnuda mientras ella se apartaba de mí y al mismo tiempo me incitaba a proseguir. Cuánta presión debía de soportar en aquella época, en su cocina, menudo pánico debía de sentir. Y qué insensible era yo, qué descuidado, al ponerla en tales aprietos. Pero había un lado en ella, el lado licencioso, que no podía sino sentirse excitado, aunque fuera con miedo, ante esas embestidas que yo lanzaba con tanta displicencia a la insulsa superficie doméstica de su vida.

Pienso en aquella ocasión en la fiesta de Kitty. ¿Cómo llegué allí, quién me invitó? Kitty no, desde luego, y tampoco Billy, y desde luego no la señora Gray. Qué curioso, esos agujeros que uno encuentra cuando pulsa con demasiada insistencia el tejido comido por las polillas del pasado. De todos modos, fuera como fuese, yo estaba allí. El monstruito celebraba su cumpleaños, no recuerdo cuál: a mí siempre me parecía que no tenía edad. En aquellas ocasiones aquello era un campo de Agramante. Los invitados eran todo chicas, una veintena de marimachos de tamaño reducido que correteaban sin freno y en manada por toda la casa, dándose codazos y agarrándose la ropa unas a otras y chillando. Una de ellas, una criatura de cara pálida, gorda y sin cuello, mostró un interés por mí alarmantemente pegajoso, ya que a cada momento me la encontraba a mi lado con una sonrisa insinuante y congestionada; Kitty debía de haberle hablado de mí. Había juegos, y todos acababan en violentas refriegas, con intercambio de tirones de pelo y golpes. Billy y yo, a quienes la señora Gray, antes de refugiarse en la cocina, nos había dejado para que mantuviéramos el orden, nos inmiscuíamos en esas melés a gritos y cachetes, como un contramaestre y su oficial de cubierta luchando por sofocar un alboroto entre un grupo de marineros borrachos que están sin permiso en una taberna del puerto un sábado por la noche.

En un momento especialmente estruendoso de esos alborotos, yo también me retiré a la cocina, nervioso y alterado. La amiga gorda de Kitty, que se llamaba Marge, si no recuerdo mal —probablemente se convirtió en una sílfide y les rompió el corazón a muchos hombres con un simple arqueo de ceja—, intentó seguirme, pero le lancé una mirada paralizadora de Gorgona y se quedó inmovilizada y compungida y me dejó cerrarle la puerta de la cocina en las narices. No había ido en busca de la señora Gray, pero allí estaba, con su delantal, arremangada y con los brazos enharinados, inclinada para sacar una bandeja de bizcochitos del horno. ¡Bizcochitos! Yo me acerqué a ella sigilosamente, con la intención de abrazarla por las caderas, cuando, todavía inclinada, volvió la cabeza y me vio. Fui a decir algo, pero ella miraba a mi espalda, hacia la puerta por la que yo acababa de entrar, y su cara había adquirido una expresión de alarma y advertencia. Billy había entrado detrás de mí sin que me diera cuenta. Enseguida me enderecé y dejé caer las manos a los lados, aunque inseguro de haber actuado lo bastante deprisa, y de que Billy no me hubiera visto avanzar en cuclillas, con los brazos extendidos y los dedos prensiles como los monos, hacia el trasero tenso y en pompa de su madre. Pero por suerte Billy no era un chico observador, y pasó junto a nosotros con una mirada de indiferencia y se dirigió a la mesa y tomó una porción de plum-cake y se la metió toda en la boca. De todos modos, qué sacudida me dio el corazón ante el risueño terror de que casi nos pillaran.

La señora Gray, obligándose a ignorarme, colocó la bandeja de bizcochitos sobre la mesa y retrocedió, asomando el labio inferior y resoplando hacia arriba para apartarse un mechón rebelde de la frente. Billy todavía masticaba su plum-cake, quejándose de su hermana y sus alborotadoras amigas. Su madre, con aire ausente, le conminó a que no hablara con la boca llena —todavía ella admiraba sus bizcochitos, cada uno en su cáliz de papel acanalado y cómodo en su propio compartimiento de la bandeja, desprendiendo un cálido olor a vainilla—, pero él no le prestó atención. Entonces ella levantó una mano y la posó sobre su hombro. También fue un gesto ausente, pero por esa razón me resultó más desagradable. Me sentí indignado, indignado al verlos allí juntos, ella con la mano tan suavemente posada sobre el hombro de su hijo, en mitad de ese ambiente hogareño, de ese mundo familiar compartido, mientras yo permanecía allí como olvidado. Por muchas libertades que la señora Gray me concediera, nunca estaría tan cerca de ella como Billy en ese instante, como él había estado y estaría siempre, en cada momento. Yo sólo podría acceder a ella desde fuera, pero él, él había brotado de una semilla y crecido en su interior, e incluso después de que a su bruta manera hubiera salido de ella con los hombros por delante seguía siendo carne de su carne, sangre de su sangre. Bueno, no digo que éstas sean las cosas que yo pensaba exactamente, pero sí en lo fundamental, y de repente, en ese momento, me sentí muy dolido. No había nadie ni nada que no me pusiera celoso; los celos se agazapaban dentro de mí como un gato de pelo erizado y ojos verdes, dispuesto a saltar a la menor provocación, real o, casi siempre, imaginaria.

Obligó a Billy a colocar en su plato los trozos que quedaban de plum-cake y a coger una botella grande de limonada y, transportando una imbricada disposición de sándwiches de plátano sobre una bandeja de madera, lo siguió mientras salía de la cocina. ¿La puerta era batiente? Sí, lo era: ella se detuvo y la mantuvo entreabierta con la rodilla y me lanzó una mirada feroz que fue al mismo tiempo de reproche y perdón, invitándome sin palabras a seguirla. Yo le contesté con un gesto ceñudo y enfurruñado y aparté la mirada, y oí cómo el resorte emitía su sonido cómico de goma —¡*boing-g-g!*— mientras ella soltaba la puerta y ésta se cerraba, rematándolo con un chirrido final y un hondo suspiro.

Al quedarme solo, permanecí malhumorado junto a la mesa, mirando furioso la bandeja de hojalata donde se enfriaban los bizcochitos. Todo estaba en silencio. Incluso las marimachos se habían callado, debían de haber quedado temporalmente silenciadas por los sándwiches de plátano y los vasos de limonada. La luz invernal —¡no, no, era verano, por amor de Dios, no te despistes!—, la luz de verano, serena, densa y color miel, resplandecía en la ventana junto al frigorífico, que también estaba callado. La señora Gray había dejado el hervidor con agua al fuego, que gruñía para sí con poca llama. Era uno de esos hervidores sibilantes y de forma cónica tan populares en aquella época y que hoy en día apenas se ven, pues todo el mundo se ha pasado al hervidor eléctrico. En aquel momento no silbaba, y del pitorro achaparrado emanaba una ancha y lenta columna de vapor, que tenía la densidad de la luz y una indolente ondulación, rizándose sobre sí misma en una elegante voluta en la parte superior. Cuando me acerqué al fuego, parte de mi densa aura debió de precederme, y esa cobra encantada de vapor se alejó con delicadeza, como vagamente alarmada; me detuve, y volvió a enderezarse, y cuando yo me moví volvió a moverse, igual que antes. Así que permanecimos allí indecisos, ese amistoso espectro y yo, en un trémulo equilibrio gracias al pesado aire de verano, y de manera inesperada, y sin ninguna razón, una lenta felicidad comenzó a rodearme, una felicidad sin peso ni objeto, como la sencilla luz del sol que había en la ventana.

Cuando regresé a la fiesta, sin embargo, ese luminoso y dichoso resplandor quedó ensombrecido al instante por la llegada inesperada del señor Gray. Había dejado a su ayudante a cargo de la tienda —una tal señorita Flushing; volveré a ella dentro de poco, si tengo ánimo para ello— y se había presentado para traer el regalo de cumpleaños de Kitty. Alto, delgado, anguloso, permanecía en la cocina en medio de un estanque de niñas, como uno de esos postes que se levantan torcidos de la laguna de Venecia. Tenía la cabeza extraordinariamente pequeña y desproporcionada, lo que provocaba la ilusión de que siempre estabas más lejos de él de lo que era el caso. Vestía una americana de lino marrón pálido empapada de sudor, unos pantalones holgados de pana marrón y zapatos de ante rozados en las puntas. Las corbatas de lazo que tanto le gustaban eran afectadas incluso en aquellos días arcaicos, y representaban el único signo de color o carácter que se podía discernir en el aspecto por lo demás monocromo que ofrecía al mundo. Desdeñando una tienda entera llena de estilos y marcas de montura, había decidido utilizar unas gafas baratas de montura metálica que se quitaba con lentitud, sujetándolas delicadamente por una bisagra con el pulgar y dos dedos, como si fueran unos quevedos, y tras cerrar los ojos se masajeaba la carne nudosa del puente de la nariz con los primeros dos dedos y el pulgar de la otra mano mientras suspiraba para sí. Los suaves suspiros del señor Gray sonaban al mismo tiempo como una invocación y una resignación, como las plegarias ofrecidas por un sacerdote que hace tiempo alberga dudas religiosas. Siempre lo rodeaba un aire de atribulada ineptitud, como si fuera incompetente para enfrentarse a las cosas prácticas de la vida cotidiana. Esa tenue desazón tenía el efecto de reunir a su alrededor a gente que quería ayudarle. Siempre parecía que alguien tenía prisa por echarle una mano, por alisarle el camino, por quitarle obstáculos, por levantar una invisible carga de sus hombros encorvados. Incluso Kitty y sus amigas, mientras se congregaban en torno a él, lo hacían con aspecto callado y diligente. También la señora Gray se mostraba solícita cuando le entregaba, por encima de las cabezas de las niñas, su dedito de whisky de cuando acababa de trabajar en un vaso de cristal tallado, quizá el mismísimo vaso que yo había utilizado para beber con Billy en el piso de arriba, y del que, posteriormente, había limpiado mis huellas con aire culpable y con un pañuelo menos que limpio. Qué fatigada fue la sonrisa de agradecimiento que el señor Gray le dedicó a su mujer, qué cansina pareció la mano con la que colocó el vaso sobre la mesa, a su lado, sin probar.

Y a lo mejor estaba enfermo. ¿No recuerdo una conversación en voz baja acerca de médicos y hospitales después de que los Gray desaparecieran de nuestro pueblo? En aquella época, sumido en una amarga aflicción, me dije que probablemente no era más que una historia creada por el propio pueblo para encubrir un escándalo cuya revelación inicial había llenado de satisfacción a muchos. Pero a lo mejor me equivoco, a lo mejor durante todo ese tiempo sufría alguna dolencia crónica que alcanzó su crisis al descubrir lo que su mujer y yo habíamos estado haciendo. Una idea perturbadora, o al menos debería serlo.

El regalo de cumpleaños de Kitty fue un microscopio —al parecer tenía una vena científica—, aunque otro producto a precio de coste, conjeturo con malicia, de Gray el Óptico. Era un instrumento suntuoso, de todos modos, de un negro mate y sólido sobre su único pie semicircular, el tubo sedoso y frío al tacto, una pequeña rueda giratoria que se movía con mucha suavidad, las lentes muy pequeñas y a pesar de eso capaces de ofrecer una versión tan ampliada del mundo. Lo codicié, desde luego. Me atraía especialmente la caja en que venía, y en la que vivía cuando no era utilizado. Era de una madera pálida y barnizada no mucho más pesada que la de balsa, con ensambladura en cola de milano en las esquinas —¡qué cuchilla tan afilada debía de haber precisado esa magnífica pieza!—, y en la tapa había una muesca en forma de uña de pulgar que, al abrirse, se deslizaba sobre dos ranuras enceradas a los lados. Contenía también una serie muy delicada de caballetes, tallados de un contrachapado fino como una oblea, sobre los que el instrumento se apoyaba cómodamente, como un bebé negro y venerado que se duerme en su cuna hecha a la medida. Kitty estaba encantada, y con una lucecita posesiva en los ojos se lo llevó a un rincón para regodearse, mientras sus amigas, de repente olvidadas, permanecían en una incertidumbre leporina.

Ahora yo oscilaba entre envidiar a Kitty y mantener una vigilancia celosa sobre la señora Gray mientras atendía a su marido, pálido y cansado después de pasarse el día ganando el pan. Su llegada había afectado al ambiente de la fiesta, el espíritu salvaje se había desvanecido, y las invitadas, ahora serenas, apagadas y desatendidas por su anfitriona de tan escaso tamaño, se preparaban para volver a casa con su aire desaliñado. El señor Gray, doblando la larga montura como si fuera una delicada pieza de óptica, un calibrador, pongamos, un gran compás de madera, se sentó en la vieja butaca que había junto a la estufa. Esa butaca, *su* butaca, estaba tapizada de una tela gastada y deshilachada que parecía pelo de ratón, y se la veía aún más agotada que su ocupante, hundido en las profundidades de su asiento e inclinándose como ebrio hacia un rincón, donde faltaba una ruedecilla. La señora Gray le llevó el vaso de whisky de la mesa y de nuevo se lo puso en la mano, ahora con más ternura, y de nuevo él le dio las gracias con su dolorosa sonrisa de enfermo. A continuación ella retrocedió, las manos entrelazadas bajo el pecho, y lo contempló con un aire impotente y preocupado. Así parecían ser siempre las cosas entre ellos, él al final de algún recurso vital que sólo con el mayor esfuerzo era capaz de reponer, y ella siempre dispuesta a ayudarle, pero sin saber cómo.

¿Dónde está Billy? Le he perdido la pista. ¿Cómo —vuelvo a preguntar—, cómo no se dio cuenta de lo que había entre su madre y yo? ¿Cómo es posible que nadie lo viera? Pero la respuesta es sencilla. Vieron lo que esperaban ver, y no vieron lo que no esperaban. De todos modos, ¿de qué me admiro? Estoy seguro de que yo no era más perspicaz que ellos. Esa clase de miopía es endémica.

La actitud que el señor Gray exhibía hacia mí era curiosa; es decir, era extraña, pues desde luego no delataba la menor muestra de interés. Su mirada caía sobre mí, rodaba sobre mí, más bien, como un cojinete de bolas engrasado, sin registrar nada, o eso creía yo. Nunca parecía reconocerme del todo. Quizá, al tener mala vista, pensaba que yo era una persona distinta cada vez que aparecía en su casa, una serie de amigos de Billy, todos ellos parecidos de manera inexplicable. O quizá le daba miedo que yo fuera alguien que él debería conocer muy bien, un pariente de la familia, un primo de los niños, pongamos, que los visitaba a menudo y, después de tanto tiempo, le daba vergüenza preguntar quién era. Incluso a lo mejor pensaba que yo era otro hijo suyo, el hermano de Billy, del que se había olvidado de manera inexplicable y que ahora aceptaba sin comentarios. No creo que yo fuera el único a quien contemplaba con esa falta de atención. Por lo que podía ver, observaba el mundo en general con la misma mirada un tanto perpleja, un tanto preocupada, empañada, la pajarita torcida y sus dedos largos, huesudos y rámeos moviéndose sobre la superficie de las cosas en una interrogación poco insistente e infructuosa.

Aquella noche, la noche de la fiesta de Kitty, teníamos un encuentro, la señora Gray y yo. Un encuentro: es una palabra que me gusta, pues sugiere la capa de terciopelo y el sombrero de tres picos, un aleteo de abanico, el pecho que sube y baja bajo el tenso satén; temo que nuestras circunspectas salidas tuvieran poco de ese brillo y brío. ¿Cómo consiguió escabullirse, con todo el trabajo que hay después de una fiesta? En aquellos días las mujeres recogían y lavaban los platos sin esperar que nadie las ayudara, y no se les ocurría protestar. De hecho, me irrita no saber cómo consiguió llevar nuestra peligrosísima relación, y que nadie nos descubriera durante tanto tiempo. Nuestra suerte duró muchísimo, teniendo en cuenta los peligros que corríamos. No era yo el único que pellizcaba la nariz del dios del amor. La señora Gray también incurría en riesgos insensatos. Ésa fue la misma noche en que nos aventuramos a dar una vuelta por el malecón. Fue idea suya. Yo esperaba, de hecho lo deseaba con impaciencia, que en aquella ocasión hiciéramos lo que siempre hacíamos cuando estábamos juntos, pero cuando llegamos a nuestro lugar de reunión en la carretera que había encima del avellanar, ella me hizo entrar en el coche y enseguida se puso en marcha, y no me contestó cuando le pregunté adónde íbamos. Volví a preguntarle, en un tono más quejumbroso, plañidero, y como no obtuve respuesta me enfurruñé. Debería confesar que el enfurruñamiento era mi arma principal contra ella, pues yo era un pillo de siete suelas, y lo utilizaba con la habilidad y buen criterio de los que sólo un muchacho tan cruel como yo sería capaz. Ella resistía todo lo que podía, mientras yo echaba humo en silencio con los brazos cruzados sobre el pecho, la barbilla clavada en la clavícula y el labio inferior asomando casi un dedo, pero siempre era ella la que cedía, al final. En aquella ocasión resistió hasta que, conduciendo ya junto al río, hubimos pasado la entrada del club de tenis.

—Eres tan egoísta —me soltó entonces, pero riendo, como si fuera un cumplido inmerecido—. De verdad, no sabes hasta qué punto.

Y entonces me indigné de inmediato. ¿Cómo podía decir algo así de mí, que por ella me arriesgaba a la ira de la Iglesia, el Estado y mi madre? ¿Acaso no la trataba como la soberana de mi corazón, no le permitía todos los caprichos? Tan furioso estaba que la cólera y el fariseísmo me formaban un grumo caliente en la garganta, y aunque lo hubiera deseado, habría sido incapaz de hablar.

Era junio, pleno verano, época de tardes interminables y noches blancas. ¿Quién puede imaginar lo que sentía un muchacho al ser amado en esa época del año? Lo que yo era demasiado joven para reconocer, comprender, era que incluso cuando el año está en su mejor momento ya siente el impulso de su declive. De haber dejado actuar al tiempo y a las desapariciones del tiempo, quizá habría conseguido explicarme la punzada de vago pesar que me hería el corazón. Pero yo era joven, y no había final a la vista, no había final para nada, y la tristeza del verano no era más que una leve pelusa, del tono de una delicada telaraña, sobre la piel de la madura y reluciente manzana del amor.

—Vamos a dar un paseo —dijo la señora Gray.

Bueno, ¿por qué no? La cosa más sencilla e inocente del mundo, podríais pensar. Pero reflexionad un momento. Nuestro pequeño pueblo era un panóptico patrullado por guardianes cuya vigilancia nunca desfallecía. Cierto, no debería dar gran cosa que hablar ver a una mujer respetablemente casada paseando por el muelle a plena luz de una tarde de verano en compañía de un muchacho que era el mejor amigo de su hijo; no gran cosa, es decir, para un observador de mentalidad medianamente especulativa y poco suspicaz, pero el pueblo y todos los que vivían en él poseían una mente sucia hasta la obduración y nunca cesaban de hacer cálculos, y al sumar uno y uno siempre les daba un ilícito dos, abrazados y jadeando en los brazos culpables del otro.

El paseo exteriormente intachable por el malecón —el nombre que los del pueblo daban a esa estructura— constituyó, creo, el mayor riesgo que asumimos nunca, aparte del último, de haberlo considerado así, que nos llevó a la perdición de manera precipitada. Llegamos al puerto y la señora Gray aparcó el coche en el borde de tingladillo que había junto al ferrocarril —éste discurría paralelo al malecón, una sola vía, algo por lo cual nuestro pueblo era famoso, y todavía lo es, que yo sepa— y salimos del vehículo, yo todavía enfurruñado y la señora Gray canturreando para sí y fingiendo no darse cuenta de mi hosca mirada. Rápidamente llevó la mano hacia atrás y tiró de la parte posterior de su vestido de un modo que me provocaba un grito ahogado de deseo acuciante cada vez que lo presenciaba. Sobre el mar el aire estaba quieto, y el agua, alta e inmóvil, se veía cubierta por una capa de gasolina procedente de los cargueros de carbón amarrados, que le daba un lustre de acero al rojo vivo que de repente se ha enfriado, donde se arremolinaban tonos iridiscentes de rosa plateado y esmeralda y un hermoso azul frágil y luminoso, con el fulgor de una pluma de pavo real. No éramos ni mucho menos los únicos paseantes. Había unas cuantas parejas más que deambulaban del brazo con aire soñador a la última y suave luz del sol inmemorial de la tarde. Quizá, después de todo, nadie se fijó en nosotros, ni nos prestó la más mínima atención. Un corazón culpable ve miradas de soslayo y sonrisas maliciosas por todas partes.

Sé que resulta demasiado absurdo para ser real, pero recuerdo que en aquella ocasión la señora Gray, enfundada en un vestido de verano de manga corta, llevaba unos hermosos guantes de un tejido de redecilla de color azul rojizo —todavía puedo *verlos*—, transparente y frágil, con unos volantes en la muñeca de un tono como púrpura más oscuro, y, más absurdo todavía, un sombrero a juego, pequeño, redondeado y plano como un platillo, colocado en la coronilla un tanto descentrado. ¿De dónde saco estas fantasías? Lo único que le falta a esta imagen estrafalaria de mujer de vida alegre es un parasol para darle vueltas, y unos impertinentes de mango de nácar con los que observar. ¿Y por qué no un miriñaque, ya puestos? Sea como fuere, allí estábamos los dos, el joven Marcel en la improbable compañía de una Odette con los brazos desnudos, caminando por el malecón el uno junto al otro, los tacones formando un sonido hueco sobre las tablas mientras yo recordaba en silencio, con un sentimiento de maliciosa compasión por un yo antiguo y sin formar, que no hacía mucho merodeaba por allí con los golfillos de mis colegas cuando la marea estaba baja, y mirábamos a través de los huecos entre las maderas con la esperanza de ver qué había debajo de las faldas de las chicas que caminaban sobre nosotros. Aunque jamás se me habría ocurrido tocar a la señora Gray en medio de la luz de un lugar público, sentía a través del espacio que nos separaba el emocionante chisporroteo de la consternación que le provocaba su propio atrevimiento; consternación, pero también determinación para negar lo evidente. No miraba a las personas que nos encontrábamos, y caminaba erguida y con la vista estudiadamente vacía de un mascarón de proa, el pecho proyectado hacia delante y la cabeza alta. Yo no tenía muy claro qué pretendía, exhibiéndose así delante del pueblo, pero había en ella, y siempre habría, un aspecto de chica juguetona.

Me pregunto si en secreto y sin darse cuenta del todo ella también anhelaba que nos descubrieran, y si ése era el objetivo de tan provocativa exhibición. A lo mejor nuestras aventuras eran demasiado para ella, como lo eran a menudo para mí, y deseaba verse obligada a ponerles fin. He de decir que esa posibilidad no me pasaba por la cabeza en aquella época. Por lo que se refería a las chicas, yo era tan inseguro e indeciso como cualquier otro chico, aunque daba totalmente por sentado que la señora Gray me amaba, como si fuera algo prescrito por el orden natural de las cosas. Las madres estaban en la tierra para amar a los hijos, y aunque yo no era su hijo, la señora Gray era madre, así pues, ¿cómo iba a negarme cualquier cosa, incluso los secretos más recónditos de su carne? Eso era lo que pensaba, y ese pensamiento dictaba todos mis actos, y mis no actos. Ella simplemente estaba allí, y eso no había que dudarlo ni un momento.

Nos detuvimos junto a la popa de uno de los cargueros de carbón para mirar en dirección al terraplén del rompeolas, como se le llamaba, una mole informe de cemento que asomaba en mitad del puerto, cuya función original había quedado olvidada hacía mucho tiempo, y probablemente ni siquiera ella misma se acordaba. Por debajo de la superficie, bajo la pendiente del sucio fondo del barco, un gran pescado grisáceo serpenteaba con desgana, y un poco más abajo, en la somera agua marronosa, entreví cangrejos entregados a su furtivo correteo lateral entre las piedras y botellas de cerveza hundidas, latas y ruedas de cochecito de niño sin neumático. La señora Gray se dio la vuelta.

—Será mejor que nos vayamos —dijo, y de repente sonó cansada y melancólica. ¿Cómo es que su humor había cambiado tan rápido? Durante todo el tiempo que estuvimos juntos, nunca supe lo que le pasaba por la cabeza, ni de una manera real ni empática, y poco me molesté en averiguarlo. Hablaba de cosas, claro, de todo tipo de cosas, constantemente, pero casi siempre yo consideraba que hablaba sola, que se contaba a sí misma su historia errática, cambiante e inconexa. Eso no me molestaba. Sus peroratas, cavilaciones y éxtasis de asombro eran cosas que yo contemplaba como poco más que los preliminares que tenía que soportar antes de empujarla al asiento trasero de ese paquidérmico coche familiar o hacia el colchón lleno de bultos en el suelo repleto de basura de la casa de Cotter.

Cuando nos hubimos metido en el coche, no puso en marcha el motor de inmediato, sino que se quedó mirando a través del parabrisas las parejas que todavía iban de un lado a otro en la cada vez más espesa oscuridad. Ahora no veo sus guantes de redecilla, ni ese estúpido sombrero. Seguramente me los he inventado en un impulso de frivo-

lidad; doña Memoria a veces se pone juguetona. La señora Gray estaba sentada con la espalda apretada contra el
asiento, los brazos extendidos y las manos la una junto a la
otra en lo alto del volante. ¿He hablado de sus brazos?
Eran rollizos, aunque delicadamente torneados, con una
muesca en espiral bajo cada codo, y se curvaban en un bonito arco en la muñeca, recordándome una de esas mazas
de gimnasia que utilizábamos en el patio de la escuela los
sábados por la mañana. Tenía unas cuantas pecas en el
dorso, y la parte inferior era de un azul escama de pescado
y maravillosamente fresco y sedoso al tacto, con delicadas
estrías de venas violetas a lo largo de las cuales me gustaba
deslizar la punta de la lengua, siguiéndolas hasta donde desaparecían bruscamente de la vista, en el hueco húmedo de
su codo, una de mis muchas maneras de hacer que tem-
blara, se retorciera y pidiera clemencia, pues tenía muchí-
simas cosquillas.

Le coloqué una mano acuciante en el muslo, impaciente por irme de allí, pero ella no hizo caso.

—¿No es curioso —dijo con un tono de soñador
asombro, todavía mirando a través del parabrisas— lo permanente que parece la gente? Como si siempre fueran a estar ahí, los mismos, caminando de un lado para otro.

Por alguna razón pensé en la oscilante columna de
vapor del hervidor de la cocina, y en el señor Gray dejando su vaso de whisky sin tocar sobre la mesa, con ese gesto infinitamente cansino. A continuación me pregunté si
tendríamos tiempo y quedaría suficiente luz de ese largo
día para que la señora Gray me llevara a la casa de Cotter
y me dejara tumbarme encima de ella y saciara durante un
rato mi feroz, tierna e inveterada necesidad de ella y de su
carne inagotablemente deseable.

Me he enterado de que Dawn Devonport también ha sufrido una pérdida, mucho más reciente que la mía. Hace poco más de un mes murió su padre, de un ataque al corazón no anunciado, a la edad de cincuenta y pocos años. Me lo contó ayer por la tarde, al final del día de rodaje, cuando salimos juntos a la zona al aire libre que hay detrás del estudio donde trabajamos esta semana. Ella se disponía a fumar el quinto de los seis cigarrillos que según ella son su ración diaria; por qué seis, me pregunto. Dice que no le gusta que el reparto y el equipo de rodaje la vean fumar, aunque evidentemente yo soy una excepción, al haberme convertido, sospecho, en un sustituto del padre que hace tan poco huyó de su vida. Los dos sufríamos un poco a consecuencia de la escena de pasión brutal que habíamos pasado la tarde filmando y refilmando —nueve largas tomas antes de que Toby Taggart diera su visto bueno a regañadientes; ¿y yo había dicho que actuar en el cine era fácil?—, y el gélido aire de finales de otoño, que olía a humo y mostraba un matiz bronce tras los árboles lejanos, resultó un bálsamo para nuestras frentes palpitantes. Que te obligaran a fingir hacer el amor delante de la cámara ya había resultado bastante tenso, pero tener que continuar la actuación dándole un puñetazo simulado entre sus pequeños pechos desnudos y terriblemente indefensos —Axel Vander, al menos tal como lo ha descrito JB, no es desde luego un hombre agradable— me había dejado con la boca seca y temblorosa. Mientras recorríamos la franja de escéptico césped que hay debajo del alto muro sin ventanas y de un color gris fusil de la parte de atrás del estudio,

ella me habló de su padre con frases breves y bruscas, aspirando con fuerza el cigarrillo y expulsando bocanadas de
humo como los bocadillos de diálogo de los cómics, en los
que las exclamaciones de pesar, ira e incredulidad todavía
tenían que anotarse. Al parecer su padre era taxista, un
tipo alegre, no estuvo enfermo ni un día hasta que sus ar-
terias, obturadas después de cuarenta años de cuarenta cigarrillos al día —miró su cigarrillo y soltó una amarga carcajada—, taponaron las válvulas una mañana de octubre y
el motor emitió una tos y murió.

Resulta que fue su papi, su viejo y querido papi, el
que le endilgó el nombre de Dawn Devonport. Se le ocurrió cuando la niña no era más que una bailarina de diez
años y le dieron el papel de Primera Hada en una representación navideña en el West End. No sé por qué ella
conservó el nombre. Un exceso de devoción filial, quizá.
La brusca manera en la que el viejo taxista se alejó a toda
velocidad mientras ella seguía en la acera, haciéndole señas
desesperadamente, la dejó desconcertada y enrabietada,
como si más que otra cosa su muerte hubiera sido una ne-
gligencia en el cumplimiento del deber. Al parecer, al
igual que Lydia y yo, también tiene la impresión de que,
más que perder a un ser querido, éste se le ha escapado.
Me di cuenta de que todavía no ha aprendido a llorar su
pérdida —pero ¿es que alguien llega a aprender esa amarga lección?— y cuando nos alejamos del plató y nos su-
mergimos en la repentina penumbra que hay más allá de
las luces, ella tropezó con uno de esos malignos cables
gruesos y negros que convierten el suelo del estudio en un
nido de víboras y se agarró a mi muñeca para no caer; en ese
momento sentí en los huesos de sus manos fuertes y masculinas el temblor de su angustia interior.

Hablando de angustia, tuve la tentación de contarle el hecho singular que me ha relatado Billie Stryker, y
que consiste en que Axel Vander estuvo en Italia, y no sólo
en Italia, sino en Liguria, y no sólo en Liguria, sino en las

cercanías de Portovenere, en el mismo pueblo o en los alrededores, como diría la policía, prestando declaración en el banquillo de los testigos, en o en torno a la fecha de la muerte de mi hija. No sé qué pensar. La verdad es que preferiría no pensar nada.

Hacer cine es algo extraño, más extraño de lo que esperaba, y sin embargo, de una manera curiosa, tampoco me resulta ajeno. Algunos me habían advertido de la naturaleza fragmentaria y necesariamente inconexa del proceso, pero lo que me sorprende es el efecto que esto produce en la sensación que tengo de mí mismo. Siento como si no sólo mi yo actor sino mi yo esencial se convirtiera en una serie de fragmentos deshilvanados, no sólo en los breves intervalos en los que estoy delante de la cámara, sino incluso cuando me salgo de mi papel —mi *parte*— y recupero mi identidad real, mi supuesta identidad real. Tampoco es que me considerara nunca un producto o un preservador de las unidades: he vivido lo bastante y reflexionado lo bastante como para comprender la incoherencia y naturaleza múltiple de lo que antes se consideraba el yo individual. Cualquier día de la semana salgo de mi casa y en la calle el mismísimo aire se convierte en un bosque de hojas afiladas que me rebanan de manera imperceptible hasta convertirme en las múltiples versiones de la singularidad que en el interior de mi casa he presentado como ser existente y, de hecho, por el que me han tomado. La experiencia delante de la cámara, sin embargo, esa sensación de ser no uno sino muchos —¡*mi nombre es Legión!*—, posee una dimensión añadida, pues los muchos no son unidades, sino más bien segmentos. Así pues, participar en una película es algo extraño, y al mismo tiempo no lo es en absoluto; se trata de una intensificación, una diversificación de lo conocido, una concentración en el yo ramificado; y todo eso es interesante, y confuso, y emocionante y perturbador.

Ayer por la tarde intenté hablar de todo esto con Dawn Devonport, pero ésta simplemente se rió. Estuvo de acuerdo en que al principio te desorienta —«Pierdes el hilo de todo»—, pero me aseguró que con el tiempo me acostumbraré. Creo que no terminó de entender lo que quería decirle. Como acabo de explicar, tengo la sensación de conocer ya esa otra parte en la que estoy ahora, y lo único distinto es la intensidad de la experiencia, su peculiaridad. Dawn Devonport lanzó su cigarrillo a medio fumar en la hierba y lo pisó con el tacón de sus cómodos zapatos negros —iba caracterizada de Cora, la joven monjil que se entrega a Axel Vander como una mártir cristiana se entregaría a un león viejo pero voraz— y me miró de soslayo con el atisbo de una sonrisa que me pareció al mismo tiempo amable y un tanto burlona.

—Tenemos que vivir, ¿sabes? —dijo—. Esto no es vida... Mi padre podría habértelo dicho.

¿Qué quiso decir con eso? Hay algo de sibila en Dawn Devonport. Pero, claro, para mis ojos hechizados, ¿no hay en cada mujer algo de profetisa?

Mientras caminábamos, en cierto momento se detuvo, se volvió y me preguntó si le había hablado a Billie Stryker de mi hija. Le dije que sí; que, para mi sorpresa, había acabado explicándoselo todo el primer día que Billie vino a mi casa y se sentó de manera tan taciturna en el nido de cuervos que tengo en el desván. Sonrió y negó con la cabeza en un gesto de reprobación.

—Ese Toby —dijo.

Le pregunté a qué se refería. Seguimos caminando. El vestuario que llevaba era fino y sólo se había echado una rebeca ligera sobre los hombros, y como me preocupaba que se enfriara le ofrecí mi americana, que rechazó. Dijo que todo el mundo sabía que la táctica de Toby, cuando estaba a punto de trabajar con un actor por primera vez, era mandarle a Billie Stryker para que llevara a cabo un reconocimiento preliminar y regresara con algo de selecta información íntima, preferiblemente de naturaleza vergonzosa o trágica, que era estudiada y almacenada cuidadosamente

para sacarla a la luz si era necesario, como una radiografía.
Billie tenía la habilidad, dijo, de incitar a la gente a confesar
cosas sin que se dieran cuenta de lo que estaban confesando;
se trataba de una habilidad que Toby Taggart valoraba enormemente y utilizaba a menudo. Me acordé de Marcy Meriwether al anunciarme la visita de Billie Stryker, la cazatalentos, y su ronca carcajada llegándome desde la soleada
Carver City, y 1 1e sentí lento de reflejos y estúpido, y no por
primera vez, imagino, ni por última, en ese sueño turbio y de
iluminación estridente en el que Dawn Devonport y el resto de los demás caminamos como sonámbulos. Así que eso
es lo que es Billie Stryker, y no tanto una cazatalentos o una
simple detective privada. De manera sorprendente —o al
menos me sorprende—, no me importa mucho que me em-
baucara.

Y hablando de sueños, ayer por la noche tuve uno
de los más desquiciados; me acabo de acordar ahora mismo. Parece exigir que lo cuenten con todos sus dudosos
detalles; hay sueños que poseen esa cualidad. Éste precisaría
un rapsoda para hacerle justicia. Haré lo que pueda. Me
encontraba en una casa situada en la ribera de un río. Era
una vieja casa, alta y desvencijada, con un tejado empinado hasta lo inverosímil y de chimeneas torcidas: una especie de cabañita frágil salida de un cuento de hadas, pintoresca aunque siniestra, o siniestra aunque pintoresca. Ya
me había alojado allí, en unas vacaciones, creo, junto con
un grupo de personas, familiares o amigos, aunque no
veía a ninguno, y ahora nos marchábamos. Yo me encontraba en el piso de arriba haciendo la maleta, en una pequeña habitación con una gran ventana completamente
abierta que daba al río. La luz del sol poseía una cualidad
peculiar, etérea y penetrante, como un líquido muy sutil,
y era imposible saber qué hora del día era, si por la mañana, mediodía o el crepúsculo. Yo sabía que llegábamos tarde —había un tren o algo parecido que no tardaría en salir— y estaba preocupado, y torpe en mis prisas por meter

mis cosas, tantas que no me lo podía creer, en las dos o tres maletitas que permanecían abiertas sobre la estrecha cama. La región debía de estar sometida a una sequía crónica, pues el río, que me daba cuenta no era muy ancho ni profundo incluso cuando estaba crecido, no era más que un lecho somero de barro pegajoso y gris. Aunque yo estaba muy ocupado recogiendo mis cosas, también estaba como a la espera de algo, aunque no sabía el qué, y mientras seguía con las maletas no dejaba de enderezarme y escudriñar lo que se veía por la ventana. En cierto momento me daba cuenta de que lo que había tomado por el tronco de un árbol muerto tumbado de lado a lado en el lecho del río y totalmente cubierto de barro reluciente era en realidad una criatura viva, una especie de cocodrilo, algo que no llegaba a cocodrilo o era más que eso; pude ver el movimiento de sus grandes fauces y sus ancianos párpados abriéndose y cerrándose lentamente con lo que parecía un gran esfuerzo. Probablemente lo había arrastrado una riada anterior a la sequía y se había quedado depositado en esa ciénaga, impotente y agonizante. ¿Era eso lo que esperaba ver? Sentía angustia e irritación en igual medida, angustia por la afligida criatura e irritación por tener que tratar de algún modo con ella, tener que ayudar a rescatarla, o tener que encargarme de acabar con su sufrimiento. Sin embargo, la criatura no parecía sufrir dolor, ni tampoco dificultad alguna; de hecho, parecía bastante serena y resignada... Indiferente, casi. A lo mejor no había sido arrastrada hasta allí, a lo mejor era una criatura que moraba en el barro y que las aguas revueltas de la reciente riada habían dejado a la vista, y que cuando regresaran las aguas volvería a hundirse en su viejo mundo sumergido y sin luz. Bajé. Mis pies, calzados con lo que parecían unas botas de plomo de buzo, resonaron torpes en las estrechas escaleras, y aparecí en medio de esa luz extraña y acuosa. Al llegar a la ribera descubrí que aquella cosa se había liberado del barro y se había convertido en una hermosa joven de pelo negro; incluso en el sueño, aquella transformación parecía trillada y demasiado fácil, algo que intensificó mi irritación y ansiosa impaciencia: todavía no había llenado las maletas y me había visto apartado de mi tarea por un engaño que quería ser magia. Y sin embargo ahí estaba, aquella chica de las profundidades, sentada en un auténtico tronco, en una ribera de mullida hierba verde, poniendo una altiva y petulante expresión, las manos entrelazadas sobre una rodilla y su pelo largo, oscuro y reluciente cayéndole sobre los hombros y por la espalda muy recta. Daba la impresión de que yo la conocía, o al menos sabía quién era. Se puso en pie de una manera rebuscada, al estilo de una gitana, o una cacique de antaño, todo pulseras y abalorios y telas gruesas y relucientes en tonos llamativos de esmeralda y beige dorado y burdeos intenso. Estaba esperando impaciente y con cierta irritación a que yo hiciera algo por ella, a que le hiciera un favor, y mi tardanza le molestaba. Tal como ocurre en los sueños, yo conocía y no conocía la naturaleza de esa empresa, y no me gustaba nada la perspectiva de llevarla a cabo, fuera cual fuera. ¿He mencionado que en el sueño yo era muy joven, apenas poco más que un mozalbete, aunque acarreaba una carga de preocupaciones y responsabilidades que no correspondía a mi edad, como hacer las maletas, por ejemplo, algo que había dejado a medias en la habitación, cuya ventana cuadrada y abierta ahora podía ver, y por la que el sol pálido e intemporal seguía entrando? Los postigos estaban pegados a la pared, y eran como esteras, algo que me llamó la atención y que tenía una relevancia inexplicable. Me daba cuenta de que corría el peligro de enamorarme allí mismo, en aquel instante, de aquella chica, esa imperiosa princesa, pero sabía que si lo hacía sería destruido, o que al menos pasaría grandes penalidades, y además, tenía muchas cosas que hacer, demasiadas, como para permitirme abandonarlo todo tan frívolamente. En aquel momento el sueño pareció desenfocarse y volverse borroso, o al menos así ocurre en mi recuerdo. De repente me encontraba dentro de la casa, en una habitación atestada de diminutas ventanas cuadradas y jambas profundas y en sombras. Se había materializado otra chica, la amiga o compañera de la princesa, mayor que nosotros dos, una persona enérgica y práctica y un tanto mandona, a cuyas órdenes se resistía la princesa, y yo también, y que al final perdía la paciencia con nosotros, hundía los puños en las profundidades de los bolsillos de su larguísima casaca y se alejaba indignadísima. Cuando me quedaba a solas con aquella belleza de pelo oscuro, intentaba besarla, sin mucho entusiasmo —todavía me preocupaban aquellas maletas medio llenas, con la ropa de cualquier manera y cuya boca abierta parecía la de un polluelo en un nido—, pero ella me rechazaba de una manera igual de brusca. ¿Quién podía ser? ¿A quién representaba? Dawn Devonport es la candidata evidente, aunque no lo creo. ¿Billie Stryker, oníricamente adelgazada y embellecida? No me lo parece. ¿Mi Lydia, hija del desierto desde siempre? Mmm. Pero esperad..., ya lo sé. Era Cora, la chica de Axel Vander, naturalmente; no la creación que Dawn Devonport hacía de ella, que, si he de ser honesto, hasta ahora me parece superficial, sino tal como yo la veo en mi imaginación, extraña y extrañada, difícil, orgullosa y perdida. El final del sueño, en mi recuerdo, era vacilante, vago, igual que la chica que me hechizaba —la he llamado princesa, pero sólo por conveniencia, pues desde luego era una chica corriente, aunque no de un tipo corriente—, que se había marchado siguiendo la yerma ribera del río, no caminando sino como suspendida en el aire, alejándose sin hacer ruido y al mismo tiempo, y en cierto modo, regresando. Ese fenómeno continuaba durante algún tiempo, ese ir y venir, partir y regresar, imposible y simultáneo, hasta que mi mente dormida ya no pudo soportarlo más y todo perdió consistencia y lentamente se desvaneció en la oscuridad en la que nada permanece.

¿Por qué, le pregunté a Dawn Devonport —todavía caminábamos por esa desdeñada franja de hierba que había detrás del estudio—, por qué Toby Taggart utiliza a Billie Stryker para escudriñar en las flaquezas y pesares secretos de sus actores? Sabía la respuesta, claro, ¿por qué preguntar, entonces?

—Porque según él eso le da poder sobre nosotros —dijo, y se rió—. Se cree Svengali... ¿No se lo creen todos?

Puede parecer extraño, pero yo no censuraba a Toby por eso, no más que a Billie Stryker. El hombre es un profesional, igual que yo; en otras palabras, ambos somos caníbales, y devoraríamos a nuestros jóvenes por una escena. No puedo evitar que me caiga bien. Es un tipo grandote y mal ensamblado, construido según el patrón de un búfalo, con los pies absurdamente diminutos y unas piernas escuálidas, un pecho ancho y hombros aún más anchos, y una pelambrera enmarañada de color caoba bajo la cual resplandecen esos ojos tristes, brillantes y castaños, que suplican amor y tolerancia. Se llama Tobías —sí, se lo pregunté—, siguiendo una tradición familiar por parte de madre, desde su padre el duque hasta remontarse, a través de los siglos, a un originario Tobías el Terrible, que combatió en la batalla de Hastings y del que se cuenta que tuvo en sus brazos protegidos de armadura al rey Harold herido de muerte. Esta última es la clase de polvorienta reliquia que a Toby le gusta sacar orgulloso del panteón familiar para que lo admiremos. Es un sentimental y un patriota de la vieja escuela, y no comprende mi desinterés por las proezas de sus ancestros. Le expliqué que yo no tengo ancestros dignos de mención, sólo una estirpe variopinta de pequeños comerciantes y casi campesinos que nunca esgrimieron un hacha en la batalla ni consolaron a un rey que tenía una flecha clavada en un ojo. Yo diría que Toby es un anacronismo en el mundo del cine, si pensara que hay alguien que no lo es... Miradme a mí, por amor de Dios. Cómo sufre en el plató. ¿Estamos todos contentos con nuestro papel? ¿Está siendo fiel al espíritu del maravilloso guión de JB? ¿Está bien gastado el dinero del estudio? ¿Comprenderá el público lo que pretendemos? Ahí está, siempre a la derecha y un poco por detrás del cámara, en medio de una confusión de cables y de esas misteriosas cajas negras alargadas con esquinas reforzadas de metal que se desperdigan al azar por el suelo, con su suéter grande y marrón y sus tejanos andrajosos, mordisqueándose las uñas igual que hace una ardilla con una nuez, como si intentara alcanzar la esquiva esencia de sí mismo, y preocupándose, preocupándose. El equipo de rodaje lo adora y lo protege con todas sus fuerzas, marcando los bíceps y lanzando miradas fulminantes a cualquiera que pretenda desairarlo en lo más mínimo. Tiene algo de santo. No, no exactamente de santo. Ya sé, ya sé a lo que me recuerda: a uno de esos prelados que solía producir la Iglesia militante, musculoso pero blando, de gran corazón, conocedor del pozo ciego de los pecados del mundo y sin embargo imperturbable, sin dudar ni un momento de que esa caótica fantasmagoría en la que debe hundirse cada día al final será redimida y se convertirá en una visión paradisíaca de luz y gracia y almas que retozarán resplandecientes.

Casi no me lo creo: estamos casi al final de la primera semana de rodaje. Corren que se las pelan, las películas.

Qué contenta y orgullosa estaría la señora Gray si pudiera verme en el plató, a su chico convertido en hombre de provecho. Era un tanto aficionada al cine, aunque ella lo llamaba las películas. Casi cada viernes por la noche la familia Gray se vestía de punta en blanco y se dirigía, los padres delante y los hijos dos pasos por detrás, al cine Alhambra, un granero convertido en teatro de variedades que se hallaba en la esquina de un callejón sin salida en mitad de la calle Mayor. Allí se sentaban los cuatro, uno al lado del otro, en los asientos de libra y seis peniques, los mejores del local, para contemplar las últimas ofertas de Parametro, Warner-Goldwyn-Fox o los Estudios Gauling y Eamont. ¿Qué voy a decir de los desaparecidos cines de nuestra juventud? El Alhambra, a pesar de los escupitajos en el suelo de madera y la atmósfera de humo de cigarrillos y aire estadizo, era para mí un lugar eróticamente muy sugerente. Admiraba sobre todo la magnífica cortina escarlata, ondulada en suaves curvas y con delicados flecos dorados, que me hacía pensar inevitablemente en la dama de Kayser Bondor y su vestido plisado y su viso de encaje. Aquella cortina no se alzaba, como debía de ocurrir en los tiempos en que había espectáculos de variedades, sino que se separaba en su mitad y se recogía a cada lado con un susurro leve y sedoso, mientras las luces se apagaban lentamente y los gañanes que ocupaban los asientos de cuatro peniques se ponían a silbar como cacatúas y producían una percusión como de jungla en la madera del suelo con los tacones de sus zapatos.

Aquella primavera, un par de viernes seguidos, y de manera imprudente, como descubriría más adelante —la cosa resultó ni más ni menos que una tortura—, le arranqué una moneda a mi madre y me fui al Alhambra solo, no para ver la película, sino para espiar a los Gray. Ahora bien, tenía que calcular con precisión el momento y colocarme en el lugar adecuado. Por ejemplo, si quería evitar que me vieran, resultaba imprescindible no entrar hasta que las luces se hubieran apagado al comienzo de la proyección, y salir antes de que volvieran a encenderse al final para no quedar atrapado por el Himno Nacional. Imaginaba a la señora Gray alarmada y con una mirada furiosa, o la lenta sonrisa de sorpresa de Billy, podía ver a Kitty saltando en su asiento para señalarme con feliz malevolencia, mientras su padre buscaba el paraguas bajo el asiento. ¿Y qué haría durante el intermedio, entre los anuncios y la película de estreno, cuando se encendieran las luces para mostrarnos la mágica aparición de la chica de los helados colocada delante de la cortina con la bandejita arrimada a su pecho almidonado? ¿Hasta qué profundidades se puede hundir uno en el asiento de un cine? La primera vez llegué demasiado tarde, con lo que la sala estaba casi llena y el único asiento que pude encontrar estaba seis filas por detrás de los Gray, desde donde podía ver con exasperante intermitencia lo que tomé por la cabeza de la señora Gray, pero que luego resultó ser, de manera inexplicable, la calva de un viejo gordinflón que tenía un forúnculo enorme, resplandeciente y maduro en la nuca. La vez siguiente fue mejor; es decir, pude verlos mejor pero experimenté una frustración y un tormento todavía peores. Y tampoco es que los viera mucho mejor. Conseguí un asiento delante de los Gray, pero casi en la otra punta del pasillo, de manera que para conseguir ver a la señora Gray tenía que volver la cabeza a un lado y hacia atrás, como si me apretara mucho el cuello de la camisa o sufriera alguna dolencia que me hacía girarme cada treinta segundos.

Qué terrible era presenciar a la señora Gray ensimismada en un placer tan inocente, y lo que me resultaba terrible era más la inocencia que el placer. Allí estaba sentada, la cabeza un poco echada para atrás, la cara levantada hacia la pantalla en un éxtasis soñador, y los labios entreabiertos en una sonrisa siempre a punto de completarse pero nunca del todo, absorta como estaba en ese dichoso olvido de su persona, de cuanto la rodeaba y, lo más hiriente, de *mí*. La luz trémula de la pantalla, al deslizarse sobre su cara, provocaba la impresión de que un guante de seda gris la abofeteaba de manera repetida, lasciva. La manera en que la veía, captando una serie de imágenes en movimiento al volver repetidamente la cabeza a un lado, era una torpe versión del proceso que tenía lugar dentro del traqueteante proyector que había en la sala de proyección detrás de nosotros. A pesar de mis maniobras para ocultarme, ¿me había visto entrar? ¿Sabía que yo estaba allí y había decidido ignorarme y no permitir que le estropeara la diversión? Si fue así, no lo delató, y posteriormente estuve demasiado avergonzado para preguntar, pues ¿cómo iba a admitir mis despreciables actividades de mirón? Yo no tenía ojos para su marido, ni para Billy, ni para su hermana —que me vieran, no me importaba—, concentrado como estaba en ella, en ella, en *ella,* hasta que el vecino que tenía en la fila de atrás, aunque no en el mismo asiento, un tipo robusto con un traje ajustado, un tupé reluciente y que olía mucho a gomina, se inclinó delante de su novia y me aseguró con una voz baja y muy segura de sí misma que si no dejaba de hacer esos movimientos bruscos y saltarines me incrustaría los dientes en la puta garganta.

Los gustos cinematográficos de mi amada eran amplios, aunque había exclusiones. No le gustaban los musicales, no tenía oído para las melodías, admitía. Tampoco le gustaban las historias de amor lacrimógenas que por entonces eran tan populares, con mujeres de anchas hombreras y carmín y hombres cobardes o traidores, o ambas cosas: «Sensiblerías», decía con un gesto de rechazo, frunciendo la boca y poniendo una mueca a lo Betty

Hutton. Lo que a ella le gustaba era la acción. Le encantaban las películas de guerra, con muchas explosiones y sol-
dados alemanes, con sus cascos cuadrados volando por los
aires como proyectiles de mortero entre fuentes de escombros que salían disparados. Sin embargo, sus favoritas eran
las películas del Oeste, o de indios y vaqueros, como las
llamaba. Se lo creía todo: el pistolero de corazón noble y el
vaquero con sus chaparreras, la maestra de escuela vestida
con su algodón a cuadros, la chica de salón y chabacano
atuendo, bondadosa pero capaz de romperle una botella
de whisky en la cabeza a un bandolero en mitad de una
cancioncilla sentimental. Para ella tampoco era suficiente
ver una película: luego tenía que repasarla una y otra vez.
Yo era el público ideal para esos relatos de lo que, en su
versión, eran tramas complicadas hasta lo inverosímil, con
múltiples ramificaciones laterales y vueltas atrás y una tremenda confusión de nombres medio recordados y motiva-
ciones totalmente olvidadas. A mí me hacía feliz escuchar,
o lo fingía, siempre y cuando ella consintiera en yacer
abrazada a mí en el asiento de atrás de su coche o en el colchón de la casa de los Cotter, repitiendo su historia ya re-
latada anteriormente, intentando averiguar quién había li-
quidado a quién o qué defensas no habían conseguido
romper los teutones, mientras yo hurgaba y jugaba con sus
diversas partes tibias y temporalmente desatendidas por
ella. Poseía un léxico cinematográfico propio. En las películas del Oeste el héroe siempre era el Joven y la heroína la
Chica, fuera cual fuera la edad de los actores. Si se olvidaba del nombre de un personaje lo cambiaba por un atribu-
to —«y entonces el de la Barba agarró la pistola y le disparó
al Bizco»—, que a veces alcanzaba una singular resonan-
cia poética o pintoresca, como el Chico Solitario, o la Bella
del Bar, o mi favorito, Doc el Guarro.

Ahora especulo que todos esos refritos detallados
eran al menos en parte una estratagema mediante la cual
descansaba un poco de mis imperiosas exigencias de que

se tumbara y me dejara hacerle lo que nunca me cansaba de hacer. Era Scheherazade y Penélope todo en uno, tejiendo y destejiendo de manera infinita los argumentos de las películas. Yo había leído en alguna parte, o alguien me había dicho en la escuela —había un chaval, creo que se llamaba Hynes, que sabía las cosas más asombrosas—, que después del coito el varón habrá regenerado sus jugos y será capaz de una erección completa apenas después de quince minutos. Era una afirmación que estaba dispuesto a poner a prueba. No recuerdo lo que sucedió, pero desde luego me apliqué a ello. Y sin embargo, siempre, en el fondo de mi mente, anidó la sospecha de que mis esfuerzos, y mis redoblados esfuerzos, no eran tan bien recibidos por la señora Gray, o no tanto como repetidamente me aseguraba. Soy de la opinión de que a los hombres les preocupa que las mujeres no estén realmente interesadas en las manifestaciones físicas del amor, y sólo las consientan para satisfacernos, a sus bebés ya grandotes, necesitados e insatisfechos. De ahí el permanente atractivo que ejerce sobre nosotros el mito de la ninfómana, esa fabulosa criatura más esquiva que el unicornio o la dama del unicornio, la cual, una vez encontrada, disiparía nuestros miedos más profundos. Había momentos en los que, apretado contra su pecho o hurgando en su regazo, me arriesgaba a levantar la vista y la pillaba sonriéndome con una cariñosa benevolencia que era ni más ni menos que maternal. A veces ella también se mostraba tan impaciente conmigo como lo estaría cualquier madre de un niño que constantemente la importuna: «¡Sal de mí!», gruñía, y me apartaba y se incorporaba mirándome muy enfadada, en busca de sus ropas. No obstante, yo siempre conseguía que volviera a tenderse simplemente tocando con la punta de la lengua un lunar color chocolate que había entre sus omóplatos o pasando los dedos por la suave parte interior de su brazo, blanca como el vientre de un pescado. Entonces ella se estremecía y se volvía hacia mí con algo que era más que un suspiro y me-

nos que un gemido, los ojos cerrados y los párpados aleteando, y sin poder contenerse me ofrecía su boca abierta,
caliente y flácida, para que la besara. Nunca la encontraba
tan deseable como en esos momentos de reacia entrega.
Me encantaban en particular aquellos párpados, bloques es-
culpidos de mármol traslúcido recorridos de venas, siempre frescos, siempre deliciosamente húmedos cuando acercaba los labios. La lechosa parte interior de sus rodillas
también me resultaba especialmente apreciada. Incluso
adoraba las relucientes estrías madreperla de su vientre.

¿Apreciaba esas cosas entonces como las aprecio
ahora, o sólo me regodeo en ellas en retrospectiva? ¿Es posible que un muchacho de quince años poseyera mi mirada ávida y discriminadora de viejo libertino? La señora
Gray me enseñó muchas lecciones, la primera de las cuales era que había que perdonar a otro ser humano por ser
humano. Yo era un muchacho, y por tanto tenía en mi
imaginación a la muchacha platónicamente perfecta, una
criatura insulsa como un maniquí que no sudaba ni iba al
retrete, que era dócil, me adoraba y obedecía todos mis de-
seos. La señora Gray era todo lo contrario de esa fantasía.
Sólo tenía que soltar una carcajada, un agudo relincho en
los senos nasales con una grave nota en el diafragma, para
que ese muñeco sin vida volara hecho añicos en mi cabeza. No era una sustitución fluida, cambiar el ideal imaginado por la mujer real. En los primeros días, la carnosidad
de la señora Gray me resultaba desconcertante, en ciertos
momentos, en ciertas posturas. Recordad que hasta entonces mi conocimiento de la forma femenina se había limitado a las piernas de la dama de Kayser Bondor y a los inci-
pientes pechos que Hettie Hickey me había dejado acariciar
en la oscuridad llena de humo del Alhambra años antes.
Aunque la señora Gray no era mucho más alta que Hettie,
me parecía a veces, al menos en nuestros primeros días, una
giganta que se cernía sobre mí, una figura de inexpugnable poder erótico.

Sin embargo, era de una manera total, ineludible, y que a veces me llenaba de consternación, humana, con todas las fragilidades y defectos de las criaturas humanas. Un día forcejeábamos en la casa de Cotter —ella iba vestida y había intentado marcharse, pero yo la había agarrado y la había hecho retroceder hacia el colchón con mi mano bajo su trasero— cuando de manera inadvertida soltó en la palma de mi mano un pedo suave y repentino. Su única nota fue seguida de un terrible silencio, como el que sucede a un pistoletazo o al primer rumor de un terremoto. No hay ni que decir que aquello me dejó helado. Todavía estaba en una edad en la que, aunque sabía que en cuestiones peristálticas ambos sexos son idénticos, era capaz de rechazar ante mí mismo que eso fuera así. Un pedo, sin embargo, era incontrovertible. Después del hecho, la señora Gray se alejó de mí rápidamente levantando los hombros.

—Fíjate —me dijo furiosa—, fíjate en lo que me has hecho hacer, tirando de mí como si fuera una vulgar mujerzuela.

La injusticia de todo aquello me dejó sin habla. Cuando ella se volvió y contempló mi expresión escandalizada, dejó escapar una carcajada explosiva y me empujó con fuerza en el pecho y me preguntó, todavía riendo, si no estaba totalmente avergonzado de mí mismo. Como tantas otras veces, fue su risa lo que salvó la situación, y con el tiempo, lejos de sentirme repelido por la idea de esa detonación primigenia que ella había dejado escapar, me sentí privilegiado, como si me hubiera invitado a estar con ella en un lugar al que nadie antes que yo había tenido acceso.

El hecho es que me echó a perder a otras hembras. Chicas como Hettie Hickey ahora no significaban nada para mí, con sus pechos diminutos y sus caderas de chico, su andar patizambo, sus trenzas y colas de caballo. Todo aquello quedaba descartado, pues ahora había conocido la opulencia de una mujer adulta, el tacto de la plenitud de su carne tensa dentro de las constricciones de sus ropas, la cálida carnosidad de sus labios cuando se volvían pulposos por la pasión, el tacto húmedo y fresco de sus mejillas un tanto picadas cuando las apoyaba contra mi vientre. Además de su carnosidad, poseía una ligereza, una gracia que ni la chiquilla más primorosa podía igualar. Para mí sus colores eran grises, naturalmente, pero también, en sus lugares secretos, atisbaba un gris lila concreto, un color tierra, y rosado, y otro matiz, difícil de nombrar —¿té negro?, ¿madreselva magullada?—, en los flecos de sus labios inferiores, y en la aureola de la estrellita fruncida ocluida en el interior de la grieta de su trasero.

Y para mí, ella era única. No sabía dónde colocarla en la escala humana. No era realmente una mujer, como mi madre, y desde luego no se parecía a ninguna de las chicas que conocía; era, como ya he dicho, todo un género en sí misma. Al mismo tiempo, naturalmente, era la esencia de la feminidad, el patrón mediante el cual, de manera consciente o no, medí a todas las mujeres que hubo en mi vida después de ella; todas, menos una, claro. ¿Qué habría pensado Cass de ella? ¿Qué habría ocurrido si la madre de mi hija hubiera sido la señora Gray y no Lydia? La cuestión me llena de alarma y consternación, pues una vez planteada, debo considerarla. Es curioso cómo la especulación más frívola puede invertirlo todo por un instante. Es como si el mundo de algún modo hubiera girado en un semicírculo y se me apareciera desde un ángulo poco familiar, y yo me sumergiera enseguida en lo que parece un dichoso pesar. Mis dos amores perdidos... ¿Es por eso que...? Oh, Cass...

En ese momento llamó por teléfono Billie Stryker, para contarme que Dawn Devonport había intentado suicidarse. Al parecer, sin éxito.

II

Cuando mi hija era una niña sufría de insomnio, sobre todo las semanas de pleno verano, y a veces, por desesperación, suya y mía, ya bien entrada una de esas noches en blanco la envolvía en una manta, la metía en el coche y la llevaba a dar vueltas hacia el norte, por las carreteras secundarias de la costa, pues en aquella época vivíamos junto al mar. A ella le encantaban esas excursiones, pues aunque no se durmiera, le provocaban una amodorrada calma; decía que se le hacía raro estar en pijama en el coche, como si después de todo estuviera dormida y viajara en un sueño. Años después, cuando era una jovencita, ella y yo pasamos un domingo por la tarde recorriendo otra vez esa vieja ruta por la costa. Ninguno quiso reconocer delante del otro las implicaciones sentimentales del viaje, y yo no mencioné el pasado —tenías que ir con mucho cuidado con lo que le decías a Cass—, pero cuando cogimos aquella carretera llena de curvas creo que ella, tanto como yo, se acordó de esos paseos nocturnos y de la sensación, como en un sueño, de deslizarnos por una oscuridad grisácea, con las dunas a nuestro lado y el mar un poco más allá, una línea de fulgurante mercurio bajo un horizonte tan alto que parecía un espejismo.

Hay un lugar, muy al norte, no sé cómo se llama, en el que la carretera se estrecha y transcurre junto a unos acantilados. No son muy altos, pero sí lo bastante altos y escarpados como para ser peligrosos, y hay unas señales de advertencia amarillas por el camino a intervalos regulares. Aquel domingo, Cass me hizo parar el coche y salir a caminar con ella por lo alto del acantilado. Yo no tenía muchas ganas, siempre me han dado miedo las alturas, pero no iba a negarle a mi hija una petición tan sencilla. Era finales de primavera, o principios de verano, y el día era luminoso, con un cielo limpísimo, y había ráfagas de viento cálido procedentes del mar y un olor a yodo en el aire cargado de sal. Sin embargo, no le presté mucha atención a aquella escena llena de centelleos. El aspecto de las aguas agitadas y de las olas abalanzándose contra las rocas me estaba provocando náuseas, aunque procuré armarme de valor en la medida de lo posible. Unos pájaros flotaban en el aire al nivel de nuestros ojos, a no más de unos cuantos metros, casi inmóviles en medio de las corrientes de aire, las alas temblorosas, sus chillidos sonaban como pullas burlonas. Al cabo de un rato el estrecho sendero se hacía aún más estrecho e iniciaba un brusco descenso. Llegamos a un empinado terraplén de arcilla y rocas sueltas a un lado y nada al otro, excepto el cielo y el gruñido del mar. Cada vez estaba más mareado, y avanzaba muerto de miedo, inclinado hacia el terraplén que tenía a la izquierda y apartándome del ventoso abismo azul de la derecha. Deberíamos haber ido en fila india, pues el camino era muy estrecho y traidor, pero Cass insistía en caminar a mi lado, por el mismísimo borde del sendero, con su brazo entrelazado con el mío. Me maravillaba su falta de miedo, incluso comenzaba a molestarme su despreocupación, pues en aquel momento yo estaba tan asustado que sudaba y me había puesto a temblar. Poco a poco, sin embargo, quedó claro que Cass también estaba aterrorizada, quizá incluso más que yo, de tanto oír cómo el viento la cortejaba con su voz susurrante, de cómo el vacío tiraba de su abrigo, y de la gran caída que estaba a sólo un pasito de ella, abriéndole los brazos de una manera tan incitante. Cass siempre había tenido sus escarceos con la muerte, ésa era mi niña; no, era más que eso, era una experta. Para ella, caminar por el borde de aquel acantilado, estoy seguro, resultaba como dar un sorbo del brebaje más intenso y secreto, de la mejor cosecha. Mientras ella me agarraba del brazo podía sentir el rasgueo del miedo en su interior, la excitación del terror temblando por sus nervios, y comprendí que, quizá a causa de su miedo, ya no estaba asustado, y así seguimos caminando a paso vivo, padre e hija, y era imposible decir cuál de los dos sujetaba al otro.

Si ella hubiera saltado aquel día, ¿me habría llevado con ella? Habría sido digno de verse, los dos cayendo en picado, los pies por delante, del brazo, a través del aire azul y luminoso.

El hospital privado al que llevaron a Dawn Devonport —en helicóptero, nada menos— se halla en medio de unos preciosos jardines, en un ancho mar de hierba muy bien recortada y de aspecto irreal. Es un cubo color crema con muchas ventanas, y a lo que más se parece es a un trasatlántico de lujo de los de siempre visto desde delante, con su gran bandera agitándose altiva a la brisa y unos conductos de aire acondicionado que podrían ser las chimeneas. Desde niño he albergado en secreto la idea de que los hospitales son lugares que poseen un hechizo romántico, una idea que no me han quitado del todo ni las deprimentes visitas a enfermos ni tampoco unas cuantas breves pero desagradables estancias. Creo que el origen de esta fantasía se remonta a una tarde de otoño, cuando tenía cinco o seis años, y mi padre me llevó, sobre la barra de su bicicleta, a Fort Mountain, en las afueras de nuestro pueblo, donde nos sentamos entre los helechos de una empinada pendiente y comimos pan con mantequilla y bebimos leche de una botella de limonada cuyo tapón estaba hecho de papel encerado metido a tornillo. El hospital de tuberculosos se alzaba detrás de nosotros, también de color crema y también con muchas ventanas, sobre las invisibles terrazas que yo imaginaba habitadas por chicas pálidas y jóvenes neurasténicos, demasiado refinados y quisquillosos para vivir, recostados sobre unas tumbonas extensibles bajo unas mantas color rojo vivo, amodorrados y soñando de manera intermitente.

Incluso el olor a hospital me sugiere un mundo exóticamente prístino en el que los especialistas, con bata blanca y máscaras estériles, se mueven entre camas estrechas de las que asoman unas ampollas que inyectan un valiosísimo icor gota a gota en las venas de magnates caídos y, sí, afligidas estrellas de cine.

Lo que había tomado Dawn Devonport eran píldoras, un frasco entero. Debo observar que, entre nuestra profesión, las píldoras son la elección más frecuente, me pregunto por qué. Hay que cuestionar la seriedad de su intento. Pero un frasco entero, eso es impresionante. ¿Qué sentía yo? Temor, confusión, cierto aturdimiento, también cierta irritación. Era como si hubiera estado paseando despreocupado por una calle agradable y poco conocida y de repente una puerta se hubiera abierto de par en par, me hubieran agarrado por el cogote y llevado sin más ceremonias a un lugar desconocido, pero que al mismo tiempo conocía demasiado y al que había pensado que nunca volvería; un lugar horrible.

La primera vez que entré en la habitación del hospital —pie ante pie, debo decir— y vi a esa joven hasta entonces tan llena de vida echada allí inmóvil y demacrada se me encogió el corazón, pues me dije que lo que me habían contado debía de ser un error, y que había conseguido suicidarse y aquello era su cadáver, preparado para los embalsamadores. Entonces me dio un susto aún mayor al abrir los ojos y sonreír... ¡Sí, sonrió, con lo que al principio me pareció satisfacción y una auténtica calidez! No supe si tomarlo como un buen signo o no. ¿Había perdido la razón ante la desesperación y el desespero, para estar echada en el hospital sonriendo de aquella manera? Al acercarme más, sin embargo, vi que no era tanto una sonrisa como una mueca de vergüenza. Y, de hecho, eso fue lo primero que dijo, esforzándose por incorporarse, que se sentía avergonzada y abochornada, y me tendió la mano temblorosa para que se la cogiera. Tenía la piel caliente, como febril.

Le arreglé los almohadones y ella se recostó con un gruñido de cólera contra sí misma. Observé la etiqueta de plástico que llevaba en torno a la muñeca, y leí el nombre que había en ella. Qué diminuta parecía, diminuta y vacía, apoyada allí con un aspecto tan ingrávido como un polluelo que acaba de caer del nido, con sus enormes ojos saliéndosele de las órbitas y el pelo lacio y echado para atrás, y los huesos afilados marcándosele en los hombros del camisón de un verde triste y descolorido del hospital. Sus manos grandes parecían más grandes que nunca, y los dedos más regordetes. En las comisuras de la boca se veían unas escamas de algo gris y reseco. ¿A qué turbulentas profundidades se había asomado, qué abismo ventoso la había llamado?

—Lo sé —dijo compungida—. Me parezco a mi madre en su lecho de muerte.

Yo no había tenido muy claro si ir a visitarla. ¿La conocía lo bastante como para estar allí? En tales circunstancias, cuando la muerte, engañada, todavía ronda rencorosa, existe un código de etiqueta más rígido que ninguno de los que se aplican en el ámbito de los vivos. ¿Cómo no iba a ir? ¿No habíamos llegado a cierta intimidad, no ya delante de la cámara, sino también lejos de ella, que iba más allá de la simple actuación? ¿No habíamos compartido nuestras pérdidas, ella y yo? Ella sabía lo de Cass, yo sabía lo de su padre. Y sin embargo se planteaba la pregunta de si precisamente el saber todo eso flotaba entre nosotros como un fantasma atribulado y doble que nos dejaba enmudecidos.

¿Qué le dije? No me acuerdo: farfullé unas tópicas condolencias, sin duda. ¿Qué le habría dicho a mi hija si ella hubiera conseguido sobrevivir a esas rocas color óxido y llenas de cieno que había al pie del cabo de Portovenere?

Acerqué una silla de plástico al lado de la cama y me senté, inclinado hacia adelante con los antebrazos en las rodillas y las manos entrelazadas; debía de parecer la viva imagen de un confesor. De algo estaba seguro: si Dawn Devonport mencionaba a Cass me levantaría y me marcharía. A nuestro alrededor, los numerosos ruidos del hospital se confundían en un popurrí, y el aire de la habitación sobrecalentada poseía la textura de un algodón húmedo y cálido. Por la ventana del otro lado de la cama pude ver las montañas, lejanas y tenues, y, más cerca, una obra enorme con grúas y excavadoras mecánicas y muchos trabajadores en escorzo tocados con cascos y vestidos con chaquetas reflectantes amarillas moviéndose entre los escombros. No sabe lo cruel que es, el mundo cotidiano.

Dawn Devonport había retirado la mano que me había tendido durante un momento, y ahora ésta yacía inerte a un lado, pálida sobre la sábana. El nombre que había en el brazalete de identificación no era el suyo, quiero decir que el nombre que había impreso no era Dawn Devonport. Vio que yo me fijaba y volvió a sonreír con tristeza.

—Ésa soy yo —dijo con un acento *cockney*—, mi verdadero nombre es Stella Stebbings. Un poco trabalenguas, ¿no?

A mediodía una doncella la había encontrado en el dormitorio de su suite en el Ostentation Towers, las cortinas descorridas y ella tirada medio fuera de la cama desordenada, con espuma en los labios y el frasco vacío de píldoras aún en la mano. Podía ver la escena, dibujada al estilo clásico, debajo de, tal como yo la veía, por supuesto, la insinuación del arco del proscenio, o en ese caso, supongo, dentro del rectángulo de una pantalla de sombrío resplandor. No sabía por qué lo había hecho, dijo, volviendo a extender la mano y abarcando mis manos entrelazadas, pues tenía la mano lo bastante ancha para ello: debía de tener las manos de su padre. Dijo que creía haber actuado siguiendo un impulso, y sin embargo, ¿cómo era posible, quería saber, cuando le había costado tanto esfuerzo tragarse todas esas píldoras? Eran muy flojas, pues de lo contrario estaría muerta, había asegurado el médico. Era indio, el médico, un hombre afable y con una dulce sonrisa. La había visto interpretar el papel de Pauline Powers en el remake de *Amarga cosecha*. Había sido una de las películas preferidas de su padre, la versión original, claro, con Flame Domingo interpretando el papel de Pauline. Fue su padre quien la animó a ser actriz. Había estado tan orgulloso al ver el nombre de su hija en luces de neón, el mismísimo nombre que había ideado para ella cuando no era más que un prodigio de pies ligeros con alas de celofán y un tutú. La concha que formaba su mano se tensó sobre las mías, y yo desentrelacé los dedos y volví una mano hacia arriba y sentí su palma caliente contra la mía, y como si ese tacto la escaldara, volvió a apartar la mano y se sentó hacia delante, formando una tienda de campaña con las rodillas, y miró por la ventana, un lustre húmedo sobre la frente y el pelo trabado tras las orejas y la pelusa penumbrosa de su piel todavía refulgente y los ojos iluminados por el resplandor de la fiebre. Sentada allí de aquella manera, tan erguida y rígida con el perfil recortado contra la luz, parecía una figura primitiva tallada en marfil. Imaginé que seguía la línea de su barbilla con la punta del dedo, imaginé que colocaba mis labios en el costado de aquel cuello terso y en sombras. Era Cora, la chica de Vander, y yo era Vander: ella era la belleza dañada, yo la bestia. Llevábamos semanas representando su amor brutal: ¿cómo no íbamos a ser ellos de alguna manera? Se echó a llorar, y sus lágrimas grandes y lustrosas formaron unas salpicaduras grises en la sábana. Le apreté la mano. Le iría bien marcharse un tiempo, le dije, con una voz tan llena de emoción que estaba demasiado conmovido para intentar identificar; debería hacer que Toby Taggart detuviera el rodaje durante una semana, un mes, y alejarse de todo. No me escuchaba. Las lejanas montañas eran azules, como un humo pálido e inmóvil. *Mi chica perdida,* la llama Vander en el guión. Mi chica perdida.

Prudente.

Al final ya no teníamos gran cosa que decirnos —¿debería haberle soltado un sermón, debería haberle dicho que se animara y viera el lado alegre de la vida?—, y al cabo de un rato me marché, tras decirle que volvería al día siguiente. Todavía estaba totalmente absorta en aquellas lejanas colinas azules y creo que apenas se dio cuenta de que me iba.

En el pasillo me encontré con Toby Taggart, que merodeaba inquieto, yendo de un lado para otro y mordiéndose las uñas, y más que nunca parecía un rumiante herido.

—Naturalmente —me soltó nada más verme—, pensarás que sólo me preocupa el rodaje.

A continuación pareció avergonzado y se puso a mordisquearse el pulgar de manera violenta. Me di cuenta de que demoraba el momento de entrar a ver a su estrella caída. Le conté que cuando se había despertado me había sonreído. Pareció muy sorprendido y, me dije, un tanto molesto, aunque no sé si por la no muy apropiada sonrisa de Dawn Devonport o porque yo se lo contara. Para distraerme de mi agitación —una sensación efervescente me recorrió el cuerpo, como si una poderosa corriente eléctrica circulara por mis nervios—, pensé en qué artilugio tan inmenso y complicado es un hospital. Un flujo incesante de gente pasaba junto a nosotros, hacia uno y otro lado, enfermeras de calzado blanco con chirriantes suelas de goma, médicos con el estetoscopio al cuello, pacientes en camisón avanzando cautelosos sin separarse de las paredes, y esos sujetos indeterminados y atareados de bata verde, no sé si cirujanos o celadores. Toby me observaba, pero cuando le miré a los ojos, los apartó rápidamente. Imagino que pensaba en Cass, que había triunfado allí donde Dawn Devonport había fracasado. ¿Pensaba también, con aire culpable, en que me había mandado a Billie Stryker para que me sonsacara la historia de mi hija? Nunca ha dejado entrever que sabe lo de Cass, ni una vez ha mencionado su nombre en mi presencia. Es un sujeto astuto, a pesar de que le gusta dar la impresión de desgarbado y corto de entendederas.

Junto a nosotros había una larga ventana rectangular que nos ofrecía una amplia panorámica de tejados y cielo y de aquellas ubicuas montañas. A media distancia, entre las chimeneas, el sol de noviembre se reflejaba en alguna parte, un fragmento de ventana o el acero de un vehículo, ya que el objeto seguía brillando y parpadeándome con lo que parecía, dadas las circunstancias, una insensible ligereza. Sólo por decir algo, le pregunté a Toby qué haría ahora con la película. Se encogió de hombros y pareció irritado. Dijo que todavía no les había contado a los del estudio lo que había ocurrido. Ya había mucho material rodado, trabajaría con eso, aunque naturalmente todavía había que rodar el final. Los dos asentimos, los dos fruncimos los labios y los dos arrugamos el entrecejo. En el final del guión, Cora, la chica de Vander, se ahoga.

—¿Qué crees? —me preguntó Toby con cierta reserva y sin mirarme—. ¿Deberíamos cambiarlo?

Pasó junto a nosotros un anciano en silla de ruedas, de pelo blanco y aspecto de soldado, un ojo vendado y el otro mirando furioso. Las ruedas de la silla emitían un susurro viscoso, terso y agradable al rodar sobre el suelo de goma.

Mi hija, le contesté, solía bromear con que se mataría.

Toby asintió con aire ausente, como si sólo me escuchara a medias.

—Es una pena —dijo.

No sé si se refería a Cass o a Dawn Devonport. A lo mejor a las dos. Estuve de acuerdo en que sí, era una pena. Él simplemente volvió a asentir. Imagino que aún le daba vueltas al final. Para él era un problema peliagudo. Sí, el suicidio, aun cuando se quede en intento, siempre crea incomodidad.

Cuando llegué a casa entré en el salón, me dirigí al teléfono que hay allí y, aguzando el oído para asegurarme de que Lydia no podía escucharme, telefoneé a Billie Stryker y le pregunté si podía venir a mi casa de inmediato. Al principio pareció reacia. Se oía mucho ruido detrás de ella; dijo que era el televisor, pero sospecho que era ese incalificable marido que tiene, que la reprendía: estoy seguro de que reconocí la combinación de amenaza y lloriqueo que constituye su tono característico. En cierto momento tapó el auricular con la mano y gritó algo en un tono furioso a alguien, que debía de ser él. ¿No lo había mencionado hasta ahora? Es un tipo que da miedo: Billie todavía conserva el residuo amarillento del ojo morado que mostraba cuando la conocí. Siguió un diálogo a voz en cuello y de nuevo tuvo que tapar el auricular, pero al final, en un susurro apresurado, dijo que vendría y colgó.

Regresé de nuevo de puntillas al vestíbulo, aún atento por si escuchaba a Lydia, y cogí el sombrero, el abrigo y los guantes y salí a hurtadillas de la casa con la agilidad y el suave paso de un ladrón. En lo más hondo de mí siempre me he considerado un poco sinvergüenza.

Lo que ocurre es que de todas las mujeres que he conocido en mi vida a la que menos conozco es a Lydia. Es una idea que me deja estupefacto. ¿Es eso posible? ¿Puedo haber vivido todos estos años con un enigma? ¿Un enigma que yo he creado? A lo mejor es sólo que, al haber estado durante tanto tiempo tan próximo a ella, tengo la impresión de que debería conocerla hasta un grado que resulta imposible para nosotros, o sea, para los seres humanos. ¿O es sólo que ya no puedo verla de una manera adecuada, con la perspectiva correcta? ¿O es que hemos llegado tan lejos juntos que se ha acabado fusionando conmigo, igual que la sombra de un hombre que camina hacia una farola al final se fusiona con él y deja de verse? No sé lo que piensa. Antes creía saberlo, pero ya no. ¿Y cómo iba a saberlo?

No sé lo que nadie piensa; apenas sé lo que pienso yo. Sí, eso es, a lo mejor es que se ha convertido en parte de mí, una parte de lo que es el mayor de todos mis enigmas, a saber, yo mismo. Ya no reñimos, nunca. Solíamos tener riñas sísmicas, violentas, arrebatos que duraban horas y nos dejaban temblando, yo con la cara cenicienta y ella muda e indignada, con las lágrimas de furia y frustración cayéndole por las mejillas como ríos de lava transparente. La muerte de Cass nos confirió, creo, un peso falso, una falsa seriedad, a nosotros y a nuestra vida juntos. Fue como si nuestra hija, al marcharse, nos hubiera dejado una inmensa tarea que nos superaba, pero que seguíamos aspirando a llevar a cabo, y ese constante esfuerzo nos incitaba una y otra vez a la rabia y al conflicto. Supongo que la tarea era ni más ni menos que la de continuar llorándola, sin restricciones ni quejas, con la misma fiereza con que lo habíamos hecho los primeros días después de su muerte, durante semanas, durante meses, incluso durante años. Actuar de otro modo, aflojar, desembarazarse de la carga aunque fuera un instante, sería perderla de una manera tan definitiva que habría parecido más definitiva que la propia muerte. Y así proseguimos, arañándonos y desgarrándonos, y no cesaron las lágrimas ni nuestro ardor se enfrió, hasta que nos hubimos agotado, o fuimos demasiado viejos, e invocamos una tregua a regañadientes que hoy en día sólo se ve perturbada apenas por algún intercambio esporádico, breve y poco entusiasta de fuego de armas de bajo calibre. Así que supongo que por eso no la conozco, he cesado de conocerla. En nuestro caso, reñir nos creaba intimidad.

Había quedado con Billie Stryker junto al canal. Cómo me encanta la arcaica luz del sol de estos atardeceres de finales de otoño. En la parte inferior del horizonte había raspaduras de nubes como fragmentos de un pan de oro arrugado, y la parte superior del cielo la formaban una serie de franjas de color blanco arcilla, melocotón y verde pálido, y todo eso se reflejaba como un agua jabonosa malva y vagamente jaspeada sobre la superficie rebosante e inmóvil del canal. Todavía me duraba esa agitación, ese hervor eléctrico en la sangre, que me había comenzado junto a la cama de Dawn Devonport. Hacía tiempo que no me sentía así. Es el tipo de sentimiento que recordaba de cuando era joven y todo era nuevo y el futuro no tenía límites, un estado de espera temerosa y exaltada como aquella en la que, tantos años atrás, se había adentrado la señora Gray, canturreando distraída en voz baja y colocándose su rizo recalcitrante tras la oreja. ¿Qué era lo que aquel día me había dado golpecitos en el hombro con su diapasón? ¿Era el pasado, otra vez, o el futuro?

Billie Stryker vestía su atuendo de rigor, tejanos y zapatillas de deporte gastadas, una de ellas con el cordón desatado y por el suelo, y una chaqueta de cuero corta, negra y reluciente sobre una camiseta blanca y demasiado pequeña que se le ceñía como una segunda piel en torno al pecho y sobre los dos almohadones de carne en los que la barriga, por encima del cinturón, se le bisecaba mediante una profunda arruga. Desde la última vez que la había visto, un par de días antes, se había teñido el pelo de naranja y se lo había cortado de manera violenta, y ella misma, pensé, hasta dejarlo en unos mechones cortos y erizados, como si tuviera el cráneo tachonado de dardos con plumas. Parece obtener una vengativa satisfacción al cultivar esa fealdad, mimándola y alentándola como haría otra con su belleza. Es triste ver cómo se maltrata; diría que basta con lo que le hace su marido. En estas últimas semanas de laborioso y repetido fingimiento he llegado a apreciarla por su imperturbable sentido práctico, su obstinación y su desencantada determinación.

Ese marido. Me parece un espécimen especialmente poco atractivo. Es alto y delgado, con muchas concavidades, como si le hubieran arrancado rebanadas en los costados, la barriga, el pecho; tiene la cabecita muy pequeña y los dientes podridos; su sonrisa es un gruñido de amenaza. Cuando mira a su alrededor, todo lo que abarcan sus ojos parece temblar bajo su mirada mancilladora. Al principio solía rondar por el plató, de manera que Toby Taggart, blando de corazón como siempre, se sentía obligado a encontrarle algún trabajillo. Yo lo habría echado, con amenazas, de ser preciso. No sé cómo se gana la vida —en esto, como en tantas otras cosas, Billie se muestra evasiva—, pero da la impresión de estar constantemente ocupado, de estar a punto de empezar cosas importantes, grandes proyectos que sólo esperan una palabra de él para ponerse en marcha. En esto soy escéptico. Creo que vive de su ingenio, o del de Billie, que probablemente es más agudo. Se viste como un obrero, con un mono descolorido, camisa sin cuello y botas con suela de goma, de una pulgada de grosor; también va siempre cubierto de polvo, incluso el pelo, y cuando se sienta se despatarra con aire cansado, el tobillo sobre una de sus estrechas rodillas y un brazo enganchado en el respaldo del asiento, como si acabara de terminar un trabajo extenuante y largo y ahora se tomara un merecido aunque breve descanso. Confieso que me da un poco de miedo. Desde luego, le pega a la pobre Billie, y me lo imagino fácilmente intentando pegarme. ¿Por qué está con él? Una pregunta fútil. Por qué la gente hace las cosas.

Le dije a Billie que quería que me encontrara el rastro de la señora Gray. Le dije que no dudaba de que lo conseguiría. Y no lo dudo. Un par de cisnes se acercaron por el agua, macho y hembra, seguramente, ¿pues no se trata de una especie monógama? Los contemplamos mientras se acercaban. Los cisnes, con su belleza estrafalaria y sucia, siempre me dan la impresión de mantener una fachada de indiferencia tras la cual realmente viven una tortura de timidez y duda. Esos dos sabían fingir, y nos lanzaron una mirada especulativa, vieron nuestras manos vacías de migas y siguieron adelante con una expresión de frío desdén.

Billie, con su tacto habitual, ni siquiera me preguntó por qué de repente tenía tantas ganas de encontrar a esa mujer. Cuesta saber cuál es la opinión de Billie en cualquier asunto. Hablar con ella es como arrojar piedras a un pozo profundo; la respuesta te llega con mucha demora y apagada. Posee la cautela de una persona que sufre y vive amenazada —de nuevo ese marido—, y antes de hablar parece sopesar cada palabra meticulosamente y examinarla desde todos los lados, comprobando su potencial para molestar y provocar. Pero seguro que está intrigada. Le dije que la señora Gray ahora sería bastante vieja, y que posiblemente ya había muerto. Lo único que le comenté fue que era la madre de mi mejor amigo, y que no la había visto ni tenido noticias de ella durante casi medio siglo. Lo que no le dije, lo que enfáticamente no le expliqué, fue por qué deseaba volver a encontrarla. ¿Y por qué era? ¿Por qué lo hago? ¿Por nostalgia? ¿Por capricho? ¿Porque me hago viejo y el pasado ha comenzado a parecerme más vívido que el presente? No, lo que me impulsa es algo más acuciante. Imagino que Billie pensó que la edad me permitía cierta quijotesca autoindulgencia, y que si estaba dispuesto a pagarle su buen dinero para intentar encontrar a una vieja que conocía de cuando yo era joven, sería necia si ponía en entredicho mi necedad. ¿Intuyó que en mis relaciones con la señora Gray había habido aquello a lo que a veces se refería desdeñosamente como juegos de manos? A lo mejor sí, y se avergonzaba por mí, por el vejete que debía de parecer a sus ojos, y que desde luego parecía a los míos. ¿Qué habría pensado de haber sabido lo que me corría por la cabeza al pensar en la muchacha postrada en la cama del hospital mientras hablábamos? Juegos de manos, desde luego.

Seguimos caminando. Ahora pollas de agua, un susurrante carrizal, y todavía aquellas nubecillas doradas.

La muerte de nuestra hija resultó mucho peor para su madre y para mí por haber quedado rodeada de un misterio, absoluto y sellado; para nosotros, aunque, espero, no para ella. No digo que nos sorprendiera. ¿Cómo podía habernos sorprendido, teniendo en cuenta el caótico estado de la vida interior de Cass? En los meses antes de su muerte, mientras estaba en el extranjero, se me había aparecido una imagen de ella, una especie de fantasma de guardia, ensoñaciones diurnas que no eran sueños. *¡Sabías lo que iba a hacer!*, me había gritado Lydia cuando Cass murió. *¡Lo sabías y no lo dijiste!* ¿Lo sabía, debería haber sido capaz de prever lo que iba a hacer, acechado como estaba por su presencia viva? ¿Acaso, en aquellas visitas fantasmales, estaba mandando una especie de señal de advertencia desde el futuro? ¿Tenía razón Lydia, podría haber hecho algo para salvarla? Estas preguntas me carcomen, aunque me temo que no tanto como deberían; diez años de incesante interrogación acaban agotando al devoto más acérrimo de un espíritu huido. Y estoy cansado, tan cansado.

¿Qué decía?

La presencia de Cass en Liguria.

La presencia de Cass en Liguria fue el primer eslabón en la misteriosa cadena que la arrastró a la muerte en aquellas rocas peladas de Portovenere. ¿Qué o a quién perseguía en Liguria? Buscando una respuesta, o una pista que me condujera a una respuesta, me pasaba horas examinando sus papeles, fajos arrugados y llenos de manchones de tinta de folios completamente garabateados con su letra —todavía los tengo en alguna parte— que dejó en su habitación de aquel apestoso hotelito de Portovenere que nunca olvidaré, al final de la calle adoquinada desde la que se podía ver la fea torre de la iglesia de San Pietro, la altura desde la que se arrojó al vacío. Quería creer que lo que parecían los frenéticos garabatos de una mente que está en las últimas eran en realidad un mensaje de complicado cifrado dirigido a mí, y sólo a mí. Y desde luego había momentos en los que parecía dirigirse directamente a mí. Al final, sin embargo, muy a mi pesar, tuve que aceptar que no era a mí a quien hablaba, sino a otro, quizá a mi sustituto, una persona enigmática y esquiva. Pues hay otra presencia detectable en aquellas páginas, o mejor dicho una palpable ausencia, la sombra de una sombra, a la que se dirigía sólo y siempre bajo el nombre de Svidrigailov.

Se arrojó al vacío. ¿Por qué digo que se *arrojó* de ese lugar? A lo mejor simplemente se dejó caer, ligera como una pluma. Quizá le pareció que flotaba lentamente hacia la muerte.

—Estaba embarazada, mi hija, cuando murió —dije.

Billie no hizo ningún comentario, y simplemente frunció el ceño, arrugando el labio inferior, rosado y brillante. Sus ceños la hacen parecer un querubín irritado.

El cielo perdía color y caía un crepúsculo helado, y sugerí que entráramos en un pub a tomar una copa. No es algo habitual en mí, ya no recuerdo la última vez que entré en un bar. Fuimos a un local que había en una esquina junto a uno de los puentes del canal. Paredes marrones, moqueta manchada, un enorme televisor sin sonido sobre la barra y unos deportistas de llamativas camisetas esprintando y empujándose y haciéndose señas como en una incesante pantomima. Estaban los clientes habituales de la tarde, con sus pintas y sus publicaciones hípicas, dos o tres jóvenes vivales vestidos de traje y el inevitable par de vejetes sentados uno frente al otro en una mesita, con un sucio vaso de whisky en la mano y sumidos en un silencio inmemorial. Billie miró a su alrededor con amargo desdén. Posee cierta altivez, ya me había fijado antes. Creo que es una especie de puritana, y que en secreto se considera por encima de los demás, un agente encubierto que conoce todos nuestros secretos y está al corriente de nuestros pecados más escabrosos. Hace demasiado tiempo que es investigadora. Resultó que su bebida favorita es un chorrito de ginebra ahogado en un gran vaso de naranjada y neutralizado por una buena palada de crujientes cubitos. Comencé a contarle, mientras bebía un vasito de oporto tibio, que

estoy seguro considera una bebida de marica, que Billy
Gray y yo descubrimos con el tiempo que preferíamos la
ginebra al whisky de su padre. Y mejor así, pues la botella
que habíamos estado menguando en el mueble bar con las
semanas había quedado tan aguada que el whisky era casi
incoloro. La ginebra, con su sobria apariencia de azogue,
ahora nos parecía más sofisticada y peligrosa que el tosco
dorado del whi ky. Inmediatamente después de mi primer
retozo con la señora Gray en el lavadero, había tenido mucho miedo de encontrarme con Billy, pensando que era él
quien, más que mi madre, más que su hermana, detecta-
ría inmediatamente la señal escarlata de la culpa que debía
de estar bordada en mi frente. Pero naturalmente no observó nada. Y sin embargo, cuando se me acercó y se inclinó para servirme otro dedo de ginebra y vi el pálido círculo que había en su coronilla, del tamaño de una moneda
de seis peniques, donde se le arremolinaba el pelo, una extraña sensación se apoderó de mí hasta el punto de que me
eché a temblar, y retrocedí ante su presencia, y contuve la
respiración por temor a que me llegara su aliento y reconociera en él un vestigio del de su madre. Intenté no mirar
las profundidades castañas de sus ojos, ni demorarme en
aquellos labios desconcertantemente húmedos y sonrosados. De repente me pareció que no lo conocía, o peor aún,
que al conocer a su madre, en todos los sentidos de la palabra, antiguos y modernos, le conocía también a él y de
una manera demasiado íntima. Así que me quedé sentado
en su sofá delante del parpadeante televisor y me tragué la
ginebra y me retorcí en medio de una vergüenza secreta y
exquisita.

Le conté a Billie Stryker que me ausentaría durante un tiempo. No reaccionó. Realmente es una mujer muy
poco comunicativa. ¿Hay algo que se me ha pasado por
alto? Normalmente lo hay. Dije que cuando me fuera me
llevaría a Dawn Devonport conmigo. Dije que contaba
con ella para que le diera la noticia a Toby Taggart. Ningu-

no de sus dos protagonistas se presentaría al trabajo durante una semana, al menos. Billie sonrió tras esas palabras. Le
gusta que surja algún problema, a Billie le van los conflic-
tos. Imagino que la hacen sentirse menos aislada en medio
de sus problemas domésticos. Me preguntó adónde iría.
A Italia, le contesté. Ah, Italia, dijo, como si fuera su segundo hogar.

Resulta que un viaje a Italia figuraba en primer lugar en la lista de cosas que la señora Gray deseaba y a las
que creía tener derecho. Su sueño era empezar en una de
esas elegantes ciudades de la Riviera, Niza, Cannes o algo
así, y seguir en coche por la costa hasta Roma y ver el Va-
ticano, y tener una audiencia con el Papa, y sentarse en la
plaza de España y arrojar monedas a la fontana de Trevi.
También deseaba un abrigo de visón para llevar en misa
los domingos, un elegante coche nuevo que sustituyera al
abollado coche familiar —«¡vaya cacharro!»— y una casa
de ladrillo rojo con una ventana en saledizo en la avenida de
Picardy, en el extremo más pijo del pueblo. Sus ambiciones
sociales eran altas. Deseaba que su marido fuera algo más
que un humilde óptico —él había querido ser médico,
pero su familia había sido incapaz, o no había querido, pagarle la universidad— y estaba decidida a que Billy y su
hermana *llegaran a algo en la vida*. Llegar a algo era su objetivo en todo, que los vecinos se quedaran con un palmo
de narices, que todo el pueblo —«¡menudo vertedero!»—
se pusiera en pie y la mirara al pasar. Le gustaba soñar en
voz alta mientras estábamos el uno en brazos del otro en
el suelo de nuestro nido de amor en ruinas en medio del
bosque. ¡Y no le faltaba imaginación! Y mientras elabora-
ba aquellas fantasías de pasearse por la Costa Azul en un
deportivo descapotable envuelta en pieles con su marido,
el famoso cirujano cerebral, al lado, yo me distraía pelliz-
cándole los pechos para que le engordaran y se le endure-
cieran los pezones —¡y fijaos, ésas eran las mamas que habían alimentado a mi amigo Billy!— o recorría con los

labios la pista sonrosada, inflamada y dentada que le había dejado en su delicada barriguita el elástico de la media combinación. Ella soñaba con una vida de romance, pero sólo me tenía a mí, un chaval con espinillas y los dientes en mal estado y que, como se lamentaba tan a menudo en una carcajada, sólo pensaba en una cosa.

Nunca parecía tan joven como cuando tejía esas dichosas fantasías de éxito y opulencia adinerada. Se hace extraño pensar que yo ni siquiera tenía la mitad de su edad y que ella tenía poco más que la mitad de la edad que yo tengo. Al mecanismo de mi memoria se le hace difícil lidiar con estas disparidades, y sin embargo, en esa época, tras el impacto inicial de la tarde de lluvia en el lavadero, comencé a asumir todas aquellas circunstancias, su edad, mi juventud, lo insólito de nuestro amor, todo. Para mí, a los quince años, lo menos plausible sólo tenía que ocurrir más de una vez para convertirse en norma. El verdadero enigma era lo que ella pensaba y sentía. No recuerdo que jamás reconociera en voz alta la desproporción e incongruencia de nuestra..., todavía no sé muy bien cómo llamarlo; nuestra aventura amorosa, supongo que debería decir, aunque a mis oídos suena muy falso. Los personajes de las historias de las revistas que leía la señora Gray, o los de las películas que iba a ver los viernes por la noche, tenían aventuras; para mí, igual que para ella, lo que hacíamos juntos era mucho más simple, mucho más elemental, mucho más —si se me permite utilizar esa palabra en este contexto— infantil que los hechos adúlteros de los adultos. A lo mejor eso es lo que ella conseguía a través de mí, un retorno a la infancia, no a una infancia de muñecas y cintas para el pelo, sino a una infancia llena de grandes excitaciones, de sudorosos nerviosismos y feliz suciedad. Y a veces podía ser una niña muy traviesa.

Había un río en nuestro bosque, un arroyo secreto, marronoso y serpenteante que parecía haberse desviado hacia ese calvero de monte bajo de camino a algún lugar más importante. En aquellos días yo tenía una gran estima por el agua, una reverencia, incluso, y así seguiría siendo si ahora no la asociara tan tristemente a la muerte de Cass. El agua es una de esas cosas que están presentes en todas partes —el aire, el cielo, la luz y la oscuridad, éstas son otras— y que sin embargo me parecen misteriosas. La señora Gray y yo le teníamos mucho cariño a nuestro pequeño río, arroyo, guad, brazo, estero, como queráis llamarlo. Había un lugar en el que sorteaba unos alisos, al menos creo que eran alisos. Allí el agua era profunda, y avanzaba tan lentamente que habría parecido inmóvil de no ser por los pequeños y reveladores remolinos que se formaban en la superficie, se formaban, se disolvían y volvían a formarse. A veces había truchas, espectros moteados que apenas se distinguían cerca del fondo, quietos contra la corriente y sin embargo tan veloces cuando se asustaban que parecían desaparecer súbitamente con un temblor. Allí pasamos horas felices juntos, mi amor y yo, en los días más agradables de aquel verano, a la fresca sombra de aquellos árboles raquíticos y excitables. A la señora Gray le gustaba caminar por el agua, cuyas profundidades poseían el mismo marrón lustroso que sus ojos. Aventurándose cautelosa desde la orilla, vigilando las piedras afiladas del fondo, con esa sonrisa de quien se olvida de sí mismo, con las faldas levantadas hasta las caderas, era la Saskia de Rembrandt, hundida hasta las espinillas en su propio mundo color tierra y dorado. Un día hacía tanto calor que se quitó el vestido, se lo sacó por la cabeza y me lo arrojó para que lo cogiera. No llevaba nada debajo, y avanzó desnuda hacia la mitad del arroyo y se quedó allí, con el agua hasta la cintura, los brazos extendidos a ambos lados, palmoteando feliz la superficie del agua y canturreando. ¿He mencionado que era una inveterada canturreadora, a pesar de carecer totalmente de aptitudes musicales? El sol atravesaba los alisos y se desperdigaba a su alrededor en parpadeantes monedas doradas —¡mi Dánae!—, y los huecos de sus hombros y la parte inferior de sus pechos relucían con el cambiante reflejo de las luces. Impulsado por la locura del momento —¿y si un excursionista del pueblo se hubiera topado con esa escena?—, me adentré en el agua detrás de ella, con mis pantalones y mi camisa caquis. Me observó mientras me dirigía hacia ella —yo movía los codos como una sierra y proyectaba el cuello hacia delante— y me lanzó esa mirada desde debajo de sus pestañas que a mí me gustaba imaginar que reservaba sólo para mí, la barbilla apretada contra el pecho y los labios comprimidos en un fino y pícaro arco vuelto hacia arriba, y me zambullí en las profundidades del agua marrón, y de repente mis pantalones fueron un peso empapado y la camisa se me aferraba al pecho, tan fría que cortaba el aliento, y conseguí darme la vuelta y ponerme boca arriba —¡Dios mío, a esa edad era tan ágil como una de esas truchas moteadas!— y extendí los brazos en torno a sus nalgas y tiré de ella hacia mí y hundí la cara entre sus muslos, que al principio se resistieron y de repente se quedaron escalofriantemente fláccidos, y apreté mi boca de pez contra sus labios inferiores, por fuera helados y con aspecto de ostra y por dentro calientes, y un frío embate de agua me entró por la nariz y me provocó un instantáneo dolor entre los ojos, y tuve que soltarla y flotar hasta la superficie, agitando los brazos y jadeando, pero también triunfante: oh, sí, conseguir aprovecharme de ella representaba una repugnante victoria en miniatura para mi autoestima y una sensación de dominio sobre ella. Una vez fuera del agua corrimos ambos hacia la casa de Cotter, yo con su vestido en mis brazos y ella todavía desnuda, una dríade pálida como un abedul delante de mí a través del sol y las sombras del bosque. Todavía siento, igual que sentí cuando al poco nos arrojamos jadeando sobre nuestra cama improvisada, la áspera textura de sus brazos con piel de gallina, y también puedo oler el excitante sabor a rancio del agua del río en su piel, y saborear el helor salobre que perduraba entre sus muslos.

Ah, días de juegos, días de —¿me atrevo a decirlo?—, días de inocencia.

—¿Te contó por qué lo hizo? —preguntó Billie.

Estaba sentada con medio culo fuera en uno de los altos taburetes de la barra, separados los muslos, tubulares y embutidos en aquellos tejanos ceñidos, y sosteniendo el vaso con ambas manos entre las rodillas. Me quedé confuso por un momento, pues mi mente estaba haciendo cosas muy atrevidas con la señora Gray, y pensé que se refería a Cass. No, dije, no, claro que no, no tengo ni la menor idea de por qué lo hizo, ¿cómo iba a saberlo? Me lanzó una de sus torvas miradas de reprobación —conseguía dar la impresión de que los ojos se le salían de las órbitas de una manera que me ponía muy nervioso— y comprendí que se refería a Dawn Devonport. Para disimular mi error aparté la mirada, fruncí el entrecejo y jugueteé con mi vaso de oporto. Dije, en un tono que me sonó bastante mojigato, que estaba seguro de que había sido un error, y que Dawn Devonport no tenía intención de hacerlo. Billie pareció perder interés y tan sólo emitió un gruñido y recorrió indolente con la mirada el resto del bar. Estudié su perfil hinchado, y mientras lo hacía por un momento me entró una vertiginosa sensación, como si me hubieran acercado al mismísimo borde de un acantilado alto y escarpado. Es un sentimiento que a veces se apodera de mí cuando miro, me refiero a cuando miro de verdad, a otras personas, cosa que no hago a menudo, y que espero que nadie haga a menudo. Tiene que ver, de una manera misteriosa, con la sensación que a veces experimentaba cuando estaba en escena, la sensación de caer dentro del personaje que estaba interpretando, y digo caer en sentido literal, al igual que cuando uno tropieza y cae de cara, y dejar de experimentar por completo mi otro yo, el que no actúa.

Los estadísticos nos dicen que las coincidencias no existen, y debo aceptar que saben de lo que están hablan-

do. Si aceptara que una cierta confluencia de sucesos constituye un fenómeno único y especial fuera del flujo habitual de la casualidad, tendría que aceptar, y no es así, que
hay un proceso trascendente que actúa por encima, o por
detrás, o dentro de la realidad cotidiana. Y sin embargo
me pregunto: ¿por qué no? ¿Por qué no iba a admitir que
alguien misterioso y ladino dispone sucesos aparentemente azarosos? Alex Vander estaba en Portovenere cuando mi
hija murió. Este hecho, y lo tomo como un hecho, se alza
ante mí como una verdad inmensa e inamovible, como un
árbol, con todas sus raíces ocultas en la profunda oscuridad. ¿Por qué estaba ella allí, y por qué estaba él?

Svidrigailov.

Le dije a Billie que tenía intención de ir a Portovenere, y que aunque pretendía llevar conmigo a Dawn Devonport, ella aún no lo sabía. Creo que fue la primera vez
que vi a Billie Stryker soltar una carcajada.

En épocas anteriores, el único acceso a esas pequeñas poblaciones era por mar, pues la geografía que acom-
paña a aquella costa está formada en gran parte por ca-
denas de montañas cuyas faldas caen en ángulo agudo
hacia la bahía. Ahora hay una estrecha vía de ferrocarril
que atraviesa la roca y discurre bajo numerosos túneles y
ofrece panorámicas repentinas y vertiginosas de paisajes
y ensenadas escarpados en los que el mar reluce débilmen-
te como acero moteado. En invierno la luz posee una cualidad cárdena, y hay sal en el aire, y un olor a pecios y a ga-
ses diésel de los botes de pesca que pueblan los diminutos
puertos. El coche que había alquilado resultó ser una bestia hosca y recalcitrante que me dio muchos problemas y
más de un susto en la carretera por la que, desde Génova,
nos dirigíamos hacia el este. O quizá la culpa fue mía,
pues me hallaba en un estado de agitación: no soy un buen
viajero, ya que el extranjero me pone nervioso, y no se me
dan bien los idiomas. Mientras conducía me acordé de la
señora Gray y de cómo nos habría envidiado de habernos
visto en aquella costa azul. En Chiavari abandonamos el
coche y cogimos el tren. Tuve problemas con el equipaje.
El tren olía mal y los asientos eran duros. Mientras avan-
zábamos en dirección este una tormenta bajó de las montañas y azotó las ventanillas del vagón. Dawn Devonport
contempló el chaparrón y habló desde las profundidades
del enorme cuello de su abrigo vuelto hacia arriba.

—Tanto que hablan del soleado sur —dijo.

Desde el momento en que pusimos pie en tierra
extranjera la reconocieron por todas partes, a pesar del pa-

ñuelo con que se cubría la cabeza y las enormes gafas de sol que llevaba; o quizá fue a causa de ellas, pues son el disfraz inconfundible de una estrella atribulada que quiere pasar desapercibida. Eso era algo que no había previsto, y aunque yo era una presencia que en gran medida pasaba inadvertida a su lado o, más a menudo, a su estela, seguía sintiéndome expuesto hasta un punto que me ponía nervioso, como un camaleón que ha perdido su poder de camuflaje. Aquel día teníamos que llegar a Lerici, donde había reservado habitaciones, pero ella insistió en que primero quería ver las Cinque Terre, así que allí estábamos, un tanto perdidos en aquella tarde de invierno carente de alegría.

Dawn Devonport había cambiado. Era propensa a arrebatos de irritación, y constantemente manoseaba cualquier cosa, el bolso, las gafas de sol, los botones del abrigo, y atisbé, de una manera vívida y perturbadora, cómo sería de vieja. Además, no paraba de fumar. Y emitía un nuevo olor, tenue pero nítido, tras el enmascarador aroma a perfume y polvos faciales, un olor blando y seco de algo que primero había sido exuberante y luego se había resecado y marchitado. Físicamente había asumido un aspecto nuevo y más sencillo, que exhibía con un aire de aburrida resignación, como un paciente que ha sufrido durante tanto tiempo que sentir dolor se ha convertido en otra manera de vivir. Estaba más delgada, cosa casi imposible de imaginar, y sus brazos y sus exquisitos tobillos parecían frágiles y alarmantemente a punto de romperse.

Había creído que se resistiría a venir conmigo, pero al final, para mi sorpresa y, he de confesar, cierta inquietud, no tuve que insistir. Simplemente le presenté un itinerario, que ella escuchó, con el ceño un tanto fruncido y girando la cabeza un poco a un lado, como si fuera un tanto dura de oído. Estaba incorporada en la cama del hospital, con su camisón verde y descolorido. Cuando acabé de hablar apartó la mirada hacia las montañas azules y suspiró, cosa que tomé por un signo de aquiescencia, a falta de cualquier otro. He de decir que quienes se opusieron fueron Toby Taggart y Marcy Meriwether. ¡Hay que ver cuánto ruido hicieron, los retumbos de bajo de Toby, y Marcy chillando como un loro por la línea transatlántica! Hice caso omiso de todo eso, y al día siguiente simplemente cogimos un avión, Dawn Devonport y yo, y nos escapamos.

Resultaba extraño estar con ella. Era como estar con alguien que no está del todo presente, ni tampoco del todo consciente. Cuando yo era niño tenía una muñeca, no sé cómo la conseguí; desde luego, mi madre nunca me había regalado un juguete de niña. La guardaba en el desván, oculta tras ropas viejas al fondo de un arcón de madera. La llamaba Meg. Al desván, donde un día, años más tarde, avistaría la sombra de mi difunto padre deambulando indeciso, se podía acceder fácilmente desde el descansillo mediante unas estrechas escaleras pegadas a la pared. Mi madre almacenaba cebollas allí, tiradas por el suelo; creo que eran cebollas, me parece recordar el olor, o a lo mejor se trataba de manzanas. La muñeca, que antaño debió de tener abundante pelo, ahora era calva, exceptuando una rala mata rubia en la parte posterior del cráneo, pegada a un grumo de reluciente goma amarilla. Se articulaba en los hombros y las caderas, pero los codos y las rodillas eran rígidos, y las extremidades tenían una forma arqueada, de manera que parecía abrazarse frenéticamente a algo, quizá a su gemela, que ya no estaba allí. Cuando la echabas boca arriba cerraba los ojos, y los párpados emitían un leve chasquido agudo. Adoraba a esa muñeca, con una intensidad secreta e inquietante. Pasé muchas tórridas horas vistiéndola con trozos de tela y luego desvistiéndola cariñosamente. También la operaba, y fingía extraerle las amígdalas, o, más excitante aún, el apéndice. Todo aquello me resultaba muy agradable, no sé por qué. Había un no sé qué en la ligereza de la muñeca, en su oquedad —dentro tenía algo suelto que al sacudirla sonaba como un guisante seco—, que me hacía sentirme protector y al mismo tiempo apelaba en mí a una veta incipiente de crueldad erótica. Así era como veía en aquel momento a Dawn Devonport. Me recordaba a Meg, la que no tenía huesos, la de extremidades frágiles y párpados que chasqueaban. Al igual que ella, Dawn Devonport parecía hueca, y el hecho de que no pesara prácticamente nada, y estuviera en mi poder mientras yo la acompañaba, resultaba, en cierto modo, alarmante.

Nos bajamos del tren al azar en una de las cinco poblaciones, no recuerdo cuál. Se alejó rápidamente por el andén con la cabeza gacha y el bolso apretado contra un costado, como una de esas jóvenes delgadas e intensas de los años veinte, con su estrecho abrigo de cuello grande, sus medias con costura y sus pies menudos. Mientras tanto yo tuve que lidiar otra vez con nuestras tres maletas, dos grandes, que eran suyas, y una pequeña, que era mía. La lluvia había cesado, pero el cielo todavía parecía cernirse sobre nosotros y era del color del yute mojado. Comimos tarde en un restaurante desierto del puerto. Estaba en lo alto de una grada que recibía los embates de unas olas oscuras que se agitaban como grandes cajas de metal zarandeadas vigorosamente. Dawn Devonport estaba acurrucada delante de un plato de marisco sin tocar con los hombros encorvados, aplicándose inquieta a un cigarrillo que parecía un trozo de madera que tallara con los dientes. Hablé con ella, le pregunté cosas inconexas —aquellos silencios suyos me resultaban irritantes—, pero casi ni se molestó en contestar. La aventura que había emprendido con ella parecía más inverosímil incluso que el gran espectáculo de luz y sombra que su intento de suicidio y nuestra posterior huida habían desbaratado de manera tan profunda, llevándolo quizá a un final inacabado, inacabable e ignominioso. Menuda pareja tan despareja debíamos de parecer, la chica vagamente afligida de rostro descarnado, con su pañuelo y sus gafas de sol, y el viejo entrecano sumido en una triste desazón, sentados en silencio en aquel local de techo bajo y mal iluminado sobre un mar invernal, nuestras maletas apoyadas la una contra la otra en el vestíbulo de cristal, esperándonos como un trío de sabuesos grandes, obedientes y pacientemente perplejos.

Cuando Lydia se enteró de mi plan de marcharme con Dawn Devonport soltó una carcajada y me lanzó una mirada de incredulidad, la cabeza hacia atrás y una ceja arqueada, la mismísima expresión que Cass solía dirigirme cuando yo decía algo que ella consideraba estúpido o disparatado. ¿Lo decía en serio?, preguntó mi mujer. ¿Otra vez una chica, a mi edad? Repliqué fríamente que no era eso, no era eso en absoluto, que se trataba de un viaje puramente terapéutico y un acto caritativo por mi parte. Nada más decirlo, me sentí como uno de los más pomposos y tendenciosos capullos que protagonizan las obras de Bernard Shaw. Lydia suspiró y negó con la cabeza. ¿Cómo era posible, preguntó en voz baja, como si hubiera alguien que pudiera oírla, cómo era posible que yo me llevara a alguien, y mucho menos a Dawn Devonport, a ese lugar, de entre todos los lugares del mundo? Para eso yo no tuve respuesta. Fue como si me acusara de profanar el recuerdo de Cass, y me indigné, pues eso, debéis creerme, era algo que no había considerado. Le dije que era bienvenida si quería acompañarnos, pero eso sólo pareció empeorar las cosas, y hubo un larguísimo silencio, el aire vibrando entre nosotros, y poco a poco bajó la cabeza, se le ensombreció la frente de una manera ominosa y me sentí como un torero muy pequeño que hace frente a un toro aterradoramente frío y calculador. No obstante me preparó la maleta, igual que hacía en los días en que aún iba de gira. Una vez acabada la tarea, se dirigió a la cocina con una altivez de hombros caídos. Se detuvo en la puerta y se volvió hacia mí.

—No la vas a traer de vuelta, ya lo sabes —dijo—, así no.

Sabía que no hablaba de Dawn Devonport. Una vez pronunciada su última frase —no en vano había vivido con un actor todos esos años—, se adentró en su cubil y cerró la puerta con un golpe seco. No obstante, tuve la convicción, para mi gran consternación, de que todo aquello le parecía, más que otra cosa, absurdo.

Yo no le había hablado de Cass a Dawn Devonport; es decir, no le había contado que mi hija había muerto en Portovenere. Le había propuesto ir a Liguria como si se me hubiera ocurrido al azar, un lugar del sur donde estaría tranquila, un lugar para recuperarse, sin multitudes ni agobios en esa época del año. Supongo que no le importaba gran cosa a Dawn Devonport adónde iba, adónde la llevaba. Vino conmigo en un estado de estupor, como si fuera una niña dormida a la que yo llevara del brazo.

De repente, mientras estábamos en el restaurante, habló, y yo di un respingo.

—Me gustaría que me llamaras Stella —dijo en un furioso hilo de voz, entre los dientes apretados—. Es como me llamo, ya lo sabes. Stella Stebbings —¿por qué de repente estaba tan irritada? De haberme encontrado yo de mejor humor, quizá lo habría considerado un signo de su regreso a la vida y al vigor. Aplastó el cigarrillo en el cenicero de plástico que había sobre la mesa—. No sabes nada de mí, ¿verdad? —dijo. Miré por la ventana el travesear de las olas e, irritado, le pregunté en un tono paciente, con una afabilidad un tanto ofendida, qué era lo que consideraba que había que saber de ella—. Mi nombre —me espetó—. Podrías empezar aprendiéndote mi nombre. Stella Stebbings. Dilo —lo dije, apartando los ojos del mar y mirándola fijamente. Todo eso, las escaramuzas iniciales de una pelea con una mujer, me resultaba lamentablemente familiar, como algo que uno sabe de memoria y ha olvidado que sabía, y que ahora regresa funestamente, como una obra de acalorados diálogos que había interpretado y había fracasado. Me lanzó una mirada furiosa acompañada de lo que pareció un ponzoñoso desprecio, y de repente se recostó en su silla y encogió un hombro, tan indiferente ahora como furiosa había estado un momento atrás—. ¿Lo ves? —dijo con cansino disgusto—. En primer lugar no sé por qué me molesto en intentar matarme. Si ni siquiera existo, no tengo ni un nombre que se pueda considerar tal.

Nuestro camarero, un tipo absurdamente guapo con el habitual perfil aquilino y el pelo negro y tupido muy repeinado, estaba en la puerta de la cocina, casi al fondo, donde el chef había asomado la cabeza —cuando veo a un chef con su delantal manchado siempre pienso en un cirujano al que le han prohibido ejercer—, y ahora se acercaban los dos, el chef tímido y vacilante siguiendo a su colega gallito y atrevido. Sabía bien lo que pretendían, pues había presenciado más o menos el mismo ritual en incontables ocasiones desde que había pisado suelo italiano. Llegaron a nuestra mesa —en aquel momento éramos los únicos clientes del local— y Mario, el camarero, moviendo la mano en una floritura, presentó a Fabio, el chef. Fabio era gordinflón y de mediana edad, tenía el pelo rubio rojizo, algo poco habitual en aquella tierra de Lotarios atezados. Quería un autógrafo, por supuesto. No creo haber visto antes sonrojarse a un italiano. Esperé con interés a ver la reacción de Dawn Devonport —no hacía ni un minuto parecía dispuesta a pegarme con el bolso—, pero naturalmente ella es una profesional de los pies hasta la punta de su pequeña estilográfica plateada, que sacó en ese momento para garabatear en el menú que Fabio, el de la cara encarnada, le había ofrecido, y se lo devolvió con esa sonrisa a cámara lenta que reserva para los encuentros cara a cara con sus fans. Conseguí echarle un vistazo a la firma, con sus dos des grandes, redondas y opulentas como párpados cerrados. Me vio mirar y me concedió una sonrisita sardónica como acuse de recibo. Stella Stebbings, hay que ver. El chef se marchó muy contento, con el preciado menú apretado contra su pechera sucia, mientras que Mario, con su mueca de suficiencia, adoptó una pose teatral y le preguntó a la diva si le gustaría tomar *caffè*, al tiempo que me ignoraba de manera significativa. Supongo que todos piensan que soy su representante, o su agente; dudo que me tomen por otra cosa.

Puesto que parece que nada de lo creado se destruye, sino que sólo se disgrega y se dispersa, ¿no podría ocurrir lo mismo con la conciencia individual? ¿Adónde va cuando morimos, todo lo que hemos sido? Cuando pienso en aquellos a los que he amado y perdido soy como alguien que vaga entre estatuas sin ojos en un jardín al anochecer. En el aire que me rodea hay murmullo de ausencias. Pienso en los húmedos ojos castaños de la señora Gray, moteados con esquirlitas de oro. Cuando hacíamos el amor pasaban de ámbar a un turbio tono de bronce haciendo escala en el color tierra. «Si tuviéramos música», solía decir en casa de los Cotter, «si tuviéramos música podríamos bailar». Cantaba para sí misma, constantemente, desafinando, *El vals de la viuda alegre*, *El hombre que hizo saltar la banca en Montecarlo*, *Las rosas florecen en Picardy*, y algo acerca de una alondra, una alondra, cuya letra no sabía y que sólo podía canturrear, con una desafinada ausencia de melodía. Esas cosas que había entre nosotros, ésas y una miríada más, una miríada de miríadas, son lo que permanece de ella, pero ¿en qué se convertirán cuando yo ya no esté, yo, que soy el depositario y el único que las conserva?

—Vi algo, cuando estuve muerta —dijo Dawn Devonport. Tenía los codos clavados en la mesa y se inclinaba hacia delante, encorvada, dibujando con la punta de un dedo entre las frías cenizas del cenicero. También fruncía el entrecejo, y no a mí. La tarde había adquirido un color ceniza—. Estuve técnicamente muerta durante casi un minuto, o eso me dijeron. ¿Lo sabías? —dijo—. Y vi algo. Supongo que lo imaginé, aunque no sé cómo podía estar muerta e imaginar algo.

A lo mejor, dije, fue antes de morir, o después, cuando sufrió esa experiencia.

Asintió, todavía con el ceño fruncido, sin escuchar.

—No fue como un sueño —dijo—. Fue algo totalmente distinto de todo lo que he conocido. ¿Tiene sentido, decir que una cosa fue como algo que no has conocido? Pero así es como fue... Vi algo que no se parecía a nada de lo que he conocido —examinó la punta sucia de ceniza de su dedo y a continuación me miró con curioso desapasionamiento—. Estoy asustada —dijo, en un tono sereno y sin alterarse—. Antes no lo estaba, pero ahora sí. Es extraño, ¿verdad?

Cuando salimos, el camarero y el chef nos esperaban en la puerta, hicieron una reverencia y sonrieron. Fabio, el chef, me guiñó el ojo con un desdén risueño, casi fraternal.

Era tarde cuando llegamos a Lerici, sufriendo aún los efectos del vino agrio del almuerzo, del aire estadizo y el estruendo del tren. Había comenzado a nevar, y el mar que se veía más allá del muro bajo del paseo marítimo era un tumulto en la oscuridad. Intenté distinguir las luces de Portovenere al otro lado de la bahía, pero no pude a causa de los grandes copos de blancura que sin orden ni concierto se congregaban en el grumoso aire. La ciudad iluminada por las farolas se extendía delante de nosotros, colina arriba, hacia la tosca mole del *castello*. En el silencio amortiguado por la nieve, las calles estrechas y ventosas tenían un aspecto cerrado y sombrío. Parecía que todo contuviera el aliento, asombrado ante el espectáculo de esa implacable y espectral caída de la nieve. El hotel Le Logge se encontraba entre una pequeña tienda de comestibles y una iglesia achaparrada y estucada. La tienda todavía estaba abierta, a pesar de lo tarde que era, un rectángulo sin escaparate muy iluminado, con unos estantes abarrotados que llegaban hasta el techo, y en la parte delantera un gran mostrador inclinado sobre el que se exhibía una profusión de relucientes y húmedas verduras y lustrosas frutas. Había cajas de champiñones, de color crema y tabaco, y desvergonzados tomates, hileras de puerros con su penacho gruesos como mi muñeca, calabacines del color de las bruñidas hojas de palma, sacos de arpillera abiertos con manzanas, naranjas y limones amalfitanos. Al salir del taxi nos detuvimos y miramos con incomprensión y una cierta consternación esa abundancia apiñada y fuera de temporada.

El hotel era viejo y había conocido días mejores, y por dentro parecía estar cubierto del mismo tono de marrón: la alfombra era como de pelo de mono. Aparte del habitual tufillo de los desagües —que llegaba a vaharadas, a intervalos regulares, como si surgiera de unos viejos pulmones podridos—, se distinguía otro olor, seco y nostálgico, el olor, quizá, del sol del verano anterior atrapado en los rincones y rendijas y ahora ya enmohecido. Cuando entramos hubo muchas reverencias y sonrisas radiantes ante el brioso e imperioso avance de Dawn Devonport: las atenciones de la gente siempre le levantan el ánimo, ¿y a quién no, en nuestro oficio? El alto cuello de piel de su abrigo hacía que su cara ya delgada pareciera aún más delgada y pequeña; había doblado el pañuelo para la cabeza y lo llevaba apretado contra el cráneo al estilo de como se llame la protagonista de *El crepúsculo de los dioses*. Cómo consiguió desplazarse por la penumbra crepuscular del vestíbulo con las gafas de sol es algo que ignoro —me recuerdan, de un modo perturbador, los ojos prismáticos y de malévolo brillo de un insecto—, pero llegó a la recepción por delante de mí a ese paso rápido de secos taconazos y dejó caer su bolso junto a la campanilla en forma de pezón y adoptó una pose de refilón, ofreciendo su magnífico perfil al sujeto ya turbado que había detrás del mostrador, enfundado en una chaqueta color azabache oxidado y una camisa blanca deshilachada. Me pregunto si esos efectos que despliega como si nada los calcula para cada nueva ocasión, o están ya acabados y perfeccionados, son parte de su repertorio, de su arsenal. Debéis comprender que yo me sentía permanentemente tan vil ante el espectáculo de su esplendor como el pobre muchacho que había tras el mostrador. Qué absurdo, oh corazón, oh atribulado corazón.

Luego el traqueteo del ascensor, los pasillos vermiformes, el crujido de la llave en la cerradura y el rancio suspiro del aire al verse liberado de la habitación en sombras. El farfullante y encorvado mozo de equipajes entró delante y colocó las maletas al pie de la gran cama cuadrada, que tenía una depresión en el medio y daba la impresión de que generaciones de mozos de equipajes, los predecesores de éste, hubieran nacido en ella. Qué acusadora puede llegar a ser la mirada de una maleta una vez toca el suelo. Podía oír a Dawn Devonport en la habitación de al lado haciendo muchos ruiditos misteriosos, tintineos, golpecitos y susurros un tanto sugerentes mientras abría las maletas. Entonces llegó un momento de pánico al acabar de colgar las ropas, guardar los zapatos, dejar las cosas de afeitar en la repisa de mármol del cuarto de baño, en la que el cigarrillo olvidado de alguien había dejado una quemadura, una mancha negra de bordes ámbar. En la calle un coche pasó en un susurro, y el resplandor de los faros proyectó, a través de una grieta en las cortinas, un rayo de luz amarilla, fino como un lápiz, que recorrió la habitación de una punta a otra antes de retirarse rápidamente. En el piso de arriba un inodoro abrió la boca y engulló, y como reacción el desagüe de mi cuarto de baño, para no ser menos, emitió un sonido gutural que podría haber sido un gorgoteo de risa lasciva.

Abajo reinaba un silencio que parecía un zumbido. Caminé sobre la tosca piel de la alfombra sin hacer ruido. El restaurante estaba cerrado; en la penumbra, a través del cristal, vi las muchas sillas colocadas sobre la mesa, como si hubieran saltado asustadas por algo que había en el suelo. El tipo que había en el mostrador mencionó la posibilidad del servicio de habitaciones, aunque no pareció muy convincente. Fosco, se llamaba, como indicaba una etiqueta que llevaba en la solapa, Ercole Fosco. Su nombre parecía un augurio, aunque no sé muy bien de qué. Ercole Fosco. Era el portero de noche. Me gustaba su aspecto. Un hombre de mediana edad, las sienes plateadas, carrillos caídos y de tez un tanto cetrina: Albert Einstein en su mediana edad preicónica. Sus ojos castaño claro me recordaron los de la señora Gray. En sus ademanes había un toque de melancolía, aunque eso también era tranquilizador; me recordaba a uno de esos tíos solteros que aparecían con regalos de Navidad cuando yo era niño. Rondé por el mostrador, intentando encontrar algo de lo que hablar con él, pero no se me ocurría nada. Me sonrió en tono de disculpa y formó un puñito —qué manos tan pequeñas tenía—, se lo llevó a la boca y tosió dentro de él, y sus ojos claros se desviaron hacia las comisuras exteriores. Me di cuenta de que le estaba poniendo nervioso, y me pregunté por qué. Me dije que a lo mejor no era de por allí, pues tenía un aire septentrional: a lo mejor era de Turín, capital de la magia, o de Milán o Bérgamo, o de algún lugar incluso más al norte, más allá de los Alpes. Me preguntó, con una nota cansina, de manera mecánica, si había quedado satisfecho con la habitación. Le dije que sí. «¿Y la *signora*, está satisfecha?» Dije que sí, sí, la *signora* estaba satisfecha. Los dos estábamos muy satisfechos, muy contentos. Hizo una pequeña inclinación de cabeza, hacia un lado, en lo que pareció tanto una reverencia como un encogimiento de hombros. Me pregunté si mi actitud y mis gestos le resultaban a él tan forasteros como los suyos a mí.

Me dirigí a la puerta de entrada y me asomé por el cristal. Fuera, en el hueco entre dos farolas, la oscuridad era absoluta, y la nieve semejaba casi negra, cayendo rápidamente en grandes copos húmedos, en un silencio que lindaba con un suave murmullo. A lo mejor los ferris que iban a Portovenere no navegaban en esa época del año, con aquel tiempo —ése era un tema del que podría haber hablado con Ercole, el portero de noche—, a lo mejor habría que ir en coche, regresar a La Spezia y seguir por la costa. Era un trayecto bastante largo, y la carretera hacía muchos giros y curvas por encima de unos acantilados escarpados. Cómo se pondría Lydia al enterarse de que su marido había quedado hecho añicos contra las rocas mientras se encaminaba al lugar en el que su hija había muerto de manera parecida, en otras circunstancias.

Cuando me moví, de algún modo mi reflejo en el cristal no se movió conmigo. Entonces enfoqué la mirada y me di cuenta de que no era mi reflejo lo que veía, sino el de otra persona que estaba fuera, de cara a mí. ¿De dónde había salido, cómo había llegado allí? Era como si se acabara de materializar en aquel cristal. No llevaba abrigo, ni sombrero, ni paraguas. No pude distinguir sus rasgos. Retrocedí y le abrí la puerta, que emitió un ruido como de succión, y la noche entró de un salto como un animal, ágil e impaciente, con el aire frío atrapado en su piel. El hombre entró. Tenía nieve en los hombros, y dio un par de patadas sobre la alfombra, primero con un pie, luego con el otro, tres cada vez. Me dirigió una mirada penetrante e inquisitiva. Era joven, con la frente alta y abombada. O quizá, me dije mirándolo mejor, quizá no era tan joven, pues la barba, bien recortada, era entrecana, y se le veían unas finas arrugas en las comisuras de los ojos. Llevaba gafas de montura delgada y lentes ovaladas, que le daban un vago aire de erudito. Nos quedamos allí un momento, de cara el uno al otro —enfrentados, iba a decir—, al igual que hacía un momento, pero sin cristal entre nosotros. Ponía una expresión de escepticismo matizado con humor.

—Qué frío —dijo, encajando los labios en torno a la palabra en un puchero de catador. Hablaba como si algo le molestara en la boca, una semilla o una piedra, y tuviera que maniobrar la lengua en torno a ella. ¿Lo había visto en alguna parte? Tenía la impresión de que lo conocía, pero ¿de qué iba a conocerlo?

Cuando todavía trabajaba, en el teatro, quiero decir, me pasé una temporada entera sin soñar. Es decir, debí de soñar, pues se nos dice que la mente no puede estar inactiva, ni siquiera durante el sueño, pero si soñé, olvidé lo que había soñado. Pavonearme y parlotear en escena cinco noches por semana y dos veces los sábados debía de cumplir con creces cualquier función que pueda tener para nosotros el hecho de soñar. Cuando me retiré, sin embargo, mis noches se convirtieron en un desmán, y lo más habitual era que me despertara por la mañana hecho un ovillo sudoroso, jadeando y agotado, tras haber soportado largos y torturantes viajes a través de la cámara de los horrores, o del túnel del amor, o a veces ambas cosas combinadas, trastabillando impotente a través de todo tipo de grotescas calamidades, y sin pantalones, era muy corriente, con los faldones de la camisa colgando y las nalgas a la vista. Hoy en día, y resulta irónico, una de mis pesadillas más habituales —esos ingobernables corceles— me lleva de nuevo al escenario de manera irresistible y me lanza a las candilejas. Interpreto alguna grandilocuente tragedia o una comedia de inverosímil enredo, y me quedo en blanco en mitad de un largo monólogo. Eso me ocurrió una vez, y fue muy renombrado, en la vida real, me refiero a la vida estando despierto —interpretaba al Anfitrión de Kleist—, y llevó mi carrera a un brusco y poco glorioso final. Fue extraño, aquel lapsus, pues yo tenía una memoria extraordinaria, en mis buenos tiempos, puede que incluso lo que se llama una memoria fotográfica. Mi método para aprenderme el papel consistía en fijar el texto en sí mismo, me refiero a las páginas, como una serie de imágenes en mi cabeza, para poder leerlas y recitarlas. El terror de ese sueño concreto, sin embargo, se centra en que las páginas que he memorizado, el texto, tan negro y nítido en un momento, comienza a descomponerse y desmenuzarse delante del ojo de mi mente, de mi mente dormida, que intenta enfocarlo en un guiño desesperado. Al principio no estoy muy preocupado, convencido de que conseguiré recuperar fragmentos suficientes del monólogo para terminarlo como sea, o que, en el peor de los casos, podré improvisarlo por completo. Sin embargo, el público pronto se da cuenta de que algo muy raro está pasando, mientras que los demás actores que están conmigo en escena —y son tropel— de repente descubren un cadáver entre ellos, y empiezan a ponerse nerviosos y a mirarse unos a otros con unos ojos como platos. ¿Qué voy a hacer? Intento congraciarme con el público, ganármelo, adoptando una actitud cobardemente zalamera, sonriendo y ceceando, encogiendo los hombros y secándome la frente, mirándome los pies ceñudo, levantando la vista hacia las bambalinas, y todo el rato avanzo de lado hacia el bendito refugio de los bastidores. Todo esto viene acompañado de una horrible comedia, una comedia cuyo rasgo más desasosegante es que no tiene nada que ver con el teatro. De hecho, ésa es la mismísima esencia de la pesadilla, que está despojada de cualquier simulación teatral, y con ello de toda protección. Los restos de vestuario que todavía se aferran a mí se han vuelto transparentes, o casi, y allí estoy, desnudo a la vista de todos, delante de un público nutrido y cada vez más inquieto, y a mi espalda un reparto que me mataría de buena gana si pudiera y me convertiría en un cadáver real. Se oyen los primeros abucheos cuando me despierto y me encuentro acurrucado lamentablemente en mitad de una cama desordenada, caliente y empapada en sudor.

Había alguien en la puerta. Había alguien llamando a la puerta. No sabía dónde estaba, y yacía palpitante e inmóvil como un criminal acosado y encogido en una zanja. Estaba de lado, un brazo acalambrado debajo de mí y el otro levantado como si me protegiera de un ataque.

En la ventana los visillos estaban teñidos de una luz amarillenta, y detrás percibí una rápida y general ondulación hacia abajo, que no pude comprender ni identificar, hasta que me acordé de la nieve. Quienquiera que estuviera en la puerta había dejado de dar golpes, y ahora parecía apretarse contra ella, emitiendo un suave lamento que zumbaba contra la madera. Me levanté de la cama. La habitación estaba fría, y sin embargo yo sudaba, y tuve que caminar a través del miasma de mi propio fetor. Vacilé al llegar a la puerta, la mano ya en el picaporte. No había encendido ninguna luz, y la única iluminación procedía del resplandor sulfuroso de la farola que entraba a través de las cortinas. Abrí la puerta. Al principio pensé que en el pasillo alguien me había arrojado una prenda muy fina, pues la impresión que me llegó fue el frío y tembloroso deslizarse de algo sedoso, sin nadie dentro, me pareció. A continuación los dedos de Dawn Devonport me arañaban la muñeca, y enseguida se materializó dentro de su camisón, temblando y jadeando y oliendo a noche y terror.

No sabía decir qué le pasaba. De hecho, apenas podía hablar. ¿Se trataba de un sueño, pregunté, una pesadilla de actor, quizá, como esa de la que me había despertado al aporrear la puerta? No, ella no había dormido. Había sentido algo enorme en la habitación, una presencia astuta, maligna e invisible. La llevé hasta la cama y encendí la lamparilla de la mesilla de noche. Se sentó con la cabeza gacha, el pelo colgándole y las manos apoyadas flácidas sobre los muslos, con las palmas hacia arriba. El camisón era de un satén gris perla, tan fino y delgado que podía haberle contado los huesos de la columna vertebral. Me quité la chaqueta y se la eché por los hombros, y fue entonces cuando me di cuenta de que todavía estaba completamente vestido. Seguramente había entrado, me había tirado en la cama y quedado dormido enseguida. ¿Qué iba a hacer ahora, con esa criatura temblorosa, que en su atavío de noche parecía más desnuda de lo que habría estado sin él, de manera que apenas me atrevía a ponerle la mano encima? Dijo que yo no tenía que hacer nada, sólo dejar que se quedara unos minutos, hasta que se le pasara. No levantó la mirada al hablar, sino que se quedó sentada igual que antes, infeliz y temblorosa, con la cabeza colgando y las manos vueltas hacia arriba en un gesto de impotencia, y la nuca pálida y al aire, brillando a la luz de la lamparilla.

Qué extraña resulta la inmediata e íntima proximidad de otro. ¿O sólo a mí me parece extraña? A lo mejor para los demás los otros no son otros, o en cualquier caso no como lo son para mí. Para mí sólo existen dos modos de otredad, la del ser amado o la del desconocido, y el primero prácticamente no es otro, sino más bien una extensión de mí mismo. Y esto es algo que creo que le tengo que agradecer a la señora Gray, o reprochar, quién sabe. Me cogió en sus brazos a una edad tan temprana que no me dio tiempo a aprender las leyes de la perspectiva adecuada. Estuvo tan próxima a mí, que lo demás, sin poder evitarlo, se alejó de manera desproporcionada. Aquí hago una pausa para meditar. ¿Realmente es así, o me estoy abandonando a esa sofistería que me ha acompañado desde joven? Pero ¿cómo puedo saberlo? Tengo la impresión de que es así, de que la señora Gray fue el árbitro primigenio y hasta cierto punto perdurable de mis relaciones con los demás, y por mucho que me esfuerce, por mucho que piense en ello, no me convenzo de lo contrario. Aun cuando me obligara a convencerme de lo contrario a fuerza de pensar, seguiría perdurando el sentimiento, y sería un residuo omnipresente y contrariado, dispuesto a hacerse oír a la menor oportunidad. Tales son las especulaciones a las que se entrega un hombre cuando una madrugada nevosa, a muchas millas de su casa y hogar, se encuentra recibiendo en la habitación de su hotel a una famosa y reputadamente hermosa estrella de cine que no lleva puesto más que un camisón.

Conseguí que se echara en mi cama sudorosa y un tanto maloliente —estaba tan floja que tuve que ponerle una mano detrás de los tobillos y levantar sus pies helados del suelo— y la cubrí con una manta. Todavía llevaba mi chaqueta por los hombros. Daba la impresión de que todavía no estaba totalmente despierta, y me acordé de Lydia cuando recorre la casa en sus frenéticas aventuras nocturnas en busca de nuestra hija perdida; ¿es el único papel que me queda, el de consolar a afligidas mujeres que sufren? Acerqué una silla de anea a la cama y me senté para considerar mi posición, allí, con aquella joven a la que apenas conocía, insomne y atribulada, en aquella costa invernal. Sin embargo, había algo que comenzaba a cosquillearme en la base de la columna vertebral, un cálido hilillo de secreta excitación. Cuando era niño, después de la muñeca Meg, pero mucho antes de la llegada de la señora Gray, se me repetía una fantasía en la que tenía que aprender ciertas exigencias cosméticas de una mujer adulta. Nunca era una mujer concreta, sino genérica, la mujer en abstracto, supongo, el celebrado *Ewig-Weibliche*. Todo era muy inocente, al menos en los actos, pues lo único que tenía que hacer era lavarle el pelo a ese ídolo imaginario, pongamos, o sacarles brillo a las uñas, o, en circunstancias excepcionales, aplicarle carmín; esto último no era tarea fácil, por cierto, como averiguaría posteriormente cuando conseguí que la señora Gray me dejara intentarlo con su boca maravillosamente carnosa e imposible de delimitar con una de esas barritas de cera carmesí que siempre me parecen un casquillo de cartucho en el que se ha incrustado una bala escarlata reluciente y blanda hasta lo surrealista. Lo que sentía en aquel momento, en aquella lúgubre habitación de hotel, se parecía a ese mismo placer levemente tumescente que había disfrutado todos aquellos años atrás, cuando me imaginaba que ayudaba a mi dama fantasma en su *toilette*.

—Cuéntame —me pedía ahora mi visita inesperada, en un susurro acuciante, sin aliento, abriendo mucho aquellos ojos grises un tanto empañados que tenía—, cuéntame qué le pasó a tu hija.

Estaba recostada boca arriba con las manos cruzadas sobre el pecho y la cabeza vuelta de lado hacia mí, y la mejilla aplastaba la solapa de mi chaqueta, que tenía debajo. Ahora ya conozco esa manera inesperada que tiene de soltar las cosas, y eso es lo que confiere a lo que dice una cualidad oracular, de manera que sus palabras, por mundanas e intrascendentes que puedan ser, generan un pálpito arcaico. Supongo que se trata de un truco que ha aprendido a base de años delante de la cámara. Un plató cinematográfico posee, es cierto, parte de esa intensidad carente de aire de la urna de una sibila. Allí, en aquella gruta de luz cálida, con el micrófono en el extremo de su jirafa colgando sobre nuestras cabezas y el equipo concentrado en nosotros desde las sombras como un círculo de silenciosos suplicantes, se nos podría perdonar por imaginar que las frases que recitamos son las palabras, transmitidas a través de nosotros, de un dios que habla en acertijos.

Le conté que no sabía qué le había ocurrido a mi hija, sólo que había muerto. Le conté que Cass oía voces, y quizá éstas la habían impulsado a ello, las voces, como suele ocurrir a menudo, según tengo entendido, con aquellos que sufren algún problema mental y acaban causándose daño. Yo estaba de lo más tranquilo, incluso podría decir que indiferente, como si las circunstancias —la anónima habitación de hotel, lo tardío de la hora, la mirada fija y grave de esa joven— me hubieran liberado de golpe, de una manera tan sencilla, de los esfuerzos del pacto de diez años de represión y reticencia que había hecho con el espíritu de Cass, o en cualquier caso me hubieran dejado en libertad condicional. Allí podía decirse cualquier cosa, al parecer, se podía tener cualquier pensamiento y expresarlo libremente. Dawn Devonport esperó, sus grandes ojos clavados en mí sin pestañear. Le dije que había alguien con mi hija.

—Por eso —dijo— has venido aquí, para averiguar quién era.

La miré ceñudo y aparté la vista de ella. Qué amarilla era la luz de la lamparilla, y qué densas las sombras de alrededor. En la ventana que había detrás de las cortinas, los pesados copos caían, caían.

El nombre que ella le daba, dije con mucha calma, quienquiera que fuese, era Svidrigailov. Ella sacó una mano de debajo de la manta y la posó sobre una de las mías, de manera breve, liviana, más para contenerme, me pareció, que para animarme. Su tacto era frío y curiosamente impersonal; podría haber sido una enfermera tomándome la temperatura, el pulso.

—Estaba embarazada, sabes —dije.

¿Ya se lo había dicho? No me acordaba.

Aquél fue, para cierta sorpresa mía, el final de nuestro diálogo, pues como una niña que hubiera quedado satisfecha sólo con que le contaran el principio de un cuento, Dawn Devonport suspiró, apartó la cara y se durmió, o lo fingió. Yo esperé, sin moverme por temor a que la silla crujiera y la despertara. En el silencio imaginé que podía oír caer la nieve, un tenue susurro que sin embargo denotaba un esfuerzo sin límites y un sufrimiento apagado y soportado con entereza. Hay que ver cómo funciona el mundo, sin quejas, pase lo que pase, haciendo lo que tiene que hacer. Me di cuenta de que estaba en paz. Mi mente parecía bañada por una pátina de límpida oscuridad que actuaba sobre mí como un bálsamo. Desde los remotos días del padre Capellán y el confesionario no me sentía tan aliviado y... ¿qué? ¿Tonsurado? Miré el teléfono que había sobre la mesita de noche y se me ocurrió llamar a Lydia, pero ya era muy tarde, y de todos modos no sabía qué podría decirle.

Me levanté muy lentamente, saqué la chaqueta de debajo de la joven dormida y aparté la silla, cogí la llave y salí de la habitación. Al cerrar la puerta miré otra vez en dirección a la cama, bajo el escaso dosel de la luz de la lamparilla, pero no distinguí ningún movimiento, ningún sonido aparte de la respiración regular de Dawn Devonport. ¿Estaba ella también en paz en aquel momento, por un momento?

El pasillo poseía su propio silencio. Rechacé el ascensor —sus estrechas puertas dobles de abollado acero inoxidable emitían un brillo siniestro— y cogí las escaleras. Me llevaron a una zona del vestíbulo que no conocía, donde había una exuberante palmera en una maceta y una máquina de tabaco, grande como un sarcófago vertical, con un oscuro fulgor opalescente en un lado, y por un momento me desorienté completamente y experimenté un instante de pánico. Me volví a un lado y a otro, girando sobre un talón, y al final localicé el mostrador de recepción, un poco más allá de la polvorienta prodigalidad de las frondas de palmera. Allí estaba Ercole, el portero de noche, o al menos su cabeza, de perfil, pues eso era todo lo que se veía de él, apoyada, o eso parecía, en el mostrador, más allá de una bandeja de caramelos de frutas. Me hizo pensar en el espeluznante trofeo de Salomé sobre una bandeja. Esos caramelos, por cierto, son una convención que ha quedado de los días de la vieja lira, cuando se entregaban en lugar de un montón de cambio que no valían nada. Las cosas que retengo, la moneda sin valor de la memoria.

Me acerqué al mostrador. Era alto, y Ercole estaba sentado de lado, detrás, sobre un taburete bajo, leyendo uno de esos tebeos anticuados con fotografías curiosamente descoloridas en lugar de dibujos. Levantó la mirada hacia mí con una mezcla de deferencia y cierta irritación, y sus ojos tristones parecían más desconsolados que nunca. Le pregunté si podría tomar una copa, y él suspiró y dijo que naturalmente, naturalmente, si hacía el favor de ir al bar, él vendría de inmediato. Sin embargo, cuando yo me alejaba pronunció mi nombre y yo me detuve y me volví. Había dejado a un lado su tebeo y se había levantado del taburete, y ahora se inclinaba un poco hacia delante, en una actitud confidencial, apoyándose en los puños, colocados delante de él sobre el mostrador, uno a cada lado. Regresé lentamente y... devotamente, estaba a punto de decir. La señora Devonport, preguntó, ¿todo está a su gusto? Hablaba en voz baja, con la voz entrecortada, como después de algún ritual de dolor y lamentación. Aquellos ojos enternecedores parecían palparme toda la cara, como los dedos de un profeta ciego. Dije, sí, todo está a su gusto. Sonrió, como si no acabara de creérselo, pude ver. No sabía a qué se refería con esa pregunta, no sabía qué pretendía con ella. ¿Era una advertencia? ¿Acaso habían oído a Dawn Devonport aporrear mi puerta, la habían visto entrar en mi habitación en un estado de angustia? Nunca acabo de tener claras las reglas de un hotel. Antiguamente, si una dama iba a pasar la noche de manera clandestina en la habitación de un caballero, el detective del establecimiento aparecía como un rayo y los echaba a los dos, o al menos a la dama, tras asumir que no era una dama, y la sacaba a la nieve sin contemplaciones. Tras una pausa escrutadora, Ercole asintió, pesaroso, me pareció, como si le hubiera decepcionado de algún modo. Con cuántas mentiras y mezquinos subterfugios debía de haberse encontrado, noche tras noche. Intenté pensar en algo que añadir para mitigar cualquier agravio del que fuera culpable a sus tristes ojos castaños, pero no se me ocurrió nada y me di la vuelta. A pesar de todo, sin embargo, sentí que acababa de ofrecerme, no sé cómo, una bendición, me había dibujado una cruz en la frente con crisma y mi espíritu se había salvado.

Llegué al bar y no me lo esperaba tan nuevo y reluciente, con oscuros espejos y mesas negras de mármol y lamparillas bajas que parecían proyectar, más que luz, una especie de sombra radiante, arrojando sobre el lugar un aire engañoso. Me abrí paso a través de ese laberinto penumbroso y vítreo y me coloqué sobre un taburete alto en la barra. Detrás de la barra había otro espejo, con estantes de botellas delante iluminadas desde abajo de una manera misteriosa. Apenas podía verme, reflejado en fragmentos detrás de las botellas, donde parecía esquivar y esconderme incluso de mí mismo. Esperé a que viniera Ercole y tamborileé con los dedos. Era tarde, había sido un día largo, pero no me sentía nada cansado ni tenía ganas de dormir; al contrario, me sentía casi dolorosamente despierto, y los mismísimos folículos de mi pelo parecían activos. ¿Cuál podría ser la causa de ese estado de extraña euforia, de extraña expectación? Detrás de mí alguien tosió de manera suave y, pareció, interrogadora. Me volví rápidamente y escruté las sombras. Una persona estaba sentada delante de una mesita cercana, mirándome tranquilamente. ¿Por qué no la había visto al entrar? Seguro que había pasado junto a esa mesa. Se recostaba hacia atrás en una butaca baja de cuero negro, con las piernas extendidas y cruzadas en los tobillos, y los dedos unidos en campanario delante de la frente. Al principio no lo reconocí. Un dardo de luz procedente de los estantes iluminados que había detrás de mí cruzó las lentes de sus gafas e identifiqué al hombre con el que me había encontrado antes en la puerta del hotel, el hombre con nieve en los hombros.

—*Buenas noches** —dijo, e hizo una leve inclinación de cabeza, apenas un par de centímetros. En la mesa había una botella, y una copa... No, dos copas. ¿Esperaba a alguien? Al parecer a mí, pues me hizo un gesto en dirección a la botella con sus dedos en campanario y me preguntó si no quería unirme a él. Bueno, ¿por qué no, en aquella noche interminable de extraños encuentros, aciagos cruces?

Me indicó la butaca que había frente a él y me senté. Definitivamente era más joven que yo, ahora me daba cuenta, mucho más joven. También me fijé en que la botella todavía estaba llena... ¿De verdad me había estado esperando? ¿Cómo sabía que acudiría? Se inclinó y, sin pri-

---

* En español en el original. *(N. del T.)*

sas, de una manera pausada, llenó las dos copas casi hasta el borde. Me entregó la mía. El espeso vino rojo parecía negro en la superficie, con burbujas moradas colisionando en el borde.

—Es un vino argentino, me temo —dijo. Sonrió—. Igual que yo.

Levantamos nuestras copas en un brindis sin palabras y bebimos. Ajenjo, bilis amarga, sabor a tinta y dulzona podredumbre. Los dos nos recostamos, él abrió los brazos en un movimiento curioso, fluido, en arco, y asomando los puños de la camisa, y me recordó a un sacerdote en los días de la antigua dispensa apartando la mirada de los fieles y dejando el cáliz sobre el altar y levantando los hombros y los brazos de ese mismo modo, bajo el pesado yugo de la casulla. Se presentó. Se llamaba Fedrigo Sorrán. Me lo anotó en una página de un cuadernito negro. Pensé en la remota pampa, los rebaños errantes, un hidalgo a caballo.

Ercole apareció y se nos quedó mirando, y asintió, y sonrió, como si todo eso hubiera estado concertado de antemano, y se alejó, sin hacer ruido sobre los pies planos.

¿De qué hablamos al principio, ese hombre del sur y yo? Me dijo que le gustaba la noche, que la prefería al día.

—Es tan silenciosa —dijo, alisando el aire que tenía delante con la palma plana. *Eh tan silenciooosa*. Dijo que creía haber reconocido mi nombre... ¿Podía ser? Le conté que había sido actor, pero que dudaba que hubiera oído hablar de mí—. Ah, entonces quizás es usted amigo de... —apuntó un dedo hacia el techo y enarcó las cejas y abrió mucho los ojos—, de la divina señorita Devonport.

Bebimos un poco más de aquel vino amargo. ¿A qué se dedicaba?, le pregunté. Se quedó pensativo un momento, con una leve sonrisa, y volvió a unir los dedos y con las puntas se tocó ligeramente los labios.

—Digamos —contestó— que me dedico a la minería —esa formulación pareció divertirle. Dirigió hacia el suelo una parodia de mirada elocuente—. Bajo tierra —susurró.

Debí de ponerme a pensar en otra cosa, despistado por el vino y la falta de sueño, o quizá de hecho me dormí, un poco, de alguna manera. Se había puesto a hablar de minas y metales, de oro y diamantes y de todos los preciosos elementos enterrados en las profundidades de la tierra, pero en aquel momento, sin q ɪe yo supiera cómo, había pasado a comentar las profundidades del espacio, y me hablaba de quásares y púlsares, de gigantas rojas y enanas marrones y agujeros negros, de la muerte térmica y la constante de Hubble, de quarks y cuantos e infinitos múltiples. Y de la materia oscura. El universo, según él, contiene una masa desaparecida que no podemos percibir ni medir. Hay mucha, mucha más que de cualquier otra cosa, y el universo visible, el que conocemos, en comparación es escaso e insignificante. Pensé en ello, en ese vasto mar invisible de materia ingrávida y transparente, presente en todas partes, no detectada, a través de la cual nos movemos, nadadores insospechados, y que se mueve a través de nosotros, una esencia silenciosa y secreta.

Ahora hablaba de la antigua luz de las galaxias que viaja durante un millón..., un billón..., ¡un trillón! de kilómetros para alcanzarnos.

—Incluso aquí —dijo—, en esta mesa, la luz que es la imagen de mis ojos tarda un tiempo, un tiempo ínfimo, infinitesimal, pero un tiempo, en llegar a los suyos, y por eso, allí donde miremos, por todas partes, estamos mirando el pasado.

Habíamos terminado la botella, estaba sirviendo los restos. Chocó el borde de su vaso contra el mío y se oyó un tintineo.

—Debe usted cuidar a su estrella, en este lugar —dijo en un levísimo susurro, sonriendo, e inclinándose tanto hacia mí que pude verme a mí mismo reflejado, doblemente reflejado, en los cristales de sus gafas—. Los dioses velan por nosotros, y son celosos.

Fue un verano caluroso, el verano de la señora Gray. Se batieron récords, y se establecieron otros nuevos. Hubo una sequía que duró meses, el agua se racionó y se instalaron grifos provisionales en las esquinas donde las irritadas madres tenían que hacer cola con baldes y ollas, sin parar de quejarse, beligerantemente arremangadas. El ganado se moría en los campos, o enloquecía. Las aulagas se incendiaban de manera espontánea; colinas enteras quedaban ennegrecidas y humeantes, y durante las horas posteriores el aire del pueblo poseía la cualidad acre del humo, y te picaba la garganta y todo el mundo tenía dolor de cabeza. El alquitrán de las carreteras y de las grietas que había entre las losas se derretía y se pegaba a las suelas de las sandalias, y los neumáticos de nuestras bicicletas se hundían en él, y así fue como un niño se cayó de la bicicleta y se rompió el cuello. Los granjeros advertían quejumbrosos que la cosecha sería desastrosa, y en la iglesia se ofrecían oraciones especiales para que lloviera.

Por mi parte, recuerdo aquellos meses como luminosos y suaves. Conservo una imagen, como en uno de esos cuadros de paisajes tan populares en aquellos días, de un inmenso cielo en el que vagaban nubes de algodón, y de los lejanos campos dorados con almiares en forma de budín, y un solo campanario a lo lejos, fino como una tachuela, y en el horizonte una simple pincelada de azul cobalto para sugerir un atisbo del mar. Y aunque es imposible, recuerdo la lluvia: a la señora Gray y a mí nos encantaba permanecer acostados, abrazados y en silencio, en la casa de Cotter, y escuchar cómo chisporroteaba a través de las hojas, mientras un apasionado mirlo, muy cerca, nos cantaba con mucho sentimiento. Qué seguros nos sentíamos entonces, tan lejos de todo lo que nos amenazaría. El mundo agostado que nos rodeaba podría haberse marchitado y convertido en yesca, y a nosotros nos habría saciado el amor.

Yo pensaba que nuestro idilio no acabaría nunca. O mejor dicho, no se me pasaba por la cabeza la idea de que pudiera acabar. Como era joven, veía el futuro con escepticismo, y como algo que existía sólo en potencia, un estado de cosas que podría darse o no, y probablemente no se daría nunca. Naturalmente, había que observar algunos indicadores, de tipo inmediato. Por ejemplo, el verano sin duda terminaría, las vacaciones tocarían a su fin, y tendría que volver a ir a buscar a Billy cada mañana de camino a la escuela... ¿Cómo lo afrontaría? ¿Sería capaz de mantener la fachada de indiferencia de antes del verano, cuando la señora Gray y yo simplemente paseábamos de la mano por las laderas inferiores de lo que pronto iba a convertirse en el mismísimo monte Himeto, con sus panales dorados y acantilados de un delicioso mármol gris azulado y ninfas desnudas en las hondonadas? La verdad es que, a pesar de todo el atrevimiento y la rebeldía de la juventud, justo sobre mi cabeza flotaba como una nube un mal presentimiento. No era más que una nube, ingrávida, de forma indefinida, aunque oscura, fuera de su revestimiento plateado de brillo maligno. Yo conseguía ignorarla o fingía que no estaba allí. ¿Qué era una nube, en comparación con el sol abrasador del amor?

Me desconcertaba que la gente que nos rodeaba no adivinara nuestro secreto; a veces, casi me indignaba su falta de perspicacia, su falta de imaginación... En una palabra, que nos subestimaran. Mi madre, Billy, el señor Gray no eran figuras lo bastante formidables como para inspirar mucho miedo —aunque en la nube que había sobre mi cabeza a menudo me parecía atisbar la cara de Kitty, sonriéndome y regodeándose como el Gato de Cheshire—, pero ¿y los metomentodo del pueblo, los guardianes de la moral, las Legionarias de María azul pastel? ¿Por qué eran tan negligentes en su obligación moral de descubrirnos, a la señora Gray y a mí, mientras nos entregábamos con total desvergüenza a interminables e inventivos actos de lujuria y concupiscencia? Sabe el Cielo que corríamos riesgos, ante los cuales el mismísimo Cielo debía de estar horrorizado. En este aspecto, de los dos la señora Gray era con mucho la más osada, como creo que ya he dicho. Era algo que yo no podía explicar, que no podía entender. Estaba a punto de decir que no tenía miedo, pero tampoco ése era el caso, pues en más de una ocasión la había visto temblar de terror, había supuesto que ante la perspectiva de que la pillaran conmigo; en otras ocasiones, no obstante, se comportaba como si nunca hubiera conocido un momento de reserva, paseándose descaradamente aquel día por el malecón, por ejemplo, o corriendo desnuda a plena luz por el bosque, donde los mismísimos árboles parecían levantar los brazos y retroceder, indignados y escandalizados al verla. A pesar de no tener experiencia en esas materias, me parecía que podía decir con toda seguridad que ese comportamiento no era común entre las matronas de nuestro pueblo.

Vuelvo a preguntarme si desafiaba deliberadamente al mundo a que nos descubriera. Un día me citó para que me reuniera con ella después de una visita al médico —«cosas de mujeres», dijo bruscamente y puso una mueca—, y cuando llegó en el coche a nuestro lugar de encuentro en la carretera que había sobre el avellanar, insistió en que le hiciera el amor allí mismo, sin más dilación. «Vamos», dijo, casi furiosa, meneando las ancas delante de mí mientras trepaba al asiento de atrás del coche, «házmelo, vamos». He de admitir que su desvergüenza me dejó atónito, y que por una vez me mostré incluso reacio —el espectáculo de un deseo tan crudo amenazaba con desinflar el mío—, pero me puso un brazo que parecía tan fuerte como el de un hombre en torno al cuello y me colocó encima de ella brutalmente, y pude sentir su corazón ya percutiendo con fuerza y el temblor de su vientre, y naturalmente hice lo que me exigía. Acabé en un minuto, y a continuación se mostró brusca y desdeñosa, apartándome y colocándose la ropa y utilizando las bragas para limpiarse. Dejamos una reluciente mancha sobre el asiento de cuero que había entre nosotros. Había aparcado apenas a diez metros de la carretera, y aunque aquellos días había poco tráfico, cualquier motorista que hubiera frenado un poco al pasar podría habernos visto, sus piernas levantadas enfundadas en nailon y mi culo blanco y desnudo moviéndose adelante y atrás entre ellas. Regresamos al asiento delantero, comentando lo caliente que estaba el cuero allí donde le había dado el sol, y ella encendió un cigarrillo y se sentó medio dándome la espalda, sacando un codo por la ventanilla y el puño bajo la barbilla, sin decir nada. Yo esperé dócilmente a que se pusiera de mejor humor, mirándome ceñudo las manos.

¿Qué había ocurrido, me pregunté, para que estuviera tan nerviosa? ¿Acaso la había hecho enfadar? Durante la mayor parte del tiempo yo me mostraba inquebrantablemente seguro de su amor, con toda la insensible confianza de la juventud, aunque habría bastado una áspera palabra o una mirada de menosprecio por su parte para convencerme allí mismo de que todo había terminado. Era especialmente excitante estar seguro de sus afectos y sin embargo tener miedo de perderlos; poseer cierto control sobre esa mujer apasionada y al mismo tiempo estar a su merced. Ésas eran las elecciones que me enseñaba acerca del corazón humano. Aquel día, sin embargo, como siempre, no tardó en mostrarse más risueña. Se enderezó y arrojó la mitad sin fumar de su cigarrillo por la ventanilla —podría haber provocado un incendio en el avellanar, que hubiera arrasado nuestro nido de amor— y a continuación se in-

clinó hacia delante, se levantó la falda y se miró el regazo.
Vio mi expresión asombrada e incrédula —¿ya volvía a estar preparada?— y soltó una risita gutural. «No te preocupes», dijo, «sólo busco el botón que me has arrancado del
portaligas». Pero no encontró el botón, y al final tuvo que
pedirme una moneda de tres peniques para sustituirlo. Era
un recurso con el que estaba familiarizado, pues más de
una vez había visto a mi madre hacer lo mismo. Mi madre
utilizaba crema Pond's, igual que la señora Gray en aquel
momento. Sacó un tarrito rechoncho del bolso, desenros-
có el tapón y con un rápido giro de muñeca, como si dies-
tramente le retorciera el cuello a un animalillo, y, sujetando el tarro y el tapón con la mano izquierda, se inclinó
hacia delante en el asiento, enderezándose para verse en el
retrovisor, y con la punta del dedo se aplicó el bálsamo
blanco en la frente, las mejillas y la barbilla. No sé si existe un amor totalmente desinteresado, pero si es así, en momentos como ése me sentía lo más próximo a él, cuando
ella llevaba a cabo algún ritual que había repetido tantas
veces que ya no era consciente de él, y sus ojos se esforza-
ban por enfocar y sus rasgos se relajaban en una expresión
de deliciosa vacuidad, excepto en el espacio que había entre sus cejas, donde la piel se tensaba en un diminuto ceño
de concentración.

Creo que ése debió de ser el día en que me dijo que
se marchaba: la familia se tomaba sus vacaciones anuales
en la costa. Al principio me costó comprender lo que decía.
Es algo que ahora recuerdo con fascinación, la manera en
que mi mente, antes de que los golpes de la experiencia la
hubieran ablandado lo bastante como para hacerla poro-
sa, se negaba a aceptar las cosas que le resultaban desagradables. En aquellos días no había nada que yo no pudiera creer o dejar de creer, aceptar o rechazar, si me convenía
y encajaba con mi idea de cómo debían ser las cosas. Ella
no podía marcharse; sencillamente no era posible que nos
separáramos, no era posible de ninguna manera. Yo no po-

día quedarme solo mientras ella se marchaba durante dos semanas —¡dos semanas!— a triscar medio desnuda en una playa, a jugar al tenis y al minigolf, y a disfrutar de cenas a la luz de las velas con el atontado de su marido antes de subir achispada y caer de espaldas riendo en la cama de un hotel... ¡No, no, no! Al contemplar esa perspectiva aterradora, inimaginable, tuve la sensación de incredulidad teñida de horror que se percibe en el instante posterior a que el cuchillo haya cortado la base del pulgar o el ácido te haya salpicado el ojo, cuando todo queda suspendido mientras el dolor, ese demonio juguetón, toma aire de una manera decidida antes de ponerse a trabajar de verdad. ¿Qué haría yo sin ella todo ese tiempo? ¿Qué haría? Me miraba con divertida consternación, horrorizada ante mi horror. Señaló que no se iba muy lejos, que Rossmore estaba tan sólo a quince kilómetros en tren, prácticamente no había más que seguir la carretera, dijo, ahí al lado. Negué con la cabeza. Puede que incluso entrelazara las manos delante de ella en un gesto de súplica. Un sollozo de angustia se estaba formando en mi interior, como un gran huevo suave y caliente imposible de poner. Ella no parecía capaz de comprender el hecho esencial de que yo no podía concebir estar separado de ella, que no podía imaginar estar en un lugar donde ella no estuviera. Algo me pasaría, declaré, enfermaría, quizá incluso moriría. Al oír esas palabras soltó una carcajada, pero enseguida se reprimió. No tenía que ser tan tonto, dijo con su voz de mujer casada, no enfermaría, y no me moriría. Entonces me escaparía de casa, dije, mirándola con los ojos apretados, metería mis cosas en la cartera del cole y me iría a Rossmore y viviría en la playa durante las dos semanas que ella estuviera allí, y cada vez que ella y los demás miembros de la familia Gray salieran por la puerta, allí me encontrarían, arrastrándome junto con mi pesar por los jardines del hotel, las pistas de tenis, el campo de golf, su muchacho abatido y de ojos hundidos.

—Ahora escúchame —dijo volviéndose hacia un lado, colocando una mano sobre el volante y bajando la cabeza para mirarme con severidad—. He de ir de vacaciones... ¿Lo entiendes? Tengo que ir.

Negué con la cabeza, negué y negué hasta que me temblaron las mejillas. Mi vehemencia la estaba alarmando, vi con satisfacción, y en su alarma también vi un diminuto brillo de esperanza. Debía insistir..., debía insistir aún más. El sol daba de pleno en el parabrisas, agrisando el cristal, y la tapicería de cuero emitía un fuerte olor animal al que sin duda la señora Gray y yo añadíamos un olorcillo postcoital. Me sentía temblar, como si todo mi interior se hubiera convertido en cristal y vibrara muy deprisa y de manera uniforme. Creo que si hubiera oído llegar un coche habría salido de un salto y me habría colocado en mitad de la carretera con la mano levantada y lo habría parado, para poder denunciar a la señora Gray delante del conductor —*¡Observe, señor, a esa mujerzuela sin corazón!*—, pues en mi aflicción estaba tan furioso que echaba humo, y habría dado la bienvenida a cualquier testigo que presenciara la atroz injusticia que estaba a punto de sufrir. ¿Quién puede ser más cruel e hiriente que un muchacho enamorado? Le dije que no se iría a Rossmore, que no había más que hablar. Le dije que le contaría a Billy lo que su madre y yo habíamos estado haciendo, y que él se lo contaría a su padre, y que el señor Gray la echaría a la calle, y que entonces no tendría más elección que escaparse conmigo a Inglaterra. Por la manera en que le temblaban los labios me di cuenta de que se esforzaba mucho por no sonreír, y eso me llevó a un nuevo extremo de furia. Si se marchaba, lo lamentaría, dije intolerante. Cuando volviera, ya no me encontraría, nunca volvería a verme, ¿y cómo se sentiría, entonces? Sí, me iría, dejaría ese lugar para siempre, le dije, y entonces sabría lo que era sentirse sola y abandonada.

Al final, después de todos esos esfuerzos, me quedé sin energía, me aparté de ella, crucé los brazos y miré ceñudo el desigual seto que había junto donde estábamos aparcados. Se alzó un silencio entre nosotros, como una barrera de cristal. A continuación la señora Gray se enderezó y suspiró, y dijo que tenía que irse a casa, que todo el mundo se preguntaría dónde estaba, por qué llegaba tan tarde. ¿Así que todo el mundo, eh?, dije con lo que pretendió ser un mordaz sarcasmo. Posó suavemente una mano sobre mi brazo. Yo no cedí.

—Pobre Alex —dijo en un tono zalamero, y entonces me di cuenta de que pocas veces pronunciaba mi nombre, lo que sólo sirvió para provocarme otro acceso de cólera y amargo resentimiento.

Arrancó el motor, rascando el embrague como siempre, y dio marcha atrás y media vuelta en medio de una tormenta de polvo y gravilla. Sólo entonces divisamos a los tres niños que estaban de pie junto a sus bicicletas al otro lado de la carretera, observándonos. La señora Gray dijo algo en voz baja, y quitó el pie demasiado deprisa del embrague y el motor soltó un gruñido, dio una sacudida y se paró. El polvo seguía arremolinándose y flotando a nuestro alrededor. Los niños eran diminutos, con la cara sucia, las rodillas llenas de costras y el pelo cortado de cualquier manera: hijos de gitanos, probablemente, del campamento que quedaba por encima del vertedero del pueblo. Siguieron mirándonos sin expresión, y ahí nos quedamos, absorbiendo impotentes sus miradas perplejas, hasta que al cabo de unos momentos dieron media vuelta con lo que pareció un cierto desdén, montaron y se alejaron carretera abajo, deslizándose sin prisa. La señora Gray soltó una risa entrecortada.

—Bueno, no hace falta que te preocupes —dijo—, pues si estos críos nos delatan, no iré a ninguna parte, y tampoco tú, mi machote, como no sea al reformatorio.

Pero sí que se fue. Hasta el último momento no creí que tuviera la determinación de separarse de mí y dejarme sufriendo, y sin embargo llegó el momento de su partida, y se marchó. ¿Es posible que un chico de quince años conozca los tormentos del amor, me refiero a que los conozca de verdad? Seguramente uno tendría que ser plena y sombríamente consciente de la inevitabilidad de la muerte para experimentar la verdadera angustia de la pérdida, y para mí, tal como era entonces, la idea de que un día iba a morir resultaba absurda, era algo que apenas podía concebir, como la materia de una pesadilla que casi no recuerdas. Pero si no era dolor de verdad lo que yo experimentaba, entonces ¿qué era? En su forma era, o así lo sentía, una especie de confusión general acompañada de dolor, como si me hubiera hecho viejo de repente, una vejez acompañada de preocupación y enfermedad. En la semana y pico que tuve que soportar antes de su partida, continuó y se intensificó aquella sensación de zozobra, de vibración interior, que había comenzado aquel día junto a la carretera dentro de su coche, cuando me anunció que se iba de vacaciones. Podría haber sido una forma de fiebre palúdica, un baile de San Vito interior. Por fuera yo era más o menos el de siempre, pues nadie, ni siquiera mi madre, pareció observar que algo me ocurría. Por dentro, sin embargo, era todo fiebre y confusión. Me sentía tal como debe de sentirse el condenado a muerte, escindido entre la incredulidad y el puro temor. ¿Nunca se me había pasado por la cabeza que tarde o temprano tendría que separarme de ella, aunque sólo fuera temporalmente? Pues no, la verdad es que no. Para mí, apoltronado muy satisfecho de mí mismo en el regazo del opulento amor de la señora Gray, que todo lo abarcaba, sólo existía el presente, sin ningún futuro a la vista, y desde luego no un futuro en el que ella no figurara. Ahora se había dictado sentencia, me había tomado mi última cena, y estaba ya en la carreta, podía oír las ruedas crujiendo contra los adoquines y ver claramente el cadalso levantado en el mismísimo centro de la plaza, y el verdugo esperando, con la capucha negra.

Era un sábado por la mañana cuando se fueron. Imaginaos si queréis un día de verano de un pueblo pequeño: el cielo de un puro azul, los pájaros en las ramas de los cerezos, un hedor dulzón y no desagradable a purines procedente de las granjas de cerdos que hay en las inmediaciones, los golpes, el estruendo y los gritos de los niños que juegan. Y ahora me veis a mí, tratando de pasar desapercibido, encorvado y dolido, a través de las inocentes calles iluminadas por el sol, dirigiéndome hacia el primer gran pesar de mi joven vida en toda su despiadada magnitud. Lo digo en defensa del sufrimiento, que aporta un solemne peso a las cosas y arroja sobre ellas una luz más pura y reveladora de la que han conocido. Expande el espíritu, arranca el tegumento protector y deja el yo interior en carne viva y expuesto a los elementos, los nervios al descubierto y cantando como cuerdas de arpa al viento. Mientras me acercaba a la placita mantuve los ojos apartados de la casa hasta el último momento, pues no quería ver las persianas de color azul cerradas, la nota para el lechero en torno al cuello de una botella de leche vacía, la puerta principal cerrada impasible contra mí. Por el contrario, me imaginaba, concentrándome intensamente, como si la fuerza de la imaginación pudiera hacerlo aparecer, el coche abollado, mi viejo amigo fiel y complaciente, junto a la acera como siempre, y la puerta de la casa entreabierta y todas las ventanas abiertas de par en par, y en una de ellas una arrepentida señora Gray asomando medio cuerpo y sonriéndome radiante con los brazos completamente abiertos. Pero de repente llegué, y tuve que mirar, y no vi su coche, y la casa estaba cerrada, y mi amor se había marchado y me había dejado allí en un charco de pesar.

¿Cómo conseguí pasar el resto de aquel día? Deambulé, indiferente por fuera pero tembloroso por dentro. Mi mundo de ayer, el que contenía a la señora Gray, poseía la luminosidad y la brillante tensión de un globo recién hinchado; ahora, aquel día, después de su marcha, de repente todo era flácido y pegajoso al tacto. La angustia, esa constante angustia que no daba tregua, me agotaba, me agotaba terriblemente, sin embargo no se me ocurría cómo podía descansar. Me sentía seco todo yo, seco y caliente, como si me hubieran chamuscado, y me dolían los ojos e incluso sentía punzadas en las uñas. Era como una de esas grandes hojas de sicómoro, que parecen garras resecas, que corretean por las aceras y las arañan, empujadas por las ráfagas de otoño. ¿Qué estoy diciendo? No era otoño, era verano, no había hojas secas en el suelo. Y no obstante es lo que veo, las hojas caducas, y remolinos de polvo en las alcantarillas, y mi yo sufriente que planta cara a un viento glacial que presagia la llegada del invierno.

Al final de aquella tarde, sin embargo, llegó la gran revelación, seguida de una determinación aún mayor. En mis vagabundeos, de repente me encontré delante de la óptica del señor Gray. No creo haber ido allí de manera intencionada, aunque a lo largo del día había rondado deliberadamente por algunos lugares que para mí se asociaban con mi amor ahora ausente, como las pistas de tenis en las que una vez la había visto jugar y el malecón por donde nos habíamos exhibido intrépidamente, y a nuestro amor. La tienda, al igual que su propietario, no tenía nada de particular. Había una habitación en la parte de delante con un mostrador y una silla en la que los clientes se podían sentar para admirar la moda en gafas de aquel año en un espejo de aumento, rodeado por un marco plateado circular, colocado en el mostrador en un ángulo conveniente. En la parte de atrás estaba la consulta, sabía yo, en cuyas paredes había unos cajones de madera de poca hondura que contenían monturas de gafas, y también una máquina con dos grandes lentes redondas que daban un aire asustado, como los ojos de un robot, con las que el señor Gray graduaba la vista de sus pacientes. Para complementar su negocio de óptica —¿os acordáis de qué poca gente llevaba gafas en aquella época?—, el señor Gray vendía bisutería, no barata precisamente, y productos de cosmética, e incluso retortas y tubos de ensayo de diversos tamaños, si no me equivoco. Al mirar aquellas cosas que se exhibían en el escaparate, mi padecer no era tan extremo como para impedirme recordar el regalo de cumpleaños de Kitty que yo todavía codiciaba, y el pensar en él sólo me hacía sufrir más y sentirme más herido.

No debía de haber mucha clientela aquella tarde, pues la señorita Flushing, la ayudante del señor Gray, estaba de pie junto a la puerta abierta, disfrutando del sol que ya había comenzado a declinar en un ángulo agudo sobre los tejados, pero que todavía era fuerte y denso de calor. ¿Fumaba un cigarrillo la señorita Flushing? No, en aquellos días las mujeres no fumaban en público, aunque la atrevida señora Gray a veces lo hacía, e incluso por la calle. La señorita Flushing era rubia y de huesos grandes, alta de talle, con una dentadura muy blanca y prominente que resultaba impresionante, aunque un tanto alarmante. Daba la sensación de que todo su cuerpo era rubio y sonrosado, y en los bordes de sus fosas nasales y de sus ojos un tanto salidos siempre se veía un brillo leve y delicado, como el que se distingue en la espiral interior de una concha. Solía llevar rebecas de angora que debía de tejerse ella misma, a no ser que se las tejiera su madre; las llevaba apretadas y bien abrochadas, de manera que resaltaban las puntas afiladísimas de sus pechos perfectamente cónicos. Era muy corta de vista, y llevaba gafas con unas lentes de culo de vaso. ¿No resulta extraordinario que el señor Gray, miope él también, hubiera contratado a una ayudante cuya vista era incluso peor que la suya? A no ser que lo hubiera hecho como una especie de anuncio, una terrible advertencia contra la gente que no cuidaba su vista defectuosa. Era una persona amable, aunque un tanto distraída, y con los pacientes tardos o indecisos podía ser a veces bastante brusca. A mi madre, la reina de la indecisión, le desagradaba y la desaprobaba, y cuando una vez al año cogía diez chelines de su fondo para gastos e iba a que le miraran la vista, insistía en que la recibiera y la tratara exclusivamente el señor Gray, que era, como decía a menudo ella, un hombre encantador, sonriente y atento. La idea de que mi madre se entregara a las atenciones profesionales del señor Gray me causaba una sensación desagradable, incluso de desasosiego. ¿Hablaban de la señora Gray? ¿Preguntaba mi madre por su bienestar? Me imaginaba que tocaban el tema, lo abordaban de manera breve y vacilante, a continuación lo apartaban con cuidado igual que se colocan unas gafas dentro de su funda de forro de seda, después de lo cual se hacía un silencio en el que mi madre dejaba caer una tos leve y suave.

Yo no conocía a la señorita Flushing, excepto en la medida en que en una población tan poco populosa como la nuestra se podía decir que todo el mundo, más o menos, conocía a todo el mundo. Cuando aquella tarde llegué a la calle y, al verla en la puerta, levanté la barbilla y fruncí el ceño e hice ademán de pasar de largo como si tuviera entre manos un recado vital —era imprescindible que ella no se imaginara que yo estaba allí por alguna razón relacionada con los Gray, sobre todo con la señora Gray—, de repente me habló, cosa que me sorprendió e incluso me asustó un poco, llamándome por mi nombre, que yo ignoraba que supiera. Confieso que, para mi curiosidad infantil, y por nada más que el deseo de tener un modelo con el que comparar los carnosos encantos de la señora Gray, últimamente más de una vez había especulado acerca de qué aspecto tendría la señorita Flushing si, en algún lugar como la casa de Cotter, una perezosa tarde, la convencía de que se quitara su sedosa rebeca y la puntiaguda parafernalia de encaje y ballena que llevaba debajo, y sospecho que en aquel momento, cuando me habló, debí de ruborizarme..., aunque tampoco es que ella se diera cuenta.

Dijo que los Gray se habían ido. Asentí, todavía ceñudo, todavía intentando fingir que tenía prisa y me estaba entreteniendo. Me escrutaba a su manera miope, levantando un poco la parte media de su carnoso labio superior y arrugando la nariz. Con aquellas grandes lentes, sus ojos de color claro y protuberantes tenían el tamaño y el color de dos grosellas reducidas.

—Se han ido a Rossmore —dijo—, a pasar quince días. Se fueron esta mañana —me pareció captar en sus palabras una nota de conmiseración. ¿También lamentaba ella su ausencia? ¿Estaba también afligida, igual que yo, y me ofrecía sus condolencias? El sol daba en alguna superficie bruñida del escaparate y deslumbraba mis ojos ya aturdidos por la pena—. El señor Gray vendrá al pueblo cada día en tren —estaba diciendo la señorita Flushing, sonriendo a pesar de lo que, ahora estaba seguro, era una inmutable e intensa desdicha—. Trabajará y volverá con ellos por la noche —*ellos*—. No está lejos, en tren —añadió, y en su voz apareció cierto temblor—. No está nada lejos.

Y entonces me di cuenta. La señorita Flushing no me compadecía a mí, sino a ella misma. El dolor que no podía evitar delatar no era por mí, sino por ella. ¡Naturalmente! Pues estaba enamorada del señor Gray, en aquel momento lo comprendí de repente. ¿Y él? ¿Estaba enamorado de ella? ¿Eran el uno para el otro lo mismo que la señora Gray y yo? Eso explicaría muchas cosas. La otra miopía del señor Gray, por ejemplo, la que le impedía ver lo que ocurría bajo sus narices entre su esposa y yo, y que quizá no era en absoluto miopía, me dije en aquel momento, sino la indiferencia de alguien cuyo afecto se ha trasladado a otra parte. Sí, era eso, tenía que ser eso: le daba igual que su mujer pasara las tardes no comprando, como le decía, ni jugando al tenis con sus amigas las amas de casa —¿y qué amigas amas de casa tenía, de todos modos?—, sino revolcándose conmigo en la casa de Cotter, porque mientras tanto él estaba en la habitación de atrás con las persianas echadas y el cartel de cerrado colgado, quitándole a la sonrojada señorita Flushing sus horribles gafas y su rebeca pe-

gajosa y la coraza de su armadura. Ya lo creo, ahora lo veía
todo claro, y me sentía exultante, y el globo de las posibilidades de la vida volvía a estar en ese instante lleno hasta re-
ventar y tirando de la cuerda. Y supe lo que haría. El lunes
por la mañana, cuando el señor Gray se dirigiera en tren al
pueblo, yo iría en dirección contraria, a toda velocidad en
medio de un torbellino de vapor y chispas hacia mi amada,
cuyos miembros por entonces ya estarían tocados por el
primer y seductor rubor del sol. Pero ¿y mi madre? ¿Qué
diría? Bueno, ¿y qué iba a decir? Estábamos en vacaciones,
podía poner cualquier excusa para ausentarme todo el día;
no pondría ninguna objeción, se creía todas mis mentiras y
subterfugios, la muy boba.

Hago una pausa. De repente me asalta un recuerdo de ella, de mi madre, sentada en la playa en un día luminoso y de mucho viento en mitad de los restos de un
picnic, entre platos de papel y aplastados vasos de plástico,
con migas de pan dentro de una caja grande de galletas,
una piel de plátano abierta de cualquier manera, una botella con los restos de té con leche hundida torcida en la
arena. Está incorporada, el tronco erguido, las piernas desnudas y moteadas extendidas delante de ella, y lleva algo
en la cabeza, un pañuelo o un sombrero de algodón informe. ¿Está cosiendo? Pues pone esa medio sonrisa abstraí-
da característica de cuando está con su bordado. ¿Dónde
está mi padre, aún vivo? No lo veo. Está en los bajíos, probablemente, uno de sus sitios preferidos, chapoteando, los
pantalones arremangados, las pantorrillas y los tobillos huesudos a la vista, de un blanco grisáceo, el color del tocino.
Y yo, ¿dónde estoy, o qué soy? ¿Un ojo suspendido en el
aire, tan sólo un testigo que flota, que está y no está? Ah,
madre, ¿cómo es posible que el pasado haya pasado y siga
ahí, sin perder su lustre, reluciente como esa caja de galletas? ¿Y jamás sospechaste a qué se dedicaba tu hijo, ni una
vez, en medio de aquel verano túmido y achicharrante?
Una madre no debería estar tan ciega a las pasiones de su

único hijo. No dijiste ni una palabra, no dejaste caer ni una insinuación, no hiciste ninguna pregunta alusiva. Y sin embargo, ¿y si sospechabas, y si lo sabías, y estabas demasiado aterrada, demasiado horrorizada para hablar, para plantar cara, para prohibir? Esta posibilidad me incomoda, más, incluso, que la posibilidad de que todo el mundo lo hubiera sabido desde el principio. A cuánta gente he traicionado en mi vida, empezando por ella, la primera víctima.

¿Iría realmente a Rossmore? En incontables ocasiones, a lo largo de aquella noche de sábado y durante todo el domingo, flaqueó mi determinación, luego volví a recuperarla, y luego volvió a flaquear otra vez. Pero fui, para mi propia sorpresa. La excusa que puse para marcharme fue de una simplicidad absoluta: estoy seguro de que existe un aprendiz del diablo cuya tarea concreta es allanar el camino de los amantes clandestinos. Le dije a mi madre, bajo el dictado del demonio, que Billy Gray me había invitado a pasar un día con él en Rossmore. No sólo no sospechó, sino que quedó muy complacida, pues el cabeza de la familia Gray pertenecía a lo que se llamaba una profesión liberal, y era por tanto una relación que deseaba que mantuviera y cultivara. Me dio el dinero para el tren y algo más para comprar un helado, me preparó unos sándwiches, me planchó una de mis dos camisas buenas e incluso insistió en que blanqueara mis deportivas con blanco de España. Me enfureció que se tomara tantas molestias, desde luego, tal era mi impaciencia por marcharme, pero no perdí los nervios para no provocar al caprichoso Destino, que hasta ahora me había sonreído con tan insólita tolerancia.

Al subir al tren me entró una cierta aprensión que, de una manera misteriosa, tuvo algo que ver con el olor del humo del carbón y el tacto hirsuto de la tapicería. ¿Me estaba acordando también de mi madre en Rossmore? ¿Me daba vergüenza haberle mentido aquella mañana con tanta desfachatez? Es extraordinario qué pocos remordimientos de conciencia sentía en aquella época —me los guardaba para después, para ahora—, pero en aquel momento, mientras el tren salía de la estación resollando y traqueteando, ¿fue eso lo que me permitió atisbar la terrible planicie y el lago en llamas de los pesares? ¿Oí los gritos de los amantes condenados surgiendo del infierno? *Éste es un pecado grave,* había dicho el padre Capellán, y seguramente lo era. Bueno, que me condene, no me importaba. Me levanté del asiento, acompañado de chorritos de antiguo polvo que salieron despedidos de la tapicería, y bajé la pesada ventanilla de madera por el grueso agarradero de cuero, y el verano y toda su promesa saltaron a mis brazos.

Siempre me han gustado los trenes. Los antiguos eran mejores, por supuesto, esas locomotoras negras de hollín que arrojaban nubes de vapor e intermitentes eslabones de estilizado humo blanco, y los vagones que traqueteaban y se tambaleaban y las ruedas con su violento ruido metálico: tanto esfuerzo y tanto poderío para producir al final un efecto alegre, como de juguete. Y la manera en que el paisaje parecía girar como una rueda enorme y lenta, o se abría como un abanico, y los hilos del telégrafo se agachaban y se deslizaban, y los pájaros pasaban junto a la ventanilla volando hacia atrás, lentamente, sin esfuerzo, como retazos arrancados de un trapo negro.

Qué ancho y llano es el silencio que se extiende por el andén de una estación en verano cuando sale del tren. Yo fui el único que se apeó. El jefe de estación, un hombre de cuello recio que llevaba una gorra puntiaguda y una chaqueta azul marino, escupió sobre la vía y se alejó tan tranquilo, con esa especie de aro que le dio el maquinista —¿fue el maquinista? ¿O se lo dio el jefe del tren en el vagón del jefe del tren?— colgándole del hombro. La hierba reseca del otro lado de la vía crujía al sol. Un cuervo estaba posado en un poste. Crucé la verja verde hacia la carretera. Entreví, con una suerte de ondulación interior como la de una pesada cortina negra agitándose ante un viento frío, la locura que era haber venido aquí de aquel modo;

pero, sin embargo, no, no me importó, no me importaba. Había llegado demasiado lejos como para dar marcha atrás, y de todos modos pasarían horas antes de que hubiera otro tren. Me saqué del bolsillo el paquete de sándwiches que mi madre me había preparado y lo arrojé a la hierba que había al otro lado de la vía, como prueba de mi compromiso, supongo, de mi determinación de no dejarme amilanar. El cuervo que había en el poste emitió un obligado graznido y extendió las alas de crepé negro y con unos indolentes movimientos descendió inesperadamente para investigar. Todo eso ya había ocurrido antes en otra parte.

El hotel Playa, donde se alojaban los Gray, era un edificio alargado y de poca altura, de una sola planta, con una galería acristalada. De hotel sólo tenía el nombre, pues era poco más que una pensión, aunque desde luego un peldaño por encima del lugar de mala muerte que regentaba mi madre. Pasé rápidamente, sin atreverme a mirar en dirección a esos muchos cristales que reflejaban el sol. ¿Y si Billy, o, de manera más calamitosa, Kitty, salían y me veían? ¿Cómo iba a explicar mi presencia? Carecía de los accesorios necesarios para proporcionarme una coartada, pues no había traído ni bañador ni toalla. Seguí caminando por la calle y al final encontré un hueco entre un café y una tienda que conducía a la playa. Era una mañana calurosa, y se me ocurrió comprar el helado para el que mi madre me había dado dinero, pero decidí esperar, puesto que no sabía cuánto podría durar aquel día. Y echaba de menos los sándwiches que con tanto despilfarro había tirado.

Me senté en la playa y formé un embudo con el puño y dejé que la arena resbalara por él mientras contemplaba el mar con aire compungido. El agua, con el reflejo del sol, era una amplia lámina de copos metálicos que cabeceaban rápidamente, de colores oro viejo, plata y plomo. La gente paseaba sus perros por allí, y había unos cuantos nadadores, chapoteando y chillando. Estaba seguro de que

todo el mundo me miraba, de que yo era el centro de atención. ¿Y si aquel muchacho mayor que llevaba un bulldog,
por ejemplo, o aquella mujer escuálida con el ramillete de
lilas en la cinta de su sombrero de paja, y si uno de ellos sospechaba y me interrogaba? ¿Cómo podría defender mi indolente presencia? Y la señora Gray, ¿qué diría cuando me
viera, qué haría? Había veces en las que para mí no era más
que otro adulto, preocupada e impredecible y propensa a
arrebatos de cólera irracional; todo lo contrario de mí, es decir, como todos los demás miembros del mundo adulto.

Me quedé acuclillado y abatido en la arena durante lo que me pareció al menos una hora, pero que cuando
miré el reloj del campanario de la iglesia protestante que
había detrás de la playa resultaron ser menos de diez minutos. Me puse en pie y me despolvoreé, y eché andar por
el pueblo, para ver lo que se pudiera ver, que era lo habitual: veraneantes en pantalón corto y tocados con estúpidos sombreros, tiendas abarrotadas de pelotas de playa en
la entrada y máquinas de helados que ronroneaban y emitían un ruido sordo, jugadores de golf en la pista del minigolf, con chaleco amarillo de punto y zapatones con flecos. La luz del sol rebotaba en los parabrisas que pasaban
y formaba oscuras sombras en los portales. Me detuve a
mirar una pelea entre tres perros, pero se acabó enseguida.
Cuando pasaba junto a la iglesia de hierro galvanizado me
pareció divisar a Kitty acercándose en bicicleta, y me escondí detrás de un seto, con el corazón formándome una
masa caliente que se retorcía en mi pecho como un gato
dentro de un saco.

En aquellas cavernas sin eco de tiempo vacío, sin
nadie que me observara ni se fijara en mí, me fui despe-
gando de mí mismo, me sentía cada vez más incorpóreo.
Había momentos en que parecía haberme convertido en
un fantasma, y tenía la sensación de que podía acercarme
a la gente y pasar a través de ellos sin que ni siquiera cap-
taran mi aliento. A mediodía me compré un bollo y una

chocolatina y me los comí sentado en la playa, delante de la tienda de comestibles Myler. El aburrimiento y el sol cada vez más intenso comenzaron a marearme. Desesperado, me puse a idear estratagemas para poder presentarme en el hotel Playa y preguntar por la señora Gray. Me había subido al tren de Rossmore por error y ahora no tenía adónde ir y necesitaba pedir prestado el dinero para el billete de vuelta; unos ladrones habían intentado entrar en su casa y yo me había presentado a toda prisa para contárselo; el señor Gray se había arrojado del vagón mientras iba a trabajar porque la señorita Flushing había amenazado con dejarlo plantado, y todavía buscaban junto a las vías su cuerpo destrozado... ¿Qué más daba? Estaba dispuesto a decir cualquier cosa. Pero todavía deambulaba, agitado y desolado, y el tiempo corría cada vez más lento.

Al final me encontré con Billy. Fue algo de lo más extraño. Dobló la esquina y me topé con él. Venía de las pistas de tenis públicas, junto con tres o cuatro amigos, de los que no conocía a ninguno. No supimos qué decir, Billy y yo, a continuación nos paramos y nos quedamos mirándonos. Stanley y Livingstone no debieron de quedarse más sobresaltados. Billy vestía un equipo de tenis de color blanco, un suéter color crema con una franja azul en torno a la cintura, y llevaba una raqueta..., no, dos raquetas, puedo ver las dos dentro de su reluciente y nuevo tensor de madera. Se sonrojó, y estoy seguro de que yo también, en la exquisita incomodidad de aquel momento. Ambos fuimos a decir algo a la vez, y nos interrumpimos. Aquello no tenía que haber ocurrido, no teníamos que habernos encontrado de ese modo... ¿Qué pintaba yo allí, de todos modos? ¿Y qué tenía que hacer? Billy intentaba ocultar aquellas dos raquetas dentro de sus ostentosos tensores, colocándoselas a un lado y aparentando indiferencia. Los demás habían seguido caminando unos metros, pero ahora se habían parado y nos miraban sin excesiva curiosidad. Fijaos, no estaba pensando en la señora Gray ni por qué estaba allí, no era eso lo que explicaba aquella incómoda sensación, aquella acalorada mezcla de azoro, cierto temor y profunda irritación. ¿Qué era, entonces? Tan sólo sorpresa, supongo, de que me pillaran con la guardia baja. Fue como si los dos nos hubiéramos visto envueltos de manera injusta en algo vergonzoso y no se nos ocurriera cómo salir; me dije que en un momento nos estaríamos enseñando los dientes, como los animales que se han topado hocico con hocico por una senda selvática. Entonces todo se relajó de repente. Y Billy puso una sonrisa torcida y un tanto de disculpa, agachó la cabeza hacia un lado —por un momento se convirtió en su madre— y su mirada baja pasó junto a mí, de una manera cautelosamente sinuosa, como si se abriera paso a través de un obstáculo cubierto de alambradas que hubiera surgido en su camino. También dijo algo que no comprendí, y siguió avanzando para unirse a sus nuevos amigos de la costa, quienes en aquel momento sonreían disfrutando de la ignorancia de lo que habían visto y no habían comprendido. Distinguía claramente la nuca todavía ruborizada de Billy. Uno de ellos le dio un golpecito en el hombro, como si hubiera pasado de manera valerosa y sin daño alguna prueba difícil, y siguieron caminando juntos, riendo, y otro le pasó también el brazo por los hombros y él volvió la mirada hacia mí con malicioso desdén. Todo había sucedido tan rápidamente que cuando seguí andando fue como si no hubiera ocurrido, y con una calma que me sorprendió seguí vagando por el pueblo.

Es casi un misterio las muchas veces que aquel día me pareció ver... No, las muchas veces que *vi* aparecer a la señora Gray de entre la multitud de veraneantes. Estaba en todas partes, un brillo que me atormentaba y que surgía aquí y allá entre tantas sombras sin rasgos. Era agotador tener que enfrentarse a esos dichosos reconocimientos que, nada más surgir en mí, quedaban ya truncados. Era como si un duendecillo malévolo y cruel jugara al escondite conmigo entre el gentío que no paraba de pasar. Cuantas más

veces la divisaba e inmediatamente la perdía, más frenético era el deseo que sentía por ella, hasta que pensé que iba
a desmayarme, o a perder la razón, si la verdadera señora
Gray no aparecía pronto. Y sin embargo, cuando apareció
había visto tantas versiones imaginarias de ella que al principio no pude creer lo que tenía delante de los ojos.

Había abandonado toda esperanza y me arrastraba
por la calle que conducía a la estación para coger el último
tren de vuelta a casa. Tan desanimado estaba que no me
fijé en el hotel Playa hasta que no pasé por delante. Ella se
me acercaba procedente de donde estaba la estación, con
el sol a la espalda, una silueta que se movía perfilada en un
ardiente color dorado. Calzaba sandalias, y llevaba su vestido de manga corta con estampado de flores —fue el vestido lo primero que reconocí—, y se sujetaba el pelo hacia
atrás de una manera que la hacía parecer muy joven, una
chica con las piernas desnudas que caminaba en un cha-
poteo de sandalias, con una cesta de la compra al hombro.
También me di cuenta de que al principio ella no podía
creer lo que veían sus ojos, y se quedó plantada en el camino, mirando asombrada y con cierta alarma. No era ésa la
manera en que había imaginado que nos encontraríamos.
¿Qué estaba haciendo allí?, me preguntó. ¿Ocurría algo? No
supe qué decir. Había acertado al intuir cómo sería su piel
bronceada: había un rubor rosado en su frente y en el hueco de su cuello, y unas cuantas pecas se desperdigaban por
el puente de la nariz dándole un aspecto muy atractivo.

Inclinó la cabeza y me miró fijamente, como de
lado, los ojos apretados y la boca rígida. La expresión de temor que había asomado a su cara al verme se convertía
ahora en un ceño de suspicacia y furioso reproche. Me di
cuenta de que en su mente calculaba con urgencia las dimensiones del problema que mi repentina e impactante
aparición representaba. En cualquier momento uno de sus
hijos podía aparecer por la puerta del hotel, a menos de cien
metros de donde estábamos, y vernos a los dos allí, y enton-

ces ¿qué? Yo la miré enfurruñado, hurgando con el pie en una grieta de la acera. Estaba decepcionado... Más aún, desilusionado, de una manera amarga. Sí, la había asustado; sí, existía el peligro de que alguien nos viera y no pudiéramos explicar la situación; pero ¿y sus repetidas declaraciones de amor por mí, ese amor que supuestamente desafiaba toda convención? ¿Y la irresponsable pasión que la había impulsado a acostarse conmigo en el lavadero aquella tarde de abril, que le había hecho dar brincos desnuda por el bosque, y por la cual estaba dispuesta a aparcar su coche junto a una carretera pública a plena luz y colocarse en el asiento trasero y sin más preámbulo levantarse la falda hasta la cintura y tirar perentoriamente de mí, su muchacho copulador, para que me colocara sobre ella? En aquel momento sus ojos adquirieron una expresión atribulada, no dejaba de mirar por la calle en dirección al hotel y se pasaba la punta de la lengua por el labio inferior, de atrás adelante. Me di cuenta de que había que hacer algo, y hacerlo rápidamente, para desviar su atención de sí misma y de todo lo que pudiera perder y dirigirla hacia mí. Dejé caer los hombros y bajé la mirada como si me hubieran dado una lección —oh, sí, era todo un actor en ciernes—, y con una voz que era apenas un atisbo de sollozo le dije que había ido a Rossmore porque no sabía qué otra cosa hacer, pues no soportaba estar lejos de ella otro día, otra hora. Me escrutó un momento que se prolongó, sobrecogida por la aparente intensidad de mis palabras, y a continuación sonrió, con esa sonrisa alegre, lenta y borrosa que la caracterizaba.

—Mira que eres un chico terrible —murmuró, con una voz que se fue haciendo ronca, y negó con la cabeza, y ya era mía otra vez.

Volvimos juntos por donde ella había venido, pasamos junto a la estación, y tras haber cruzado el puentecito peraltado ya estábamos otra vez en el campo. ¿Dónde había estado, quise saber, de dónde venía? Se echó a reír. Había estado todo el día en el pueblo. Me enseñó su abultada cesta de la compra.

—Aquí no tienen nada —dijo, sacudiendo la cabeza en un gesto desdeñoso en dirección al hotel Playa—, sólo salchichas y patatas, patatas y salchichas, un maldito día tras otro.

¿O sea, que se había ido aquella mañana al pueblo y acababa de volver ahora mismo en el tren? ¡Sí, había estado holgazaneando, igual que yo, deambulando por el pueblo durante horas, preguntándose dónde podía estar yo, mientras yo estaba allí todo el tiempo! Volvió a reírse al ver mi ceño apesadumbrado. Caminábamos por la carretera el uno al lado del otro. Teníamos el sol en los ojos, y la luz de la tarde se había convertido en un dorado sin brillo. Unas altas hierbas asomaban de la cuneta y con el roce nos dejaban su polvo en las piernas. Una neblina blanca y tenue se formaba por los campos a la altura de los tobillos, y el ganado se apoyaba en pezuñas invisibles y nos observaba al pasar, moviendo la mandíbula inferior hacia un lado y hacia arriba con ese estilo mecánico y aburrido. El verano, y el silencio de la tarde, y mi amor junto a mí.

Si ella había venido en tren, dije, ¿qué pasaba con el señor Gray..., dónde estaba? Se había tenido que quedar en el pueblo, dijo, y vendría con el tren correo. *Se había tenido que quedar en el pueblo.* Me acordé de las ondas rubias de la señorita Flushing y de su talle alto y de aquellos incisivos grandes, húmedos y relucientes que tenía. ¿Debería decir algo, debería insinuar el secreto culpable que creía conocer del señor Gray? Todavía no. Y cuando finalmente se lo dijera, tiempo después, cómo se reiría —«¡Dios mío, creo que me he meado!»—, dando palmas y chillando. Conocía a su marido mejor que yo.

Nos detuvimos en un recodo de la carretera, a la sombra púrpura de unos susurrantes arbolillos, y la besé. ¿He dicho que era más alta que yo, unos cuantos centímetros? Yo todavía no había terminado de crecer, después de todo; es algo difícil de imaginar. Su piel bronceada era sedosa y caliente en mis labios, un tanto hinchada, delicadamente adhesiva, más como un forro interior secreto que una piel exterior. De todos los besos que nos dimos, ése es el que mejor recuerdo, simplemente por lo extraño que resultó, supongo, pues qué extraño era estar allí de pie, bajo los árboles, en el crepúsculo de una tarde de verano que por lo demás no tenía nada de particular. Aunque nosotros también éramos inocentes, a nuestra manera, y eso también resultaba extraño. Nos veo en uno de esos antiguos grabados rústicos, el joven mozo y su pecosa Flora castamente abrazados a la sombra de una pérgola bajo la maraña de una madreselva y un escaramujo mojado por el rocío. Toda una fantasía, ya veis, todo un sueño. Cuando el beso terminó dimos un paso hacia atrás, nos aclaramos la garganta, nos dimos la vuelta y seguimos caminando en un decoroso silencio. Íbamos de la mano, y yo, el aspirante a galán, le llevaba la bolsa de la compra. ¿Qué íbamos a hacer ahora? Se hacía tarde, y yo había perdido el último tren. ¿Y si alguien que nos conocía pasaba en coche y nos veía, paseando de la mano entre aquellos campos neblinosos a esa hora del día, un muchacho imberbe, una mujer casada, y sin embargo amantes, eso era evidente? Me imaginé la escena: el coche que daba un bandazo y la mirada de incredulidad del conductor, la boca abierta en una exclamación. La señora Gray comenzó a contarme que cuando era pequeña, en tardes como ésa, su padre la llevaba a buscar setas, pero de repente se calló y se quedó pensativa. Intenté imaginarla de niña, caminando descalza por los prados cubiertos de neblina blanca, con un cesto del brazo, y el hombre, su padre, delante de ella, con gafas, bigote y chaleco, como los padres de los cuentos de hadas. Para mí ella no podía tener un pasado que no fuera una fábula, ¿pues acaso no la había inventado yo, no la había hecho brotar de nada que no fuera el loco deseo de mi corazón?

Ella dijo que volvería, cogería el coche y me llevaría a casa. Pero ¿cómo lo conseguiría, quise saber, cómo se escabulliría? Pues por fin ya había comenzado a sopesar los peligros de nuestra apurada situación. Oh, dijo, ya se le ocurriría algo. ¿O acaso yo tenía algún plan mejor?, preguntó. No me gustó su tono sarcástico, y como hacía a menudo, me enfurruñé. Ella se rió, y dijo que yo era un niño grande, y me atrajo hacia sí con los dos brazos y me dio lo que fue un medio abrazo y un medio zarandeo. A continuación me apartó de nuevo, sacó su lápiz de labios y se pintó la boca poniendo un puchero y encogiendo los labios hasta que pareció que no tenía dientes, emitiendo unos leves sonidos como si se relamiera. Yo tenía que esperarla junto al puente del tren, dijo, y ella volvería y me recogería allí. Tenía que andarme con ojo por si llegaba el tren del señor Gray mientras esperaba. ¿Y qué se suponía que iba a hacer si se presentaba?

—Escóndete detrás de la cuneta —dijo en tono cáustico—, a no ser que quieras explicarle qué estás haciendo aquí a esta hora de la noche.

Me cogió la bolsa de la compra y se alejó. Yo contemplé su figura menguante perderse en el crepúsculo, por encima del puente, y desaparecer, deslizándose como una sombra a través de una rendija entre dos mundos, el suyo y el mío. ¿Por qué son tantos los recuerdos en los que la veo alejarse de mí? No le había preguntado qué había comprado en el pueblo. No me interesaba, pero ahora me la imaginaba como en uno de esos anuncios de colores alegres de la época, pecosa y bronceada en su vestido de verano, acompañada por Billy y Kitty, los dos levantando la mirada hacia ella con sus mejillas sonrosadas apoyadas en el puño, sonrientes y expectantes, los ojos luminosos como botones, mientras ella extrae de la cornucopia de su bolsa todo tipo de delicias comestibles —galletas y caramelos, mazorcas de maíz, pan de molde en rodajas envuelto en papel encerado, naranjas del tamaño de una bola de jugar a los bolos, una piña escamosa con su alegre moño—, y, en un segundo plano, el señor Gray, marido, padre y único proveedor de toda esta abundancia, levanta la vista del periódico y sonríe de manera indulgente, modesta y fiable, ese señor Gray de mandíbula cuadrada. Es su mundo, nunca será mío. El verano tocaba a su fin.

Fui a sentarme en una escalera de muro. Debajo de mí las vías del tren resplandecían a la última luz del día, y del despacho del jefe de estación una radio insertaba su aguja de zumbido en el silencio. Llegó la noche, difuminando el ocaso gris púrpura que pasa por oscuridad en esa época del año. Se encendió una luz en la ventana de la sala de espera, y las polillas entretejían zigzagueos ebrios bajo el zumbido de una farola que había al final del andén. Detrás de mí, en los campos, un rey de codornices comenzó a emitir su crec crec. También había murciélagos, los percibía aleteando por encima de mí en el aire añil, y sus alas emitían un sonido apenas audible, como el de un pañuelo de papel al ser doblado de manera furtiva. Al poco, una luna enorme de cara oronda y del color de la miel surgió de alguna parte y me miró con sus ojos como platos, jovial y sabelotodo. ¡Y las estrellas fugaces! ¿Cuándo fue la última vez que visteis una estrella fugaz? En aquel momento, la señora Gray tardaba ya de una manera preocupante. ¿Le había ocurrido algo, no había podido dejar a su familia? A lo mejor no podría venir a buscarme. Me estaba quedando helado, y también tenía hambre, y con tristeza pensaba en mi casa, en mi madre en la cocina, en su silla junto a la ventana, leyendo una novela policíaca de la biblioteca, las gafas en el extremo de la nariz, una patilla reparada con esparadrapo, lamiéndose el pulgar para pasar la página y parpadeando soñolienta. Pero a lo mejor no estaba leyendo, a lo mejor estaba de pie junto a la ventana, escudriñando preocupada la oscuridad, preguntándose por qué todavía no había vuelto a casa, y dónde podía estar, y qué hacía.

El brazo de la aguja de señales del tren que había debajo del puente descendió con una sacudida y un golpe seco, sobresaltándome, y la luz pasó de roja a verde, y a lo lejos divisé la luz del tren correo que se acercaba. El señor

Gray no tardaría en llegar, aparecería en el andén con su maletín y un periódico enrollado debajo del brazo, y se quedaría allí un momento, mirando a su alrededor y parpadeando como si no estuviera seguro de encontrarse en la estación correcta. ¿Qué debería hacer yo? ¿Debería intentar distraerlo? Pero como había dicho sensatamente la señora Gray, ¿qué excusa podía poner por estar allí solo a esa hora, frío y tembloroso? Entonces apareció su coche por la cresta de la colina. Uno de los faros estaba permanentemente torcido, de manera que las luces poseían una mirada cómicamente estrábica, como si avanzaran a tientas. Se acercó y aparcó junto a la escalera donde estaba sentado. Se abrió la ventanilla del lado del conductor y apareció la señora Gray fumando un cigarrillo. Miró hacia la luz del tren que se acercaba, ahora tan grande y amarilla como la luna.

—Caramba —dijo—, justo a tiempo, ¿eh? —entré y me senté a su lado. El asiento de cuero estaba frío y pegajoso. Extendió un brazo y me tocó la mejilla—. Pobrecillo —dijo—, te castañetean los dientes —forcejeó con la marcha y en medio de un humo de neumáticos nos perdimos en la noche.

Dijo que lamentaba haber tardado tanto. Kitty no quería irse a la cama, y Billy había estado con sus amigos y le había parecido que tenía que esperar a que volviera. Sus amigos, me dije, sí, vaya, esos nuevos amigos que no había tardado en hacer. Comenzó a hablarme de un anciano que se alojaba en el hotel y que todo el día estaba por la playa espiando a las chicas a la espera de que se pusieran el traje de baño. Mientras hablaba, con la mano que sujetaba el cigarrillo formaba unos grandes aros, como si fuera una tiza y el aire una pizarra, y reía con una especie de relincho de la nariz, como si nada la preocupara en el mundo, cosa que desde luego me irritaba. Todavía tenía la ventanilla abierta, y a medida que cruzábamos a toda velocidad el paisaje iluminado por la luna la noche se le iba colando por el codo, y el pelo le temblaba al viento y la tela de su vestido se ondulaba y le abofeteaba el hombro. Le conté que me había encontrado con Billy, y sus amigos. Me había guardado la noticia. Se quedó un momento callada, pensando. A continuación se encogió de hombros y dijo que había estado fuera todo el día, y que apenas lo había visto desde la mañana. A mí todo eso no me interesaba. Le pregunté si podíamos pararnos en alguna parte, a un lado de la carretera, o internarnos en un sendero. Me miró de soslayo y negó con la cabeza, fingiendo haberse escandalizado.

—¿Nunca piensas en otra cosa? —me preguntó. Pero se detuvo.

Posteriormente, cuando llegamos al pueblo, aparcó en la otra punta de mi calle. Vi que la casa estaba a oscuras. Mi madre debía de haberse acostado, después de todo... ¿Cómo debía tomármelo? La señora Gray dijo que era mejor que entrara, pero me quedé. La luz de la luna esculpía la calle en un revoltijo de cubos y conos de bordes afilados, y todo parecía cubierto por una fina y tersa capa de polvo gris plateado. Otra estrella fugaz, y luego otra. La señora Gray ahora estaba en silencio. ¿Pensaba en sus hijos? ¿Se preguntaba qué le diría a su marido cuando regresara, qué explicación daría de su ausencia? ¿Él la esperaría levantado, sentado en la oscuridad de la galería acristalada, tamborileando con los dedos, los cristales de sus gafas brillando de manera acusadora? Al final suspiró y se irguió en el asiento con un movimiento cansino, y me dio unos golpecitos en la rodilla y repitió que era muy tarde y que debería entrar. No me dio un beso de buenas noches. Dije que volvería a Rossmore otro día, pero ella apretó los labios y negó rápidamente con la cabeza sin apartar la mirada del parabrisas. Yo no lo había dicho en serio, de todos modos, sabía que no volvería a ir y que no pasaría otro día como el que acababa de pasar. Esperó hasta que estuve a mitad de camino de mi casa antes de alejarse. Me detuve y me di la vuelta y observé las joyas gemelas que eran las luces traseras de su coche menguar y desaparecer. Me acordé de la cara que había puesto al verme caminar hacia ella en la calle de la estación, la mezcla de pánico y consternación que la asaltó, y cómo al cabo de unos segundos sus ojos se apretaron en una expresión calculadora. ¿Ésa sería la cara que pondría algún día, el último día, la mirada fría y la expresión hostil, hostil a mis súplicas y a mis berridos, a mis lágrimas más amargas? ¿Cómo sería el final?

Pero os preguntaréis qué ocurrió, qué ambiente *se respiraba,* como habría dicho la señora Gray, aquella noche en Lerici después de mi encuentro en el hotel aislado por la nieve con el hombre misterioso de la pampa. Pues desde luego, diréis, algo debió de ocurrir. Después de todo, ¿acaso no era el objeto de las sudorosas fantasías de mi infancia que se presentara en mi cama de manera espontánea una criatura como Dawn Devonport, una estrella que necesitaba socorro, una diosa en busca de una cariñosa atención? Hubo una época, después de la infancia, en la que en tales circunstancias yo habría sabido exactamente qué hacer y no habría vacilado ni un segundo. Tampoco es que fuera un mujeriego del todo, ni siquiera en mis días de ardor y vigor juvenil, a pesar de lo que digan ciertas personas. De todos modos, una actriz afligida era algo a lo que no podía resistirme. En las giras sobre todo, siempre había una frenética actividad nocturna, pues las habitaciones eran frías y las camas solitarias en aquellas tristes pensiones y hoteles de mala muerte donde nuestras pequeñas troupes se alojaban, establecimientos que me resultaban tristemente familiares, al haberme criado en una pensión. Después de la representación nocturna, a menudo no se necesitaba más que una reseña hiriente en la edición matinal para que una chica todavía con restos de maquillaje tras las orejas cayera en mis brazos con lágrimas en los ojos. Todo el mundo sabía que yo era un hombre fácil. Lydia estaba al corriente de esas colisiones fortuitas, o al menos las intuía, lo sé. ¿Ella también se descontrolaba cuando yo hacía el gallito por ahí? Y si así era, ¿qué pienso de eso ahora? Aprieto el lugar donde debería dolerme, pero no siento nada. Sin embargo, antaño adoré, y yo mismo fui adorado. Todo esto ocurrió hace tanto tiempo que es como si hablara de una época antigua y ya inexistente. Ah, Lydia.

Debo deciros que Dawn Devonport ronca. Espero que no le importe que revele este hecho poco halagador. No la perjudicará, estoy seguro: preferimos que nuestras deidades exhiban algún defecto. De todos modos, me gusta oír roncar a una mujer; lo encuentro relajante. Estar echado en la oscuridad con ese sonoro ritmo junto a mí hace que me sienta como en un mar calmo por la noche, navegando en un pequeño esquife y mecido suavemente; el recuerdo sepultado del viaje amniótico, quizá. Aquella noche, cuando por fin regresé a mi habitación, la farola que había fuera todavía derramaba un sucio resplandor en la ventana, y la nieve seguía cayendo sin cesar. ¿Nunca se os ha ocurrido pensar en lo raro que es que todas las habitaciones de un hotel sean dormitorios? Incluso en las suites, incluso en las más grandes, las otras habitaciones no son más que antecámaras del santuario interior donde la cama se alza con toda su engreída majestad y su dosel, ni más ni menos que como un altar sacrificial. En la mía, en aquel momento, Dawn Devonport seguía durmiendo. Contemplé mis opciones. ¿Iba a pasar unas cuantas horas incómodas —era ya muy tarde, y la primera luz no podía demorarse mucho— acurrucado y vestido en esa silla de anea estilo Van Gogh, o recostado con tortícolis en el igualmente poco atractivo sofá? Miré la silla, miré el sofá. La primera pareció encogerse bajo mi mirada, mientras que el segundo estaba arrumbado contra la pared que había delante de la cama, con el respaldo erguido y sus brazos acolchados apuntalados en el suelo, mirando a través de la penumbra con un aire de cierta suspicacia. Observo cómo cada vez más siento que mi presencia incomoda a objetos supuestamente inanimados. Quizás es la amable manera en que el mundo, al recibirme cada vez peor entre sus muebles, me va mostrando la puerta final, la puerta a través de la cual me enseñará la salida por última vez.

Al final opté por arriesgarme a meterme en la cama. La rodeé procurando no hacer ruido, y por costumbre me quité el reloj y lo coloqué sobre la mesita de cristal. El tintineo que emitió, al chocar el metal contra el cristal, me recordó de repente todas aquellas vigilias nocturnas que había pasado junto a la cama de Cass cuando de pequeña estaba enferma, la inquieta oscuridad y el aire estadizo, y la niña allí tirada y al parecer no durmiendo, sino extraviada en algún trance semitorturado. Después de quitarme en silencio los zapatos, pero todavía vestido, incluso con los botones de mi chaqueta recatadamente abrochados, y sin apartar la colcha, me tendí con mucho cuidado —incluso así vibraron unos cuantos muelles en las profundidades de la cama, en jubiloso desdén, o así me sonaron—, me eché boca arriba junto a la mujer que dormía y crucé las manos sobre el pecho. Ella se agitó y sorbió un poco por la nariz, pero no se despertó. De haberse despertado, y encontrarme allí tras darse la vuelta, menudo susto se habría pegado; con toda probabilidad habría pensado que mientras dormía le habían colocado al lado un cadáver perfectamente empaquetado con su ropa funeraria. Ella estaba de lado, de espaldas a mí. Recortándose contra el fondo de la ventana tenuemente iluminada, la alta curva de su cadera parecía el perfil de una elegante colina vista a lo lejos en la oscuridad contra un cielo de luz amarillenta; siempre he admirado esa imagen de la forma femenina, al mismo tiempo monumental y hogareña. Sus ronquidos resonaban delicados al pasar por sus fosas nasales. Dormir es algo misterioso, siempre me lo ha parecido, un ensayo general para la muerte que hacemos cada noche. Me pregunté con qué podía estar soñando Dawn Devonport, aunque tengo la teoría, que no se basa en nada, de que el roncar impide soñar. Yo me encontraba en ese estado de vigilia alucinada de poco antes del alba que hace que la misma idea del sueño parezca absurda, aunque al poco me sentí de repente como si empezara a caminar por un sendero y perdiera pie, y me desperté con una sacudida que me hizo rebotar en la cama, y me di cuenta de que, después de todo, finalmente me había como dormido.

Dawn Devonport también se había despertado. Estaba en la misma posición que antes, de lado, y no se movía, pero había dejado de roncar y su quietud era ahora la de alguien que está despierto y escucha con atención. Estaba tan inmóvil que creí que el miedo la atenazaba: era perfectamente posible que no recordara cómo había llegado hasta allí, a la cama de otra persona, en plena noche, con esa luz espectral en la ventana y la nieve todavía cayendo. Carraspeé discreto. ¿Debería bajarme de la cama y salir de la habitación y regresar abajo —a lo mejor el señor Sorrán seguía en el bar, dando cuenta de otra botella de tinto argentino— para que ella pudiera pensar que yo había sido tan sólo el producto de un sueño y así poder volver a dormirse como si nada? Estaba manejando aquellas alternativas, ninguna de ellas convincente, cuando sentí que la cama comenzaba a temblar, o estremecerse, de una manera que al principio no me pude explicar. Entonces comprendí la causa. Dawn Devonport estaba llorando, unos violentos sollozos apagados que apenas se oían. Me quedé estupefacto, y las manos, que tenía en el pecho, se agarraron la una a la otra en un espasmo de miedo. El sonido de una mujer sollozando en la oscuridad es algo terrible. ¿Qué iba a hacer? ¿Cómo consolarla? ¿Tenía que consolarla? ¿Se me pedía algo en concreto? Intentaba recordar las palabras de una estúpida cancioncilla que cantaba con Cass cuando era pequeña, algo acerca de estar en la cama boca arriba y que te entraban las lágrimas por las orejas —hay que ver cómo se reía Cass—, y al final probablemente yo también habría comenzado a llorar si Dawn Devonport no se hubiera incorporado de repente, tirado fuertemente de la sábana y la manta, saltado literalmente de la cama con una exclamación sin palabras de lo que parecía cólera y salido corriendo de la habitación, dejando la puerta completamente abierta.

Encendí la lamparilla y me incorporé, parpadeando, y asomé las piernas por el lado de la cama y puse los pies, todavía con los calcetines, en el suelo. Un agotamiento cayó de pronto sobre mis hombros arqueados, igual que el peso de la nieve que había fuera, o de la noche misma, en la gran cúpula de oscuridad que había encima de mí. Tenía los pies fríos. Los metí en los zapatos y me incliné hacia delante, y justo en ese momento me quedé así, inclinado, los brazos colgando, ni tan sólo capaz de atarme los cordones. Hay momentos, infrecuentes aunque señalados, en los que parece que mediante algún ínfimo desplazamiento o intervalo de tiempo he acabado en un lugar que no me correspondía, me he tomado la delantera o me he quedado atrás respecto de mí mismo. No es que piense que me he perdido, ni extraviado, ni siquiera que resulte inapropiado estar donde estoy. Es sólo que de alguna manera me hallo en un lugar, y me refiero a un lugar en el tiempo —qué manera tan extraña tiene el lenguaje de expresar las cosas—, al que no he llegado por mi propia volición. Y durante ese momento me siento desamparado, tanto que imagino que seré incapaz de moverme al siguiente lugar, o de regresar al lugar donde estaba antes: que no podré moverme de ninguna manera, y tendré que permanecer allí, sumido en la perplejidad, emparedado en esa incomprensible fermata. Pero siempre, naturalmente, ese momento acaba pasando, igual que pasó entonces, y me puse en pie y arrastré mis zapatos sin atar hasta la puerta que Dawn Devonport había dejado abierta, y la cerré, y regresé y apagué la lamparilla, y volví a echarme, todavía vestido, con el nudo de la corbata aún sin deshacer, y enseguida me sumí en una bendita inconsciencia, como si se hubiera abierto un panel en el muro de la noche y me hubieran deslizado sobre una losa en la oscuridad y me hubieran encerrado allí.

Nunca llegamos a hacer la travesía a Portovenere, Dawn Devonport y yo. Quizá nunca tuve esa intención. Podríamos haber ido, no había nada que nos lo impidiera —o todo, claro—, pues a pesar de las tormentas invernales los ferris navegaban y las carreteras estaban abiertas. Resultó que Dawn Devonport había sabido desde el primer momento que mi hija había muerto en el pequeño puerto que había al otro lado de la bahía; se lo había oído a Billie Stryker, imagino, o a Toby Taggart, pues al fin y al cabo no era ningún secreto. No me preguntó por qué yo había decidido no contárselo, por qué había fingido escoger nuestro destino al azar. Espero que pensara que yo tenía un plan, un programa, un proyecto propio, al que ella pudiera sumarse, a falta de algo mejor. A lo mejor no pensaba nada en absoluto, simplemente en que alguien se la llevara, como si no tuviera opción y eso la alegrara.

—Keats murió aquí —dijo—, ¿verdad? ¿No se ahogó, o algo parecido? —caminábamos por el paseo marítimo, delante del hotel, provistos de abrigo y bufanda. No, le dije, ése fue Shelley. No me prestó atención—. Yo soy como él, como Keats —dijo, apretando los ojos ante el turbulento horizonte—. Vivo una existencia póstuma... ¿No es lo que dijo de sí mismo en alguna parte? —soltó una breve carcajada, al parecer satisfecha de sí misma.

Era por la mañana, y las molestias y el sueño interrumpido de la noche anterior me habían dejado en un estado irritado y tembloroso, y me sentía tan desprotegido como una ramilla a la que le acaban de quitar la corteza. Dawn Devonport, en cambio, estaba prodigiosamente serena, por no decir aturdida. En el hospital debían de haberle dado tranquilizantes para que los tomara durante el viaje —su médico, aquel indio simpático, había rechazado de plano la idea de que se desplazara—, y se la veía distante y un tanto apagada, y miraba a su alrededor con una expresión escéptica, como si estuviera segura de que todo se había confabulado para engañarla. De vez en cuando centraba la atención y miraba el reloj, apretando los ojos y frunciendo el entrecejo, como si tuviera que ocurrir algo importante que se demoraba de manera inexplicable. Le hablé de mi encuentro con Fedrigo Sorrán, aunque no estoy seguro de no haberlo soñado en mi estado cansado y febril a causa del viaje, o de haberlo inventado, y de hecho todavía albergo dudas. Aquella mañana, en el hotel, no había la menor señal de él, estaba convencido de que ya no se alojaba allí, si es que había llegado a alojarse. De su aparición en mi cuarto, de nuestra casta cohabitación, de sus lágrimas y de su brusca y violenta salida no hablamos. Aquel día éramos como un par de desconocidos que se han conocido en un bar del puerto la noche anterior y han subido a bordo juntos en una camaradería achispada, y ahora el barco había zarpado y teníamos resaca, y nos esperaba un viaje muy poco halagüeño.

Regresaba de Leghorn, le dije, cuando su barco se hundió durante una tormenta. Se me quedó mirando. Shelley, dije. Su amigo Edward Williams lo acompañaba, y un muchacho cuyo nombre no recuerdo. Su barco se llamaba *Ariel*. Algunos dicen que el propio poeta lo hundió. Estaba escribiendo *El triunfo de la vida*. Dawn Devonport ya no me miraba, y estaba seguro de que tampoco me escuchaba. Nos paramos y nos quedamos con la mirada clavada al otro lado de la bahía. Allí estaba Portovenere. Era como si nos encontráramos en la popa de un barco, alejándonos rápidamente de lo que debiera haber sido nuestro destino. El mar estaba alto y de un vehemente azul, y apenas se distinguía un ajetreo de aguas blancas al pie de aquel promontorio distante.

—¿Qué hacía ahí, tu hija? —preguntó Dawn Devonport—. ¿Por qué allí?

¿Por qué? Yo también me lo preguntaba.

Seguimos caminando. De manera asombrosa, imposible, la nevada de la noche anterior había desaparecido del todo, como si el escenógrafo hubiera decidido que no había sido una buena idea y hubiera ordenado que se lo llevaran todo y lo reemplazaran por unos cuantos charcos minimalistas de nieve fangosa. El cielo era duro y claro como el cristal, y en medio de la límpida luz del sol el pueblo que había sobre nosotros quedaba perfectamente perfilado contra la colina, un confuso conjunto de planos torcidos en tonos de ocre, blanco yeso y rosa tostado. Dawn Devonport, las manos hundidas en los bolsillos de su abrigo forrado de piel que le llegaba por las pantorrillas, caminaba a mi lado con la cabeza gacha. Llevaba el disfraz completo: gafas de sol enormes y un gran sombrero de piel.

—Pensé —dijo—, cuando lo hice, o intenté hacerlo..., cuando me tomé las pastillas, quiero decir..., pensé que iba a un lugar que conocería, un lugar en el que sería bien recibida —le costaba hablar, como si tuviera la lengua pastosa y apenas pudiera manejarla—. Pensé que me iba a casa.

Sí, dije, o a los Estados Unidos, como Svidrigailov, antes de llevarse la pistola a la cabeza y apretar el gatillo.

Dijo que tenía frío. Nos dirigimos a un café del paseo marítimo y se bebió un chocolate caliente, acurrucada en una mesita redonda y agarrando la taza con sus dos grandes manos. Esos cafetines del sur tienen una extraña cualidad, y es que parecen, o al menos me lo parecen a mí, haber sido en su origen farmacias, o pequeñas oficinas, o incluso salitas de estar, que de manera gradual y casi involuntaria se han adaptado a ese nuevo uso. Hay algo en los mostradores, tan altos y estrechos, y en la manera en que se agolpan las mesitas y las sillas, que les da a esos lugares un aspecto provisional e improvisado. También el personal, aburrido y lacónico, muestra un aire transitorio, como si los hubieran contratado temporalmente para cubrir una escasez de trabajadores e, irritados, estuvieran impacientes por marcharse y reemprender la labor muchísimo más interesante a la que se habían dedicado hasta entonces. Y todos esos folletos y anuncios teatrales que hay alrededor de la caja, las postales y las fotos firmadas y los mensajes pegados en el marco del espejo detrás de la barra, que hacen que el orondo propietario —que cubre su cabeza calva con una cortinilla de pelo gris y grasiento, luce un bigote atusado y un gran anillo de oro en el grueso meñique— parezca un agente artístico de esos que están cómodamente instalados en su mesa entre recortes y objetos de interés de su oficio.

No la vas a traer de vuelta, ya lo sabes, dijo Lydia, *así no.* Y naturalmente tenía razón. Así no, ni de ninguna otra manera.

¿Quién, quería saber Dawn Devonport, concentrada con el ceño fruncido, era Svidrigailov? Ése era, le dije otra vez, con paciencia, el nombre que mi hija le daba a la persona que vino aquí con ella, y cuyo hijo llevaba en sus entrañas. A través de la puerta de cristal del café pude ver, en medio de la bahía, una esbelta embarcación blanca, baja en la popa y alta en la proa, abriéndose paso sobre el oleaje púrpura, y dando la impresión de que se precipitaría hacia el cielo en cualquier momento, un barco mágico, que arrostraba el aire. Dawn Devonport encendió un cigarrillo con una mano temblorosa. Le conté lo que Billie Stryker me había contado, que Axel Vander había estado allí o por los alrededores al mismo tiempo que mi hija. Tan sólo asintió; a lo mejor ya lo sabía, a lo mejor Billie Stryker también se lo había contado. Se quitó las gafas de sol, las dobló y las dejó sobre la mesa, junto a la taza de chocolate.

—Y ahora estamos aquí, tú y yo —dijo—, donde el poeta se suicidó ahogándose.

Salimos del café y recorrimos las callejas del pueblo. En el hotel el salón estaba vacío y entramos. Era una habitación estrecha de techo alto, muy parecida a la salita de la pensión de mi madre, con sus sombras y su silencio y su vago pero indispensable aire de insatisfacción. Me senté en una especie de sofá de respaldo bajo y asiento alto; la tapicería emitía un fuerte e inmemorial olor a humo de cigarrillos. Un reloj de pared, con sus tripas a la vista a través de un panel de cristal ovalado, permanecía en un rincón erguido como un centinela, y su tic tac caía con inflexible parsimonia, y parecía vacilar un instante antes de cada tic y cada tac. El centro de la sala estaba ocupado por una mesa de comedor de madera negra, alta y un tanto imponente, con recias patas esculpidas, sobre la cual se extendía un mantel de pesado brocado y ribeteado con borlas que colgaba por los lados casi hasta el suelo. Sobre ella el incansable escenógrafo había colocado, de entre todas las cosas, y como con total ingenuidad, un antiguo volumen de los poemas de Leopardi, de bordes jaspeados y lomo de cuero labrado, en el que intenté leer:

Dove vai? chi ti chiama
Lunge dai cari tuoi,
Belissima donzella?
Sola, peregrinando, il patrio tetto
Sì per tempo abbandoni?...

... pero las bellísimas sonoridades y sollozantes cadencias de la poesía pronto pudieron conmigo, y volví a dejar el libro donde lo había cogido y regresé a mi asiento, que crujió, como un escolar al que acaban de reprender. Dawn Devonport estaba sentada en una butaca estrecha en el rincón que había frente al reloj de pared, inclinada hacia delante, tensa, con las piernas cruzadas, pasando las páginas rápidamente, y aparentemente de manera desdeñosa, de una revista de papel satinado que tenía en el regazo. Fumaba un cigarrillo, y después de cada calada, sin volver la cabeza, torcía la boca hacia arriba como para silbar y lanzaba un fino chorro de humo a un lado. La estudié.

A menudo tengo la impresión de que cuanto más me alejo de una persona más cerca estoy de ella. Me pregunto cómo es posible. Así es como solía observar a la señora Gray cuando estábamos juntos en la cama, y sentía cómo se me iba haciendo lejana mientras estaba tendida a mi lado, del mismo modo en que a veces, de manera desconcertante, una palabra se separa de su objeto y se aleja flotando, ingrávida e iridiscente como una pompa de jabón.

De repente Dawn Devonport arrojó la revista sobre la mesa —con qué flacidez cayeron sus pesadas páginas— y se puso en pie y dijo que se iba a su habitación a acostarse. Demoró su marcha un momento y me miró de manera extraña, con lo que pareció una extraña conjetura.

—Supongo que piensas que él era Svidrigailov —dijo—. Axel Vander..., crees que era él.

La recorrió un escalofrío y puso una mueca como si acabara de probar algo amargo, y se marchó.

Me quedé sentado solo un buen rato. Me acordé —o me acuerdo ahora, tanto da— de que un día la señora Gray me habló de la muerte. ¿Dónde nos encontrábamos? ¿En la casa de Cotter? No, en otra parte. Pero ¿en qué otra parte podíamos haber estado? De manera absurda, mi memoria nos coloca en esa salita del piso de arriba en la que Billy y yo nos bebíamos el whisky de su padre. No creo que sea posible, y sin embargo es ahí donde estamos. Pero ¿cómo había conseguido la señora Gray colarme en su casa, con qué pretexto, y para qué propósito? Desde luego, no era habitual, puesto que estábamos en la salita, vestidos, y no en el lavadero. En mi mente aparece la imagen de los dos sentados muy modositos en sendas butacas, colocadas en ángulo la una cerca de la otra y delante de la ventana rectangular de marco metálico. Era un domingo por la mañana, creo, un domingo por la mañana de finales de verano, y llevaba un traje de *tweed* que me daba mucho calor y me picaba, y en el que me sentía ridículo y más desnudo casi que vestido, como me ocurría siempre que me obligaban a ponerme mi ropa de domingo. ¿Dónde estaban los demás, Billy, su hermana y el señor Gray? ¿Qué podía estar pasando? Yo debía de estar allí por alguna razón; Billy y yo probablemente teníamos que ir a alguna parte, a una salida escolar, a lo mejor, y él llegaba tarde como siempre y yo lo esperaba. Pero ¿por qué había ido a buscarlo, teniendo en cuenta que ahora dedicaba tanta energía e ingenio a evitarlo? Sea como fuere, yo estaba allí, y no hay nada más que decir. El sol daba de pleno en la plaza que había delante, donde todo parecía hecho de vidrios multicolores, y una brisa juguetona ondulaba la cortina de encaje de la ventana abierta y la hinchaba hacia dentro y hacia arriba con una lasitud que no dejaba de aumentar. Aquellos domingos por la mañana, cuando era un crío, siempre tenía una curiosa sensación de extrañamiento —el cuello de la camisa, que me apretaba como una soga, los pájaros con sus excitados cantos, aquellas lejanas campanas de iglesia— y siempre había una brisa que parecía venir del sur, sí, el sur, con su polvo color león y su deslumbrante luz color limón. Sin duda estaba previendo el futuro, su reluciente promesa, pues para mí el futuro siempre tenía un aspecto meridional, una idea que ahora resulta extraña, ahora que el futuro ha llegado, aquí en el confín más septentrional, ha llegado y sigue derramándose sin cesar a través del agujerito del presente, hacia el pasado.

La señora Gray llevaba un vestido azul bastante austero —un traje sastre, lo habría llamado ella— y unos zapatos negros de tacón alto, medias con costura y un collar de perlas. Su peinado era diferente de lo habitual, echado hacia atrás de un modo que incluso había conseguido domeñar por el momento el rizo rebelde de detrás de la oreja, y olía igual que mi madre, como supongo que olían todas las madres, las mañanas del domingo en verano, a perfume y crema y polvos faciales, a sudor, un poco, a nailon recalentado por la carne y a lana con un tufillo de naftalina, y a algo vagamente ceniciento que nunca fui capaz de identificar. La chaqueta de su traje era alta de hombros, como estaba de moda, y bastante entallada —debía de llevar corsé—, y la falda, que le llegaba por la pantorrilla, era estrecha, con un tajo en la parte de atrás. Nunca la había visto vestida de manera tan formal, tan rígida, todo sujeto y prendido con alfileres, y me senté a contemplarla con aire insolente y, quizá también, de uxoria posesión. Es una escena sacada de uno de esos cuadros de mujeres de la época, claro, de esos que a la señora Gray no le gustaban, pues lo veo en blanco y negro, o en carbón y plata, más bien, ella en el papel de Mujer Mayor mientras que a mí me interpreta, vaya, algún niño prodigio de tupé y sonrisa pícara, todo lo descarado que se les ocurra con mi pulcro traje de *tweed* y mi camisa almidonada blanca a rayas, y corbata de clip.

Al principio no acabé de entender de qué estaba hablando, distraído como estaba en estudiar el complicado sistema de costuras —pinzas, creo que lo llamaban— del pecho maravillosamente lleno de su vestido, cuya quebradiza tela azul poseía un barniz excitantemente metálico y producía unos diminutos crujidos cada vez que respiraba. Había vuelto la cabeza y miraba pensativa hacia la ventana y la plaza iluminada por el sol, y decía, con un dedo en la mejilla, que a veces se preguntaba en qué consistiría no estar en este mundo —¿sería como estar anestesiada, quizá, no sentir nada, ni siquiera el paso del tiempo?—, y lo difícil que se le hacía imaginar estar en otra parte, y que más difícil todavía era pensar que no estabas en ninguna parte. Poco a poco sus palabras se filtraron en la iniluminable penumbra de mi conciencia egoísta, hasta que, con una especie de chasquido, comprendí, o creí comprender, exactamente lo que decía, y de repente era todo oídos. ¿No estar allí? ¿Estar en otra parte? ¿Qué era todo aquello, sino un circunloquio para hacerme saber que se preparaba para romper conmigo? Ahora bien, otras veces, de haber llegado a albergar la menor sospecha de que estaba insinuando algo así, inmediatamente me habría puesto lloriquear y a aullar y a dar golpes con los puños, pues todavía era un niño, no lo olvidéis, y me poseía esa convicción infantil de que era imprescindible reaccionar al instante, con llantos y berridos, a la menor amenaza a mi bienestar. Aquel día, sin embargo, fuera por la razón que fuera, me contuve, con cautela, alerta, y la dejé hablar hasta que, quizá percibiendo la cualidad vigilante de mi atención, hizo una pausa, se dio la vuelta y se concentró a su peculiar estilo, como si hiciera girar un invisible telescopio y me lo enfocara.

—¿Alguna vez has pensado en ello —preguntó—, en morir? —antes de que pudiera responderle soltó una risa como para quitarle importancia y negó con la cabeza—. Claro que no. ¿Por qué ibas a hacerlo?

Pero entonces mi interés pasó a otra cosa. Si realmente estaba hablando de la muerte en sí misma, y no como una insinuación de que iba a abandonarme, entonces debía de estar hablando del señor Gray. La posibilidad de que su marido estuviera mortalmente enfermo se había ido reforzando en mi imaginación, y también mi esperanza de, a la larga, quedarme con la señora Gray. Si el viejo iba a palmarla, allí estaba por fin mi gloriosa oportunidad. No había que hacer ningún movimiento precipitado, desde luego. Tendríamos que esperar, los dos, hasta que yo fuera mayor de edad, e incluso entonces habría obstáculos, y Kitty y mi madre no serían moco de pavo, mientras que a Billy tampoco le entusiasmaría la grotesca perspectiva de tener por padrastro a un muchacho de su misma edad, y que, además, había sido amigo suyo. Mientras tanto, sin embargo, a la espera de que llegara mi mayoría de edad, cuántas oportunidades se me presentarían de cumplir mi sueño infantil de poseer no una muñeca calva e inarticulada a la que abrazar, cuidar y operar, sino una mujer de tamaño natural, sangre caliente y oportunamente viuda, toda para mí, accesible todos y cada uno de los días y, más importante aún, cada noche, una preciada posesión que yo podría exhibir audazmente ante el mundo, donde y cuando se me antojara. De manera que agucé los oídos y escuché atentamente todo lo que pudiera añadir sobre el tema del futuro fallecimiento de su marido. Pero ah, no dijo nada más, y pareció avergonzarse, encima, de lo que ya había dicho, y, a no ser que le preguntara directamente cuánto le habían dado los médicos al óptico cegato, no iba a sacar nada más de ella.

Pero ¿qué estaba haciendo allí, en su salita, enfundado en aquel traje que me picaba, un domingo, en los últimos días del verano? ¿Qué? A menudo el pasado parece un rompecabezas en el que faltan las piezas más importantes.

Aunque crecí en un mundo de presencias fugaces y ocultas, y me casé con una mujer que también creció en ese mismo mundo, los hoteles todavía me resultan misteriosos, y no sólo en la quietud de la noche, sino también de día. A media mañana, sobre todo, algo siniestro parece estar ocurriendo en secreto bajo esa falsa calma de invernadero. Tras el mostrador hay un recepcionista al que no he visto antes, y me lanza una mirada inexpresiva cuando paso por delante de él, y no me sonríe ni me saluda. En el desierto comedor todas las mesas están puestas, la reluciente cubertería y la centelleante mantelería desplegadas sobre la mesa, como un quirófano donde dentro de poco se llevarán a cabo varias operaciones. Arriba, en el pasillo se oye un zumbido de un designio sin aliento, de labios apretados. Paso sin hacer ruido, un ojo sin cuerpo, una lente que se mueve. Las puertas, todas idénticas, una doble procesión que se aleja, parecen haber sido cerradas de un portazo una tras otra un segundo antes de que yo saliera del ascensor. ¿Qué puede estar ocurriendo detrás de ellas? Los sonidos que llegan, una palabra quejumbrosa, una tos, una risa apagada, todos parecen el comienzo de una súplica o una diatriba que corta en seco una bofetada inaudible, o una mano apretada contra una boca. Se huelen los cigarrillos de la noche anterior, el frío café del desayuno, las heces y el jabón de ducha y el bálsamo para después del afeitado. Y ese gran carrito abandonado, en el que se amontonan sábanas plegadas y fundas de almohadón, con el cubo y la fregona enganchados en la parte de atrás, ¿dónde está la doncella que debería encargarse de él, qué ha sido de ella?

Permanecí durante un minuto entero delante de la puerta de Dawn Devonport antes de llamar, e incluso entonces apenas rocé la madera con los nudillos. No hubo respuesta. ¿Volvía a dormir? Probé a girar el pomo. La puerta no estaba cerrada con llave. Abrí un dedo y esperé otra vez, escuchando, y a continuación entré en el cuarto, o más bien me colé, deslizándome de lado sin hacer ruido, y ajusté la puerta cuidadosamente a mi espalda, conteniendo el aliento cuando el pestillo se cerró. Las cortinas no estaban echadas, y aunque el aire era gélido, había más luz de la que esperaba, casi un resplandor veraniego, y un ancho haz de sol entraba en ángulo por un rincón de la ventana, como un reflector, y el visillo era un ardor de blancura de gasa. Todo estaba perfectamente ordenado —la doncella desaparecida había estado allí, en cualquier caso—, y era posible que nadie hubiera dormido en la cama. Dawn Devonport estaba echada encima de la colcha, otra vez de lado, con una mano bajo la mejilla y en posición fetal. Observé qué escasa mella había dejado su cuerpo en el colchón, tan ligera es y tan poco de ella hay aquí. Todavía llevaba el abrigo puesto, y el cuello de piel formaba un marco ovalado en torno a su cara. Me miraba desde la cama, los ojos grises vueltos hacia mí, más grandes y abiertos que nunca. ¿Estaba asustada, la había alarmado mi siniestra y sinuosa entrada? ¿O tan sólo estaba drogada? Sin levantar la cabeza extendió la mano que tenía libre hacia mí. Me encaramé en la cama, con zapatos y todo, y me tendí, de cara hacia ella, nuestras rodillas se tocaron; sus ojos parecían más grandes que nunca.

—Abrázame —murmuró—, me siento como si cayera, continuamente —apartó el faldón del abrigo y yo me acerqué y posé mi mano sobre ella, por dentro del abrigo. Sentía su respiración fría en la cara, y sus ojos eran casi todo lo que podía ver ahora. Sentía sus costillas bajo la muñeca, y el latido de su corazón—. Imagínate que soy tu hija —dijo—. Finge que lo soy.

Y así permanecimos un rato, en la cama, en la habitación fría y soleada. Me sentí como si contemplara un espejo. Su mano se posaba ligera, como una garra de pájaro, sobre mi hombro. Me habló de su padre, de lo bueno y alegre que era, dijo que le cantaba cuando era pequeña.

—Me cantaba canciones tontorronas —dijo—. *Sí, nos hemos quedado sin plátanos* y *Haz girar el tonel,* cosas así —un año lo eligieron Pearly King de los Cockneys*—. ¿Nunca has visto al Pearly King? Estaba tan contento con ese traje ridículo (incluso llevaba perlas en el gorro), y yo tan avergonzada que me escondí en el armario que había debajo de las escaleras, y no quería salir. Y mamá era la Pearly Queen —lloró un poco, a continuación se secó las lágrimas, impaciente, con el pulpejo de la mano—. Estúpida —dijo—. Estúpida.

Retiré el brazo y nos incorporamos. Sacó las piernas de la cama pero se quedó sentada en el lateral, dándome la espalda, y encendió un cigarrillo. Yo volví a echarme, apoyé la cabeza en un almohadón y contemplé el humo color lavanda rizarse y enroscarse hacia arriba dentro del haz de luz que entraba por la ventana. Ahora estaba acurrucada hacia delante, con las rodillas cruzadas y un codo sobre una rodilla, la barbilla apoyada en la mano. La observé, la curva de su espalda y la posición de sus hombros y el perfil de sus omóplatos doblados como alas y el pelo

---

* La tradición de los Pearly Kings and Queens comenzó en Londres en 1875. Cada año los vendedores callejeros de frutas y verduras se visten con un llamativo traje cubierto de botones de nácar para recaudar fondos para los pobres y eligen a un rey y a una reina. *(N. del T.)*

envuelto en humo. Un profesor de interpretación que una vez me dio clases me dijo que un buen actor debería ser capaz de actuar con la nuca.

—*Haz girar el tonel* —canturreó en voz baja, la voz ronca—, *tendremos un tonel lleno de diversión.*

De verdad había intentado matarse, pregunté. ¿Había querido morir? Tardó un rato en contestar, y entonces levantó los hombros y los dejó caer en un gesto cansino. No se volvió para hablar.

—No lo sé —dijo—. ¿Acaso no dicen que los que fracasan no lo hacen en serio? A lo mejor no fue más que, bueno, ya sabes, eso a lo que nos dedicamos, tú y yo —en aquel momento giró la cabeza y miró en ángulo agudo desde el hombro—. Tan sólo actuaba.

Dijo que deberíamos volver, que regresáramos a casa. Todavía me miraba bajo su pelo, con la cabeza a un lado y la barbilla apoyada en el hombro.

—A casa —dijo. Sí, dije. A casa.

De algún modo, tengo la impresión de que el culpable fue el trueno, me refiero a que lo que provocó nuestra ruptura fue una especie de magia negra. Desde luego, presagió el final. La tormenta nos pilló en la casa de Cotter. Esa clase de lluvia tiene algo de vengadora, una especie de saña que procede de las alturas. De qué manera tan implacable acribillaba los árboles aquel día, con un fuego de artillería que caía sobre un pueblo indefenso y apiñado. Nunca nos había importado la lluvia, pero siempre había sido más suave, simple metralla comparada con aquella descarga. En la casa de Cotter incluso nos había proporcionado un juego, que era correr de aquí para allá para colocar un tarro o una cacerola en el suelo bajo cada nueva gotera que surgía en el techo. Cómo chillaba la señora Gray cuando una gota fría le caía en la nuca y se deslizaba por su piel desnuda bajo su vestido floreado. Por una feliz coincidencia, el rincón en el que habíamos colocado nuestro colchón era uno de los pocos lugares secos de la casa. Nos sentábamos allí juntos y felices uno al lado del otro, escuchando el susurro de la lluvia entre las hojas, ella fumando uno de sus Sweet Aftons y yo jugando a las tabas con los abalorios de un collar de perlas cuyo hilo yo había roto sin querer una tarde en el curso de una copulación especialmente vigorosa.

—Niños inocentes, eso somos nosotros —dijo la señora Gray y me sonrió, mostrando esos incisivos montados de una manera tan encantadora.

Resultó que los truenos le causaban pavor. La primera vez que sonó uno, directamente sobre nuestras cabezas, no mucho más arriba del techo, según pareció, se quedó lívida al instante y se santiguó rápidamente. Estábamos llegando a la casa cuando rompió a llover, y el agua nos había caído encima a través de los árboles con un rugido apagado, y aunque habíamos corrido los últimos metros, al llegar a la puerta principal estábamos completamente empapados. La señora Gray llevaba el pelo adherido a la cabeza, exceptuando el incontenible rizo de detrás de la oreja, y el vestido se le pegaba a la parte delantera de las piernas y le moldeaba las curvas del vientre y los pechos. Estaba de pie allí en medio, con los brazos extendidos a los lados y moviendo las manos, y sus dedos esparcían gotas.

—¿Qué haremos? —gimoteó—. ¡Vamos a coger una pulmonía!

El verano había tocado a su fin casi sin que nos diéramos cuenta —la tormenta era un brusco recordatorio— y yo volví a ir al colegio. No había ido a buscar a Billy la mañana del nuevo curso, y tampoco la posterior. Ahora me resultaba más difícil que nunca mirarle a los ojos, sobre todo por lo mucho que se parecían a los de su madre. ¿Qué imaginaba que había ocurrido, para que lo evitara de ese modo? Quizá se acordaba de aquel día en Rossmore, cuando me topé con él y sus amigos del tenis y sus dos raquetas dentro de sus elegantes y nuevos tensores. En el patio nos evitábamos, y volvíamos a casa cada uno por su lado.

Aparte, yo tenía otros problemas. Los exámenes me habían ido mal, cosa que había sido una sorpresa para todo el mundo, aunque no para mí, a quien el amor había mantenido ocupado durante toda la primavera anterior en las horas en las que debería haber estudiado. Era un chico inteligente y se esperaba mucho de mí, y mi madre estaba muy decepcionada. Redujo a la mitad mi paga semanal, pero sólo durante un par de semanas —esa mujer carecía de tenacidad moral—, aunque lo más grave fue que me amenazó con no dejarme salir para que a partir de entonces me aplicara en mis deberes. Cuando le comenté aquellas medidas punitivas a la señora Gray, para mi asombro se puso en mi contra, y dijo que mi madre tenía razón, que debería darme vergüenza no esforzarme más y sacar tan malas notas. Eso condujo a la primera riña auténtica que tuvimos, me refiero a la primera causada por algo que no fueran mis incesantes celos y su manera irónica de ignorarlos, y fui a por ella con todo, como ella habría dicho, es decir, como un adulto: y en aquel momento era mucho más adulto que antes de que comenzara el verano. Cómo me fulminó con la mirada, qué ceño tan profundo y desafiante me puso, mientras yo acercaba mi cara a la suya y gimoteaba y bramaba. Una riña como ésa nunca se olvida, sino que sigue sangrando invisible bajo su quebradiza cicatriz. Pero con qué ternura hicimos las paces luego, con qué cariño me meció en su abrazo.

No se nos había ocurrido, al dorado resplandor de ese largo verano, que tarde o temprano tendríamos que buscar algún lugar más resistente a los elementos que la vieja casa del bosque. El frescor otoñal ya flotaba en el aire, sobre todo a última hora de la tarde, cuando el sol declinaba bruscamente del cenit, y ahora, con las lluvias, todavía hacía más frío —«Pronto lo haremos sin quitarnos el abrigo», dijo tristemente la señora Gray—, y las tablas del suelo y las paredes desprendían un desalentador olor a podredumbre y humedad. Entonces oyó el trueno.

—Bueno —declaró la señora Gray, con la voz temblorosa y las gotas de lluvia cayéndole de las puntas de los dedos—, hasta aquí podíamos llegar.

Pero ¿dónde íbamos a encontrar refugio? Le dimos vueltas y más vueltas. Incluso se me ocurrió requisar una de las habitaciones en desuso que había debajo del desván en casa de mi madre; podríamos colarnos por el jardín de atrás, dije entusiasta, viéndonos ya allí, entrar por la puerta y subir por las escaleras desde la trascocina y nadie se enteraría. La señora Gray apenas se dignó a mirarme. Muy bien, pues, dije enfurruñado, ¿se le ocurría algo mejor?

Resultó que no teníamos que preocuparnos. Me refiero a que deberíamos habernos preocupado, pero no por encontrar un nuevo lugar para nuestros desahogos. Aquel día, antes incluso de que los últimos gruñidos del trueno se calmaran y cesaran, la señora Gray se largó asustada, correteando en medio de la lluvia a través de los árboles que chorreaban, con los zapatos en la mano y la rebeca sobre la cabeza a modo de ineficaz capucha, y ya estaba en el coche y había encendido el motor y se marchaba casi sin darme tiempo a llegar a su lado y saltar al interior del vehículo. Pero en aquel momento los dos estábamos completamente empapados. ¿Y dónde íbamos? La lluvia azotaba el techo metálico, y parecía que arrojaran platos de agua contra el parabrisas, ante la que poco podía hacer el valeroso esfuerzo de las escobillas. La señora Gray, los nudillos blancos de tanto apretar el volante, conducía con la cara casi pegada al cristal, con un brillo feroz en los ojos y un resoplido de miedo en las fosas nasales.

—Iremos a casa —dijo pensando en voz alta—, no hay nadie y allí estaremos bien —la ventanilla que había a mi lado estaba cubierta de agua, y los temblorosos árboles, de un verde vítreo bajo aquella luz eléctrica, aparecían enormes y desaparecían al instante, como talados por nuestro paso. El sol, de manera inverosímil, conseguía brillar en alguna parte, y el agua que inundaba el parabrisas era todo fuego y chispas líquidas—. Ya lo creo —volvió a decir la señora Gray, asintiendo rápidamente para sí—, iremos a casa.

Y a casa fuimos... A su casa, quiero decir. A medida que nos acercábamos a la plaza se escuchó un audible rumor y la lluvia paró en un instante, como si se hubiera apartado de manera perentoria una cortina de abalorios plateada, y el sol empapado avanzó lentamente para reconquistar los cerezos y la centelleante gravilla y las aceras, que ya empezaban a vaporear. El aire de la casa era húmedo y tenía un olor grisáceo y enfermizo, y la luz de las habita-

ciones parecía vacilante, y también había un vacilante
silencio, como si los muebles hubieran estado haciendo
algo, bailando o jugando justo hasta el instante en que habíamos entrado. La señora Gray me dejó en la cocina, salió
y regresó al cabo de un minuto tras haberse puesto una
bata de lana que le quedaba grande —¿era del señor Gray?—
y debajo de la cual, resultaba evidente para mi mirada ávida, iba desnuda.

—Hueles como una oveja —dijo alegremente, y
me condujo (¡sí!) al lavadero.

Tengo la sospecha de que no recordaba nuestro encuentro anterior en ese cuarto. Es decir, que no creo que se
le ocurriera recordarlo, en aquella ocasión. ¿Es posible?
Para mí esa estrecha habitación de techo extrañamente
alto y con aquella única ventana en lo alto de la pared era
un lugar sagrado, una suerte de sacristía donde se conser-
vaba un recuerdo consagrado, mientras que para ella supongo que no era más que el lugar donde lavaba la ropa de
la familia. El catre bajo, o colchón, observé enseguida, ya
no estaba bajo la ventana, ni en ninguna parte. ¿Quién se
lo había llevado, y por qué? Pero también me pregunté:
¿quién lo había puesto allí?

La señora Gray, canturreando, me secó el pelo mojado con una toalla. Dijo que no sabía qué hacer con mi
ropa. ¿Y si me ponía una de las camisas de Billy? Mejor
no, dijo con aire ceñudo, quizá no era una buena idea.
Pero ¿qué diría mi madre, se preguntó, si llegaba a casa ca-
lado hasta los huesos? No parecía haberse dado cuenta de
que, camuflado en la toalla que tan vigorosamente aplicaba a mi cabeza —¿cuántas veces en su vida había secado el
pelo de un niño?—, yo me había ido acercando lentamente a ella, y en aquel momento extendí los brazos a ciegas y
la agarré por las caderas. Ella se rió y dio un paso hacia
atrás. Yo insistí, y de repente ya tenía las manos por dentro de la bata. Tenía la piel ligeramente húmeda y un
tanto fría, también, cosa que de algún modo le confería

una desnudez aún más completa y excitante. «¡Basta!», dijo, volviendo a reír, y dio otro paso hacia atrás. Yo tenía la cabeza debajo de la toalla, y la enrolló y me la puso en el pecho en un intento no muy decidido de rechazarme. Ya no podía seguir reculando, pues ahora tenía los omóplatos contra la pared. La bata, ceñida con un cinturón, se había abierto en la parte de arriba, donde yo había estado palpando, y también las faldas se habían separado, mostrando sus piernas desnudas hasta lo alto, por lo que en un momento se había convertido en la dama de Kayser Bondor hecha realidad, y sus cabellos despeinados eran tan provocativos como el peinado perfecto del modelo original. Le puse las manos en los hombros. El amplio canalillo de sus pechos poseía un lustre plateado. Fue a decir algo, y se calló, y entonces —y aquello fue lo más raro de todo—, entonces nos vi allí, nos vi allí a los dos, como si me encontrara en la puerta que daba acceso al cuarto, me vi encorvado contra ella, inclinado un poco a la izquierda con el hombro derecho levantado, vi la camisa mojada entre mis omóplatos y el fondillo de mis pantalones húmedos combándose, vi mis manos sobre ella, y una de sus relucientes rodillas se flexionó, y su cara palideció sobre mi hombro izquierdo y quedó con los ojos muy abiertos.

Me apartó. De todas las cosas que estaban a punto de ocurrir, creo que ese empujón, el impacto que me produjo, aunque no fue violento y ni siquiera hostil, es lo que recuerdo con mayor claridad, con la angustia más aguda, de aquel día. Eso debe de ser lo que siente la marioneta cuando el titiritero abandona los hilos y sale de la barraca, silbando. Fue como si en aquel momento ella se hubiera desprendido de una de sus personalidades, la que yo conocía, y hubiera pasado a mi lado como una desconocida.

¿Quién estaba en la puerta? Sí, sí, no hace falta que os lo diga, ya sabéis quién era. Las trenzas lacias, las gafas gruesas, las piernas torcidas hacia fuera. Llevaba uno de sus vestidos típicos de las chicas de entonces, vagamente alpino, moteado con diminutas flores, plisado, con la delantera elastizada hasta el corpiño. Llevaba algo en la mano, no recuerdo el qué..., quizá una llameante espada. Marge también estaba allí, su amiga la gorda de la fiesta de cumpleaños, la que me había hecho ojitos y a la que yo había prestado escasa atención. Allí estaban las dos de pie, mirándonos, al parecer con curiosidad más que otra cosa, a continuación se dieron la vuelta, no con prisas, sino de esa manera tediosa e inexpresiva con que los espectadores le dan la espalda a la escena del accidente cuando la ambulancia se ha marchado. Oí sus toscos zapatos de ir a la escuela resonando sobre los peldaños de madera hasta llegar a la cocina. ¿Oí la risita de Kitty? La señora Gray se dirigió a la puerta y asomó la cabeza hacia el pasillo, pero no llamó a su hija, no dijo nada, y al cabo de un momento regresó al lavadero, a mí. Fruncía el entrecejo y se mordisqueaba el labio inferior. Ponía esa cara del que ha perdido algo e intenta recordar dónde lo dejó. ¿Qué hice yo? ¿Dije algo? Recuerdo que me miró desconcertada por un instante, a continuación sonrió, como si no supiera qué hacer, y me llevó una mano en la mejilla.

—Creo que deberías irte a casa —dijo. Qué extraña resultó la sencilla y absoluta rotundidad de esas palabras. Fue como al final de la interpretación de una orquesta. Todo lo que nos había mantenido embelesados y en suspenso durante tanto tiempo, toda esa violenta energía, esa concentración y extensión, todo ese espléndido estruendo, en ese momento se detuvo de repente, y no dejó nada más que el lento apagarse del brillo del sonido en el aire. Creo que no protesté, ni supliqué ni lloré ni grité, sino que simplemente hice lo que me pidió. Pasé junto a ella dócilmente sin decir una palabra y me fui a casa.

Lo que ocurrió después de eso ocurrió con desconcertante celeridad y prontitud. Por la noche la señora Gray se había marchado. Oí decir —¿a quién?— que se había vuelto a la ciudad de la que procedían ella y el señor Gray, a los grandes bulevares y a los sofisticados hombres de mundo de los que tanto le gustaba hablarme para meterse conmigo. Probablemente había nacido allí, pues iba a quedarse en casa de su madre, se dijo. La noticia de que la señora Gray tuviera madre resultó tan asombrosa que por un momento me hizo olvidar mi angustia. Nunca me había mencionado a su madre, a no ser que cuando lo hiciera yo no estuviera escuchando; es posible, pero no creo que ni siquiera yo prestara tan poca atención. Intenté imaginarme a ese fabuloso personaje y concebí una versión inmensamente envejecida de la propia señora Gray, arrugada, encorvada y por alguna razón ciega, apoyándose en la portezuela de la cerca del jardín poblado de flores de verano de una casita bañada por el sol, poniendo una triste sonrisa de perdón y extendiendo las manos con ese aire vagamente suplicante que tienen los ciegos, mientras recibía a su hija deshonrada y penitente. Qué extraño, qué extraño incluso ahora pensar en una anterior señora Gray... No, ella no habría llevado ese apellido. Eso es algo que nunca supe, el apellido de soltera de mi amada.

Al día siguiente, los carteles del subastador brotaron en la fachada de la casa y también en el escaparate de la tienda de Haymarket, y las fosas nasales de la señorita Flushing y sus ojeras estaban más rojas que nunca. ¿Recuerdo el coche familiar saliendo de la plaza abarrotado con sus enseres domésticos, y al señor Gray y a Billy y a la hermana de Billy apiñados en el asiento delantero, aquel asiento en el cual la señora Gray y yo a menudo habíamos rebotado juntos como encima de un trampolín encantado, el señor Gray con aspecto apenado pero con la mandíbula prominente, igual que Gary Fonda en *Las uvas del peligro*? Seguramente me lo estoy inventando, como tantas otras veces.

Y sin embargo, cuando lo pienso, su marcha no pudo haber sido tan precipitada, pues tuvieron que pasar días, una semana incluso, o más de una semana, antes de mi encuentro final con Billy Gray. En mi recuerdo las estaciones vuelven a confundirse, pues aunque todavía era septiembre veo nuestra confrontación representada en medio del crudo invierno. El lugar se llamaba la Forja, cerca de la plaza donde vivían los Gray; un herrero debía de haber trabajado allí, mucho tiempo atrás. El entorno era apropiado, pues la Forja siempre se había asociado en mi mente, y todavía es así, con un inconcreto desasosiego. No obstante, era un lugar que no tenía nada de particular; un camino llegaba hasta la plaza, donde se ensanchaba, y daba la vuelta de una manera extraña y torcida y se convertía en otro camino más estrecho, poco transitado, que en un ángulo agudo se adentraba en el campo. Al inicio de ese camino asomaban unos tupidos árboles oscuros, bajo los cuales había un pozo, o no exactamente un pozo, sino una tubería metálica de boca ancha que asomaba de la pared, a través de la cual se derramaba un constante flujo de agua, terso y reluciente como zinc enmohecido y grueso como el brazo de un hombre, que se vertía en el interior de una hoya de cemento cubierto de musgo que siempre estaba llena pero que nunca se desbordaba. Muchas veces me había preguntado de dónde venía tanta agua, pues aquella corriente no menguaba ni siquiera en los meses más secos del verano, y era, pensaba yo, algo misterioso en su inflexible dedicación a esa única y monótona tarea. Debía de desembocar bajo tierra en el río Puerca —¿de verdad era ése su nombre?—, un exiguo y sucio arroyo que discurría por un conducto subterráneo al pie de la colina. ¿Qué importan estos detalles? ¿A quién le importa de dónde venía el agua o adónde iba, o en qué estación estábamos, o qué aspecto tenía el cielo o si había viento?... ¿A quién le importa? Sin embargo, a alguien debe de importarle..., tiene que importarle. A mí, supongo.

Billy subía la colina y yo la bajaba. No sé decir por qué estaba yo allí ni de dónde venía. Es posible que estuviera en la plaza, aunque recuerdo claramente que me esforzaba mucho en evitar ver el cartel de cartón de Se Vende colocado delante de la ventana del dormitorio de la señora Gray, como la bandera de un barco en cuarentena. Podría haber cruzado al otro lado de la calle, o podría haberlo hecho Billy, pero ninguno de los dos lo hizo. Mi memoria, con su lamentable afición por la falacia patética, coloca un viento cortante que alborota a nuestro alrededor, y hay hojas secas, por supuesto, que se arrastran por la acera, y esos árboles oscuros que tiemblan y se mecen. Otra vez detalles, ya veis, siempre detalles, exactos e inverosímiles. Sin embargo, no recuerdo lo que Billy me dijo, sólo que me llamó sucio cabrón hijo de puta y cosas parecidas, pero veo sus lágrimas, y oigo sus sollozos de rabia y vergüenza y enorme tristeza. Quiso pegarme, también, moviendo de manera desenfrenada esos brazos de recolector de gavillas que tenía, mientras yo retrocedía a saltitos, inclinándome hacia atrás como un contorsionista. Y yo, ¿qué le dije? ¿Intenté disculparme, intenté explicarme y explicar la vil traición a nuestra amistad? ¿Qué explicación podía darle? Me siento curiosamente despegado de ese momento. Fue como si alguien me mostrara lo que estaba ocurriendo, una escena especialmente violenta de una obra alegórica, que ilustraba la inevitable consecuencia de la Falta de Castidad, la Lujuria y la Lascivia. Y al mismo tiempo, y sé que es algo que provocará abucheos de desprecio e incredulidad cuando lo diga, al mismo tiempo nunca había sentido tanto cariño, tanta compasión, tanta ternura…, tanto, sí, tanto amor por Billy como el que sentí en aquel camino, mientras él agitaba los brazos y sollozaba y yo me doblaba hacia atrás, esquivándole y tambaleándome, y el frío viento soplaba y las hojas muertas garabateaban la tierra y esa gruesa madeja de agua caía y caía sobre la insondable hoya. De haber pensado que iba a permitírmelo, lo habría abrazado. Lo que se escenificaba allí, en medio de gritos de dolor y golpes dados de cualquier manera, era, supongo, una versión, para mí, de la escena de despedida que no había podido tener lugar entre la señora Gray y yo, de manera que agradecía incluso ese pobre simulacro de lo que me habían negado y tanto echaba de menos.

En los días inmediatamente posteriores a la marcha de la señora Gray, creo que lo que sentía más intensamente era miedo. Me sentía abandonado y extraviado en un lugar que me resultaba ajeno, un lugar que no había sabido que existía, en el que, sospechaba, carecía de la experiencia y la fortaleza necesarias para sobrevivir sin sufrir un grave daño. Aquél era territorio adulto, donde yo no debería estar. ¿Quién me rescataría, quién seguiría mi pista y me encontraría y me llevaría de vuelta entre las escenas y la seguridad que había conocido antes de este verano embrujado? Me aferraba a mi madre como no lo había hecho desde que era un bebé. Debo decir que aunque me parecía imposible que ella no se hubiera enterado de la escandalosa noticia de lo mío con la señora Gray —fue casi como si lo hubiera difundido el pregonero, tan instantáneo y abundante fue el chismorreo que corrió desde la esquina de la calle hasta la puerta de la iglesia, y de allí hasta la cocina y de vuelta—, no dijo ni una palabra del asunto, al menos a mí, y seguramente tampoco a nadie. Quizá también tenía miedo, quizá porque para ella mis salaces correrías la habían colocado en un territorio extraño y aterrador.

Pero yo ahora era un buen hijo, atento, serio, estudioso, y no me conformaba con cumplir tan sólo con mis deberes. Con qué prontitud le hacía cualquier recado a mi madre, con qué paciencia y comprensión escuchaba sus quejas, sus agravios, su denuncia de lo perezosos, venales y descuidados en su higiene personal que eran los inquilinos. Todo era una farsa, desde luego. Si la señora Gray se lo hubiera pensado dos veces y hubiera regresado tan repentinamente como se había marchado, algo que no me parecía en absoluto imposible, me habría lanzado a sus brazos con el

ardor de siempre, con la imprudencia de siempre. Pues lo
que me hacía temblar de miedo no era que nos hubieran
descubierto ni la deshonra, ni las habladurías del pueblo ni
las acusaciones tácitas de mi madre. Lo que me daba miedo era mi propia pena, el peso de la pena, su ineluctable
fuerza corrosiva; eso y la absoluta conciencia de que, por
primera vez en la vida, estaba completamente solo, un Ro-
binson Crusoe náufrago y varado en la inmensidad sin límites de un océano infinito e indiferente. O más bien un
Teseo, abandonado en Naxos mientras Adriana se marcha
a toda prisa sin preocuparse más por él.

También era sorprendente el silencio que sentía a
mi alrededor. En el pueblo no paraban de hablar, y el único con el que nadie hablaba era yo. Aquel día recibí con los
brazos abiertos la acometida de Billy en la Forja porque al
menos hizo ruido, iba dirigida a mí, únicamente. Casi seguro que en el pueblo hubo quienes se sintieron de verdad
indignados y escandalizados, pero también los hubo que en
secreto nos envidiaron a la señora Gray y a mí, y un grupo
no excluía necesariamente al otro. Y todo el mundo, eso
seguro, debió de entretenerse muchísimo, incluso los que
a lo mejor simpatizaban con nosotros, ahora que estábamos deshonrados, heridos y privados del objeto de nuestro
amor. Estaba seguro de que el padre Capellán volvería a
visitarnos, esta vez para recomendar que me confinaran
entre los trapenses en alguna montaña salpicada de ovejas en
los remotos Alpes, pero incluso él mantuvo las distancias, y
guardó silencio. Quizá estaba abochornado. Quizá, me
pregunto incómodo, todos estaban abochornados, incluso
los que se frotaban las manos regodeándose en el escándalo. Yo habría preferido que montaron en cólera. Me habría parecido más —¿cómo decirlo?—, más respetuoso
con aquella cosa grandiosa que la señora Gray y yo habíamos mantenido y que ahora ya no existía.

Yo esperaba, confiado al principio, pero luego con
una amargura cada vez más profunda, a que la señora

Gray me mandara algo, un recado, un adiós desde la lejanía, pero no llegó nada. ¿Cómo iba a comunicarse conmigo? Podría haber enviado una carta por correo a casa de mi madre. Pero esperad... ¿Cómo nos comunicábamos antes, cuando todavía estábamos liados? Había un teléfono en el cuchitril que, situado junto a la cocina, mi madre llamaba su despacho, un modelo anticuado con una manivela a un lado a la que había que dar vueltas para que te conectaran con la operadora, pero yo nunca habría llamado a la señora Gray con eso, y a ella ni se le habría ocurrido llamar, pues dejando aparte todo lo demás, la operadora siempre escuchaba, se la oía en la línea, moviéndose y escarbando alborotada, como un ratón. Debíamos de dejarnos notas en alguna parte, quizá en la casa de Cotter... Pero no, la señora Gray nunca iba allí sola, el bosque le daba miedo, y en las ocasiones en las que por casualidad llegaba allí antes que yo, la encontraba encogida de angustia en la puerta a punto de marcharse. ¿Cómo lo hacíamos, entonces? No lo sé, otro misterio sin resolver, entre tantos. Una vez hubo un malentendido y ella no se presentó a la cita, y la estuve esperando desesperado toda la tarde, cada vez más convencido de que no volvería a aparecer, de que la había perdido para siempre. Ésa fue la única ocasión que recuerdo en que las líneas de comunicación entre nosotros no funcionaran... Pero ¿qué líneas eran, y dónde estaban tendidas?

Después de su marcha no soñé con ella, y si lo hice, he olvidado qué soñé. Mi mente dormida era más compasiva que la despierta, que nunca paraba de atormentarme. Bueno, sí, al final se cansó de su diversión. Algo tan intenso no podía durar mucho. ¿O podría haber durado, si yo la hubiera amado de verdad, con una pasión carente de egoísmo, como suele decirse, como afirman que la gente se amaba en los días de antaño? Un amor así me habría destruido, seguramente, al igual que solía destruir a los héroes y heroínas de los libros antiguos. Pero qué bonito habría sido mi cadáver, cubierto de mármol en mi ataúd, entre los dedos una azucena de mármol como recuerdo.

Caramba, caramba, hablando de problemas. Marcy Meriwether va a demandarme. Me telefonea media docena de veces al día, exigiendo saber qué he hecho con Dawn Devonport, dónde la he escondido, y su voz furiosa cae en picado desde unos trinos y gorjeos operísticos hasta el murmullo gutural de un gánster. Me la imagino como la cabeza de Medusa sin cuerpo y suspendida en el éter, amenazando, intimidando, engatusando. Le insisto repetidamente en que desconozco el paradero de su estrella, a lo que ella replica con una risa ronca y flemosa seguida de un intervalo en el que resuella pesadamente mientras enciende otro cigarrillo. Sabe que estoy mintiendo. Si el rodaje se interrumpe un día más, *un día más,* cancelará mi contrato y me lanzará a sus abogados. Lleva una semana repitiéndomelo cada día. No pagaré otro centavo, me chilla, ni un centavo más, y además se encargará de recuperar todo el dinero que me ha pagado hasta ahora. Detrás de tanto estruendo y bravuconada me parece detectar una nota de fruición, pues le encanta la lucha, eso es evidente. Cuando cuelga el teléfono de un golpe, durante unos segundos queda un zumbido en mi oído.

Toby Taggart me invitó a almorzar en el Ostentation Towers el día después de mi regreso de Italia. Me lo encontré en el Corinthian Rooms, en un reservado forrado de felpa, retorciéndose y suspirando y sentado sobre las manos para no morderse las uñas. Menuda mirada tan ofendida y dolida me lanzó. Estaba bebiendo un martini con una aceituna dentro, dijo que era el tercero; nunca lo había visto beber antes, es una señal de su desazón. Mira, Alex, me dijo, en voz baja, paciente, esto es serio; veía el pelo enmarañado de su cabeza gacha, y sus manos cuadradas se unieron delante de él sobre su martini como para consagrarlo; esto podría poner en peligro toda la película, ¿lo entiendes, Alex, verdad? Toby me recuerda a un niño que conocí en la escuela, un chaval desgarbado que tenía una cabeza enorme y que parecía aún más inmensa por culpa de la mata de pelo negro y reluciente que formaba unos hirsutos rizos que le caían sobre la frente y las orejas. Ambrose, se llamaba, Ambrose Abbott, de sobrenombre Bud, naturalm .nte, o a veces, más ingeniosamente, Lou... Sí, ni siquiera en cuestión de nombres tenía suerte, no tenía nada de suerte, el pobrecillo. A Ambrose se le oía venir de muy lejos, pues era un ávido coleccionista de objetos metálicos —cortaplumas romos, llaves sin cerradura, monedas deslucidas que ya no estaban en circulación, chapas, incluso, en tiempos de escasez—, de manera que caminaba en medio de un tintineo parecido al del camello de carga de un beduino. También era asmático, y emitía una constante combinación de suspiros y leves silbidos ásperos. Era tremendamente inteligente, sin embargo, y sacaba la mejor nota en todos los exámenes escolares y estatales. Al volver la vista atrás, creo que también estaba colgado de mí. Imagino que envidiaba mi pose de bravucón insolente —yo ya ensayaba para esos futuros papeles de gallardo intérprete— y mi proclamado desdén por el estudio y el esfuerzo. A lo mejor también percibía el aura almizclada de la señora Gray que me rodeaba, pues fue durante la época de la señora Gray cuando le conocí bien, o bastante bien. Era un alma sensible. Solía hacerme muchos regalos, las joyas de su colección, que yo aceptaba con desgana e intercambiaba por otras cosas, o los perdía, o los tiraba. Luego murió, lo atropelló un camión cuando volvía a casa en bicicleta después de las clases. Tenía dieciséis años cuando murió. Pobre Ambrose. Los muertos son mi materia oscura, llenan de manera impalpable los espacios vacíos del mundo.

Tuvimos un almuerzo agradable, Toby y yo, y hablamos de muchas cosas, de su familia, sus amigos, sus esperanzas y ambiciones. Le considero de verdad un buen muchacho. Cuando hubimos acabado y yo ya me marchaba, le dije que no se preocupara, que estaba seguro de que Dawn Devonport tan sólo quería pasar desapercibida una temporada y que pronto volvería a estar entre nosotros. Toby se aloja en el Towers, e insistió en acompañarme hasta la puerta. El portero se tocó su sombrero de copa al vernos y abrió la alta puerta de cristal —*¡boing-g-g!*—. Y salimos juntos al día de finales de diciembre. Tenemos un tiempo extraordinario, despejado, fresco y sin viento, con unos delicados cielos japoneses y como si en el aire sonara un continuo zumbido, suave y lejano, como si alguien frotara sin cesar el borde de un vaso. El poeta tiene razón, la primavera de mediados de invierno es una estación propia. Toby, con la mente un tanto turbia tras tantos martinis y posteriores vasos de vino, ha vuelto a suplicarme otra vez con todas sus fuerzas que le diga dónde está Dawn Devonport, pues necesita que vuelva al trabajo. Sí, Toby, le he dicho dándole unos golpecitos en el hombro, sí, sí. Y ha vuelto a entrar con su aire desgarbado, espero que para dormir la mona.

He cruzado el parque. Había hielo en el estanque de los patos, y sobre el hielo se reflejaba el agrietado resplandor de un sol que no calentaba. De repente, delante de mí, he divisado una figura familiar, que se movía arrastrando los pies por el sendero metálico que hay debajo de los árboles negros y relucientes. Hacía tiempo que no le veía, y había comenzado a preocuparme; algún día ya no podrá despegarse de la botella y ahí se acabará todo. Llegué hasta él y aflojé el paso y seguí caminando muy cerca de su espalda. No detecté ese olor a cerrado que deja a su paso, lo cual resultó alentador. De hecho, pronto quedó claro que ha sufrido una de sus metamorfosis periódicas: esa chica debe de haberlo cogido por banda y dado un buen repaso. No parece tan animado como en resurrecciones anteriores, cierto —sobre todo sus pies, a pesar de esas botas forradas, parece que no tienen remedio—, y le ha salido una visible joroba sobre el omóplato derecho. De todos modos, es un hombre nuevo, comparado con el que era antes. Le han limpiado el abrigo, le han lavado la bufanda de la facultad, le han recortado la barba, y esas botas parecen nuevas: me pregunto si la hija trabaja en una zapatería. Ahora ya estaba a su lado, aunque me mantenía discretamente al otro lado del sendero. Él seguía tomándome la delantera, a pesar de la dolencia de sus pies. Tenía las manos levantadas, como siempre, medio apretadas en un puño dentro de sus guantes sin dedos; ahora, sin embargo, en su estado de resurrección, parecía el sparring favorito de algún campeón en lugar del boxeador sonado y tambaleante de ocasiones anteriores. Intentaba pensar en algo que pudiera hacer por él, o darle, o simplemente decirle, para conmemorar el pequeño milagro de su nuevo regreso de las profundidades inferiores. Pero ¿qué podía haber hecho, o haber dicho? De haberme puesto a hablar con él de cualquier cosa, aun de la más anodina, pongamos el tiempo, seguramente habríamos terminado en una situación embarazosa para ambos, y quién sabe, a lo mejor hubiera intentado sacudirme, sobrio y desenfadadamente belicoso como parecía. Pero me alegró verle en tan buena forma, y cuando un poco más adelante tomó el sendero que rodea al estanque, yo seguí mi camino con un paso palpablemente más ligero.

He de acordarme de contarle a Lydia que lo he visto, con ese renovado vigor lazarino. Sólo sabe de él de oídas, por lo que yo le cuento, aunque siente un vivo interés por sus sucesivos declives y recuperaciones. Ella es así, mi Lydia, le preocupan los extraviados del mundo.

Durante los largos y atribulados años de la infancia de Cass hubo ciertos momentos, ciertas intermitencias, en los que una calma descendió no sólo sobre Cass, sino sobre nuestro pequeño hogar, aunque fuera una calma insegura, abatida y angustiada en lo más profundo. A veces, en plena noche, cuando yo estaba junto a su cama y ella se había sumido por fin en una especie de sueño después de horas de agitación y muda angustia interior, me parecía que la habitación, y no sólo la habitación, sino toda la casa y cuanto la rodeaba, había descendido de manera imperceptible por debajo del nivel normal de las cosas, dentro de un lugar de silencio e impuesta tranquilidad. Ese estado lánguido y levemente claustral me recordaba a cuando, de niño, en la costa, en ciertas tardes de calma, el cielo cubierto y la atmósfera cargada, me hundía hasta el cuello en el agua tibia y viscosa, y lentamente, muy lentamente, me iba sumergiendo hasta que la boca, la nariz, las orejas y todo yo quedaban completamente bajo el agua. Qué extraño era el mundo que había debajo de la superficie, glauco, turbio, lento y oscilante, y cómo me rugían los oídos y me ardían los pulmones. Una especie de jubiloso pánico se apoderaba de mí entonces, y una burbuja de algo, no sólo aire, sino una especie de alegría desaforada y con una nota de pánico, parecía hincharse e hincharse en mi garganta hasta que al final tenía que subir, como un salmón que pega un salto, retorciéndose y con la boca abierta, hacia el aire velado que estallaba. Cada vez que últimamente entro en casa me paro en el vestíbulo y me quedo allí un momento, escuchando, las antenas temblándome, y es como si estuviera otra vez, de noche, en la habitación de Cass —la enfermería, he estado a punto de escribir, pues eso es lo que era más a menudo—, tan callado y opresivo es el aire, tan atenuada y tamizada la luz, incluso cuando más brilla: Dawn Devonport, mediante una magia negativa, ha traído el crepúsculo permanente a nuestro hogar. No me quejo por ello, pues a decir verdad me gusta el efecto: lo encuentro sedante. Me gusta imaginar, mientras estoy allí de pie, excitado sobre la esterilla que hay nada más entrar por la puerta, sumergido y sin aliento, que si me concentro lo suficiente conseguiré localizar mentalmente el paradero exacto en la casa tanto de mi esposa como de Dawn Devonport. No sé decir cómo se supone que tengo que desa-

rrollar esta capacidad adivinatoria. Últimamente reinan
como deidades gemelas, las dos, sobre nuestro más allá doméstico. Para mi sorpresa —aunque ¿por qué sorpresa?—,
se han cogido mucho cariño. O eso creo. No lo comentan
conmigo, no hace falta que lo digan. Ni siquiera Lydia, ni
siquiera en el santuario del dormitorio, que es donde se ai-
rean tales asuntos, dice nada de nuestra invitada, si eso es
lo que es —¿o es nuestra cautiva?—, ni de nada que sugie-
ra cuáles son sus sentimientos u opiniones acerca de ella.
Supongo que no es asunto mío. Cuando Dawn Devonport y yo regresamos de Italia, Lydia la acogió sin decir
palabra, es decir, sin decir ni una palabra de protesta, ni de
queja, como si fuera algo predestinado. ¿Es así como las
mujeres se adaptan las unas a las otras de manera natural
cuando surgen problemas? ¿Se adaptan mejor que los
hombres a los hombres, que las mujeres a los hombres, o
los hombres a las mujeres? No lo sé. Son cosas que nunca
he sabido. Las razones de los demás, sus desiderátums y
anatemas, me resultan un misterio. Y también los míos.
Tengo la impresión de que me muevo en el desconcierto,
me muevo inmóvil, como el héroe desafortunado y bobo
de un cuento de hadas, enredado en los matorrales, obsta-
culizado por las zarzas.

Uno de los lugares favoritos de Dawn Devonport
es la vieja butaca verde que hay en mi aéreo desván. Se
pasa horas allí, horas, sin hacer nada, sólo contemplando
cómo cambia la luz en aquellas colinas omnipresentes que
permanecen en el confín de nuestro mundo. Dice que le
gusta la sensación de espacio y cielo. Me ha cogido prestado un jersey que Lydia me tejió hace mucho. Lydia haciendo punto, no me lo imagino ahora. Las mangas son demasiado largas y las utiliza como manguitos improvisados.
Me dice que siempre tiene frío, incluso cuando la calefacción está al máximo. Me acuerdo de la señora Gray: ella
también solía quejarse del frío a medida que nuestro verano iba tocando a su fin. Dawn Devonport se sienta acu-

rrucada en la butaca con las piernas apoyadas contra el pecho, abrazándose. No lleva maquillaje y se sujeta el pelo hacia atrás con una cinta. Parece muy joven con la cara sin maquillar, o no, no joven, sino sin formar, sin acabar, una versión anterior y más primitiva de sí misma..., un prototipo, ¿ésta es la palabra que quiero? Su presencia significa mucho para mí, aunque no lo diga. Me siento delante de mi escritorio, en mi silla giratoria, de espaldas a ella, y escribo en mi cuaderno. Dice que le gusta oír el roce del plumín. Me recuerda a cuando Cass, de niña, se echaba de lado en el suelo mientras yo caminaba arriba y abajo, leyendo mi texto en voz alta de las hojas que tenía delante, repitiéndolo una y otra vez, metiéndomelo en la cabeza. Dawn Devonport nunca ha actuado en el teatro —«Directa a la pantalla, ésa es mi historia»—, pero dice que las montañas parecen decorados teatrales. Su intención es dejar de actuar del todo, e insiste en ello. No dice qué hará después. Le hablo de las amenazas de Marcy Meriwether, de los angustiados ruegos de Toby Taggart. De nuevo mira las colinas, de un azul ceniciento al sol de la tarde, impropio de la estación, y no dice nada. Sospecho que le gusta considerarse una fugitiva, buscada por todos. Estamos juntos en una conspiración; Lydia también participa. Intento recordar cómo era amar a Cass. Amor, esa palabra, la digo y mi pobre viejo corazón se acelera, suena como un tic tac, gira su ruedecilla. No veo nada, no entiendo nada, o poco, de todos modos; poco. No parece importar. Quizá lo que hay que hacer no es comprender, ya no. Simplemente ser, eso parece suficiente, por ahora, en esta habitación tan alta, con la chica en la butaca detrás de mí.

Hoy ha llegado una carta que me espera en mi escritorio, una carta dentro de un sobre alargado color crema que lleva en relieve el blasón de la Universidad de Arcadia. Me ha sonado un poco. Naturalmente..., el seguro refugio de Axel Vander en la orilla soleada de Estados Unidos, de donde es Marcy Meriwether. Me encanta el papel de sobre caro, su sonoro crujido, la brillante aspereza de su superficie, el aroma a pegamento que para mí es el mismísimo olor del dinero. Me invitan a asistir a un seminario cuyo aleccionador título es el de *Anarca: Autarca: Desorden y control en los textos de Axel Vander*. Sí, yo también me he visto obligado a consultar el diccionario; el resultado no ha sido muy instructivo. De todos modos, todos los gastos están pagados, el vuelo es en primera clase, y hay una tarifa, u honorario, tal como lo expresa delicadamente el firmante de la carta, H. Cyrus Blank. Este tal Blank es el Paul de Man —¡él otra vez!— catedrático de Deconstrucción Aplicada en el departamento de Inglés de Arcadia. Parece un tipo afable, por su tono. Sin embargo, es impreciso, pues no dice a título de qué me invitan a unirme a esas festividades arcadianas. A lo mejor se me exige que interprete el papel de ese viejo farsante, cojeando y con el bastón de ébano, con parche y todo. Los creo muy capaces, al catedrático Blank y a sus compinches deconstruccionistas, de haber pensado en contratarme para que interprete ese papel, una especie de figura de cera móvil de su héroe. ¿Iré? JB también está invitado. Podría ser un viaje agradable —pensad en todas esas naranjas recién cogidas de los árboles—, pero siento cierto recelo. La gente, la gente de verdad, espera que los actores sean el personaje que interpretan. Yo no soy Axel Vander, ni me parezco a él en nada. ¿O sí?

Blank. He visto ese nombre en la biografía de Vander que ha escrito JB, estoy seguro. ¿No aparecía un tal Blank relacionado con la muerte de la esposa de Vander, en circunstancias sospechosas, como dicen? Debo consultar el índice. ¿Podría ser mi catedrático Blank el padre de este otro Blank, o su hijo? Esta telaraña de conexiones se extiende por todo el mundo, y su tacto pegajoso me provoca escalofríos. Blank.

Creo que ha llegado el momento de que Dawn Devonport sea devuelta al mundo. No estoy seguro de cómo planteárselo. Lydia me ayudará, lo sé. Pasan mucho tiempo juntas en la cocina, fumando, bebiendo té y hablando. Lydia se ha convertido en una inveterada bebedora de té, igual que mi madre. Me acerco a la puerta de la cocina, pero cuando oigo sus voces al otro lado, un zumbido ondulante, me paro, doy media vuelta y me alejo de puntillas. No se me ocurre de qué pueden hablar. Las voces que proceden de detrás de la puerta siempre parecen como de otro mundo, donde imperan otras leyes.

Sí, le pediré a Lydia que me ayude a convencer a nuestra invitada amaneciente, a nuestra estrella de la mañana, a retomar su papel, a volver a la interpretación, a estar de nuevo en el mundo. ¿El mundo? Como si fuera el mundo.

Quedé con JB para tomar una copa, no estoy seguro de por qué, y ahora desearía no haberlo hecho. Fuimos a la hora del cóctel a un lugar de su elección, una especie de club al final de una calle lateral, un local singular, anodino desde fuera pero lúgubremente palaciego por dentro, con pilares y pórticos y sumido en un soñoliento silencio. Los pilares eran blancos, las paredes de un azul ateniense, y había muchos retratos al óleo de figuras poco definidas en actitud contemplativa, con patillas de boca de hacha y vestidas con cuello duro. Nos sentamos a ambos lados de una enorme chimenea, en unas butacas de cuero con botones que crujían y gruñían en cansina protesta. La chimenea era muy profunda, inquietantemente negra en sus profundidades, con un recargado guardafuegos de latón y un cubo para el carbón también de latón y unos relucientes morillos, pero sin fuego. Un anciano camarero, vestido con pajarita y frac, nos trajo nuestros brandies en una bandeja de plata y resollando los colocó sobre una mesita baja que había entre los dos y se marchó sin decir palabra. Me pareció que éramos los únicos clientes de aquel local hasta que oí que alguien se aclaraba la garganta en las remotas profundidades de la sala con un largo y expectorante carraspeo.

No hay duda de que JB es un tipo raro, y cada vez que me encuentro con él me parece más raro. Gasta un aire furtivo y desasosegado, y siempre da la impresión de alejarse lentamente, nervioso, incluso cuando está sentado inmóvil, como ahora, en este alto sillón de orejas con las piernas cruzadas y una copa de brandy en la mano. Toby Taggart me cuenta que fue JB quien me recomendó para interpretar el papel de Vander. Al parecer estaba entre el público aquella desastrosa noche, años atrás, cuando me quedé en blanco en mitad de una escena, un Anfitrión con la lengua trabada y los ojos como platos, y quedó impresionado. Me pregunto qué le impresionó. ¿Qué no estaría dispuesto a hacer por mí si mi carrera se hubiera visto abocada a un patético final? Ahí estaba sentado ahora, a la vez vitrificado y alerta, observando atentamente mis labios mientras yo hablaba, como si creyera poder leer en ellos una versión distinta y secretamente reveladora de los asuntos que mis palabras intentaban transmitir, y que parecían demasiado inocentes. No, dijo apresuradamente, interrumpiéndome, no, estaba seguro de que no había nadie con Axel Vander en Liguria. Eso me dio que pensar. Si lo deseaba, podía consultar sus notas, añadió, haciendo un gesto vehemente con la mano que no sujetaba la copa de brandy, pero creía poder asegurar con toda certeza que Vander había estado solo en Portovenere, solo del todo. A continuación apartó la mirada, frunció el entrecejo y emitió un leve y afligido canturreo en el fondo de su garganta. Hubo un silencio. Entonces, dije, Vander había estado en Portovenere. Me sentí como alguien al que acaban de dar de alta en el hospital con un certificado de que su salud es perfecta y cuando llega a casa se encuentra la ambulancia esperando delante, las puertas de atrás abiertas y dos aburridos enfermeros en la calle ya con la camilla preparada, cubierta por una manta rojo sangre. Ante mi pregunta JB volvió la cabeza, casi pude oír el rechinar de los engranajes de su cuello, y se me quedó mirando con ojos de sapo, abriendo y cerrando la boca como para comprobar el mecanismo antes de atreverse a hablar. Dijo que recordaba que el sabio de Nebraska Fargo DeWinter, cuando habló con él en Amberes años atrás, mencionó algo relacionado con un ayudante que había trabajado con él en los papeles de Vander. No dije nada. JB parpadeó, y me clavó lo que entonces me pareció una mirada levemente atormentada. Tenía la impresión, dijo, con la mueca de dolor del que intenta de manera desesperada agarrar algo frágil que sabe está a punto de soltar, y fue sólo una impresión, fijaos, la levísima sospecha de que fue ese ayudante y no el propio DeWinter el que sacó a la luz las pruebas, las verdaderas pruebas contra Vander y su dudoso, por no decir otra cosa, pasado. Tampoco dije nada. JB siguió mirándome con un temblor de párpado. Entonces fui yo el que tuvo la impresión de estar a punto de dejar caer algo frágil. Cuando Cass era pequeña solía decir que en cuanto fuera adulta se casaría conmigo y tendríamos un hijo que sería exactamente igual que ella, y así, cuando ella muriera, yo no la echaría de menos ni me sentiría solo. Diez años; lleva muerta diez años. ¿Debo emprender otra vez su búsqueda, lleno de aflicción y dolor? Ya no volverá a mi mundo, pero yo voy hacia ella.

Billie Stryker telefoneó. He acabado temiendo estas llamadas. Me dice que hay alguien con quien debería hablar. Me pareció que decía que esa persona era una monja, y pensé que la había oído mal. Desde luego, tengo que ir a que me miren el oído. ¡A que me miren el oído, ja! Ahí está otra vez el lenguaje jugando consigo mismo.

He comenzado a ver a Billie bajo una nueva luz. Después de languidecer durante tanto tiempo a la sombra de mi desinterés, había llegado a parecer una sombra. Pero ella también tiene su aura. Después de todo, es el vínculo entre tantas figuras estrechamente relacionadas conmigo:

la señora Gray, mi hija, incluso Axel Vander. Me pregunto si no será algo más que un simple vínculo, si no será, más bien, una especie de coordinadora. ¿Coordinadora? Extraña palabra. No sé qué quiero decir, pero me parece que quiero decir algo. Hace tiempo pensaba que, a pesar de todas las pruebas en contra, yo era dueño de mi propia vida. Ser, me decía, es actuar. Pero se me pasaba por alto el juego de palabras fundamental. Ahora me doy cuenta de que más que actuar, he sido actuado por fuerzas no reconocidas, coacciones ocultas. Billie es la última en esa serie de dramaturgos que han guiado entre bastidores la producción de segunda fila de lo que soy, o de lo que me hacen ser. ¿Qué nuevo giro de la trama ha descubierto?

El convento de Nuestra Sagrada Madre se alza sobre una pelada elevación que queda por encima de una ventosa confluencia de tres caminos. Estamos en las afueras, aunque tengo la impresión de haberme aventurado en un páramo inexplorado. No me malinterpretéis: aprecio los lugares como éste, desolados y aparentemente sin carácter, si ésa es la palabra, apreciar, quiero decir. Sí, dadme un rincón ignorado y quedaos con vuestros verdes valles y majestuosas y relucientes cumbres. Mis desvíos en busca de panorámicas os llevarán por calles cubiertas de basura donde la colada cuelga de las ventanas y unos viejos con zapatillas y dentadura postiza hacen guardia en los portales, observándoos. Encontraréis perros de aire furtivo que van a la suya, y niños de cara sucia que juegan detrás de una alambrada en un descampado bajo un cielo carbonizado. Los jóvenes echan la cabeza para atrás, hinchan las fosas nasales y te miran con un aire truculento, y las chicas, de tacón alto y pelo recogido y amontonado, se pavonean y hacen muchos aspavientos, fingiendo no haberte visto, y se gritan las unas a las otras con voz de loro; siempre son las chicas las que saben que existe otra parte, y ves que es allí donde quieren estar. Huele a basura, y huele a revoque mohoso y colchones putrefactos. No quieres estar allí, pero hay algo que te habla, algo que medio recuerdas, medio imaginas con incomodidad; algo que es tú y no-tú, un augurio del pasado.

¿Por qué esas prudentes Hermanas construyeron la casa de su madre —¡la casa de su madre!— en ese lugar? A lo mejor el edificio, pintado de un azul manto y con muchas ventanas, espacioso como una de las prometidas mansiones del Cielo, fue diseñado originariamente para otro propósito, un cuartel, quizá, o un manicomio. Aquel día el cielo parecía bajo hasta lo inverosímil, era como si las nubes ventrudas descansaran sobre las hileras de chimeneas y los grajos volaban bajos en arcos alargados y anchos para posarse en la hierba pulida por el viento, como aplastados por el peso del cielo y gobernándose con las puntas recortadas de las alas.

La hermana Catherine era una mujer menuda y enérgica con tos de fumador. Jamás se me hubiera ocurrido tomarla por una monja. Tenía el pelo entrecano como el mío, pero más corto, y lo llevaba descubierto, y su hábito, cuadrado y de sarga gris, me parecía la clase de atavío que llevaban las bibliotecarias y las secretarias desaboridas de los hombres de negocios cuando yo era joven. ¿Cuándo exactamente las monjas dejaron de vestir como monjas? Hoy en día habría que ir muy al sur, a tierras latinas, para encontrar el auténtico original: las pesadas faldas negras hasta el suelo, la capilla y el griñón, el gran rosario de madera que cuelga de la inexistente cintura. Esta persona lleva las piernas desnudas y tiene los tobillos gruesos. Por mucho que me esfuerzo no puedo ver en ella un parecido con su madre. Había vuelto, me dijo, de vacaciones, era misionera en el extranjero. Enseguida me imaginé una vasta extensión arenosa bajo un sol blanco e implacable, todo cubierto de cráneos y huesos secos y trozos de cristal y metal reluciente atados con una correa a palitos pintados. Es médico, además de monja: recordé ese codiciado microscopio. Su acento tiene un deje del Nuevo Mundo. Fuma sin parar, su marca es Lucky Camels. Todavía lleva esas gafas de culo de vaso; podrían haber salido de la tienda de su padre. Le conté que Catherine era, había sido, el nombre de mi hija.

—¿También la llamabas Kitty, como a mí? —preguntó.

No, dije: Cass.

Había un claustro interior por el que paseamos, un pasillo cubierto de losas y con arcadas que rodeaba los cuatro lados de un patio cubierto de gravilla sobre el que se veía el cielo. De la gravilla surgían unas palmeras que crecían en altas macetas que parecían las tinajas de aceite de Alí Babá, y en un espaldar trepaba una variedad de enredadera que florece en invierno, de flores pálidas y abatidas. A pesar del abrigo, tenía frío, pero la hermana Catherine, como supongo que debo seguir llamándola, con su fina rebeca gris, parecía ajena al crudo invierno y a los dedos gélidos e insidiosos del viento.

Al parecer me he equivocado en todo. Nadie sabía lo de su madre y yo. Ella no le contó a nadie lo que había visto aquel día en el lavadero. Estaba encendiendo un cigarrillo y tenía las manos ahuecadas en torno al fósforo, y ahora me miraba de soslayo con el brillo de la Kitty de siempre, desdeñoso y divertido. ¿Por qué, me preguntó, pensaba yo que todo el mundo lo sabía? Lo pensaba, dije perplejo, pensaba que por todo el pueblo se hablaba de cómo su madre y yo nos habíamos comportado tan deshonrosamente durante todo el verano. Negó con la cabeza, apartando una hebra de tabaco del labio. Pero ¿y su padre, dije, no se lo contó a su padre?

—¿Qué..., a papá? —dijo, expulsando una bocanada de humo—. Habría sido el último al que se lo contara. Y aunque se lo hubiera contado, no me habría creído... A sus ojos, mamita no podía hacer nada malo —¿*mamita*?—. Así es como la llamábamos, Billy y yo. ¿Es que no te acuerdas de nada? Es evidente que no.

Seguimos caminando. El viento gemía entre las arcadas de piedra. Yo me sentía tan cohibido como cuando de niño me enfrentaba a las burlas y maliciosas ironías de Kitty. Y qué raro se me hacía, estar allí con ella después de todos esos años, esa persona tan dura y menuda soltando bocanadas de humo como un anticuado tren a vapor y negando con la cabeza alegre y asombrada ante mi ignorancia, ante cómo me había estado engañando. La gente decía que era una chica delicada; evidentemente se equivocaban. Ahora me decía que aunque le hubieran demostrado a su padre que durante meses su esposa había estado haciendo travesuras con un muchacho de... —¿qué edad tenía yo entonces, por cierto?—, él tampoco habría hecho nada, porque amaba tanto a mamita y sentía un respeto tan reverencial hacia ella que se lo habría consentido todo. Mientras hablaba, no mostraba ningún rencor hacia mí, ni hacia el yo que era ahora ni hacia el yo de entonces. Ni siquiera parecía tener la sensación de que yo hubiera hecho algo malo. Yo, por otro lado, sudaba de vergüenza y bochorno. Travesuras.

Pero Marge, dije, parándome en seco al acordarme de repente, su amiga Marge, ¿y ella? Bueno, dijo, parándose también, ¿qué pasa con ella? Sin duda habría contado lo que había visto. Me miró ceñuda, como si yo hubiera perdido la razón.

—¿A qué te refieres? —dijo—. Marge no estaba.

Eso sí que no me lo tragaba. La había visto en la entrada del lavadero, la recordaba claramente, las dos allí de pie, Kitty con sus coletas y sus gafas redondas y la gorda de Marge respirando por la boca, las dos mirando fijamente de una manera boba y un tanto perpleja, como un par de *putti* que por error se han topado con una escena de la crucifixión. Pero no, dijo la monja con firmeza, no, yo me equivocaba, Marge no estaba allí, estaba ella sola en la puerta abierta.

Habíamos llegado a una esquina del patio rectangular en la que había una estrecha ventana en arco sin cristal, una aspillera, o tronera, como creo que se las llama, que ofrecía una vista de la colina hasta donde convergen los tres caminos. Podíamos ver las urbanizaciones apretujadas de techos muy juntos, y los coches aparcados como escarabajos de colores, y los jardines, y las antenas de televisión, y los depósitos de agua que habían brotado como setas. El viento se colaba por la abertura en la piedra, contundente y frío como una cascada de agua, y nos detuvimos y nos inclinamos hacia esa profunda tronera para sentir el inesperado tacto del aire en la cara. La hermana Catherine —no, Kitty, la llamaré Kitty, me parece antinatural no hacerlo—, Kitty se protegía el cigarrillo con la mano y seguía sonriendo divertida ante la enormidad de mis errores, la falsedad de mis recuerdos. Sí, dijo de nuevo alegremente, yo estaba equivocado en todo, en todo. El día en que ella nos pilló en el lavadero no fue el día en que la señora Gray se marchó a casa de su madre, eso fue un mes después, más de un mes, y el señor Gray no cerró la tienda ni puso el cartel de Se Vende hasta mucho después, en Navidad. Por entonces, su madre, que había estado enferma todo el verano, nuestro verano, el suyo y el mío, estaba empeorando rápidamente; todo el mundo se sorprendió de que hubiera durado tanto.

—Gracias a ti, probablemente —dijo Kitty, dándome unos golpecitos con el dedo en la manga del abrigo—, si eso te sirve de consuelo.

Acerqué la cara a la estrecha ventanita y miré hacia el populoso valle. ¡Cuántos, cuántos vivos!

Durante mucho tiempo había sufrido una enfermedad mortal, mi señora Gray, y yo no había tenido ni idea. El niño que había muerto había desgarrado algo en su interior al nacer, y en esa fisura se reunieron las células dementes a la espera del momento oportuno.

—Carcinoma endometrial —dijo Kitty—. Brrr —la recorrió un escalofrío—, ser médico es saber demasiado —su madre murió, dijo, el último día de aquel año. Por entonces mi corazón se había curado, había cumplido los dieciséis, y tenía otros intereses—. Aquel septiembre, tenía frío constantemente —dijo Kitty—, aunque, ¿recuerdas el calor que hizo? Cada mañana mi padre le encendía el fuego y ella se sentaba delante, todo el día envuelta en una manta, mirando las llamas —soltó una risita floja y furiosa por la nariz y negó con la cabeza—. Te esperaba, creo —dijo lanzándome una mirada—, pero nunca viniste.

Dimos media vuelta y seguimos caminando por el patio. Le conté lo del día en que Billy me atacó en la Forja, gritando y llorando y agitando los puños. Sí, dijo Kitty, a él sí se lo había dicho, el único. Le había parecido que se lo debía. No le pregunté por qué. Ahora caminábamos bajo las arcadas, y oíamos nuestras pisadas sobre las losas.

—Echa un vistazo a esas palmeras —dijo, deteniéndose y señalando con el cigarrillo—. ¿No te parece raro, verlas aquí? —Billy murió hace tres años, de algo en el cerebro, un aneurisma, le parecía. No lo había visto en mucho tiempo, casi no lo había reconocido. Su padre sobrevivió a Billy un año—. ¡Imagínate! —ahora todos habían muerto, y ella era la última de la estirpe, y su apellido moriría con ella—. Bueno —dijo—, el mundo no anda muy falto de Grays.

Me habría gustado preguntarle por qué se hizo monja. ¿Cree en todo eso, me pregunto, el pesebre y la cruz, el nacimiento milagroso, el sacrificio, la redención y la resurrección? Si es así, en su versión de las cosas Cass vive eternamente, Cass y la señora Gray, y el señor Gray y Billy, y mi madre y mi padre, y el padre y la madre de todos, a lo largo de todas las generaciones, hasta llegar al Edén. Pero ése no es el único cielo posible, ni el más alto. Entre los prodigios que Fedrigo Sorrán me contó aquella noche nevada en Lerici está la teoría de los mundos múltiples. Algunos sabios sostienen que existe una multiplicidad de universos, todos presentes, todos desarrollándose al mismo tiempo, en los que todo lo que podría ocurrir ocurre. Al igual que en la abarrotada planicie paradisíaca de Kitty, en alguna parte de esta realidad de infinitas capas e infinitas ramificaciones, Cass no murió, su hijo nació, Svidrigailov no fue a los Estados Unidos; y también en alguna parte la señora Gray sobrevivió, quizá todavía sobrevive, aún es joven y me recuerda, como yo la recuerdo a ella. ¿En qué reino eterno creeré, cuál elegiré? Ninguno, pues todos mis muertos están vivos conmigo, para quien el pasado es un presente luminoso y eterno; para mí están todos vivos pero ausentes, excepto en el frágil más allá de estas palabras.

Si debo elegir un recuerdo de la señora Gray, mi Celia, un último recuerdo, de mi desbordante provisión, entonces ahí va. Estábamos en el bosque, en la casa de Cotter, sentados desnudos en el colchón, o ella estaba sentada, mientras que yo me había medio recostado en su regazo con los brazos un tanto enroscados en sus caderas y la cabeza sobre su pecho. Yo miraba hacia arriba, más allá de sus hombros, hacia donde veía el sol colándose por una abertura en el techo. No debía de ser más grande que el ojo de una aguja, pues el haz de luz que lo atravesaba era muy fino, pero intenso, y proyectaba unos rayos que apuntaban en todas direcciones, de manera que a cada diminuto cambio en el ángulo de mi cabeza se formaba una rueda que ardía de manera violenta y temblorosa y que giraba, se detenía y volvía a girar, como la rueda dorada de un enorme reloj. Me sorprendió ser el único testigo de ese fenómeno desencadenado en ese punto insignificante por la conjunción de las grandes esferas del mundo; y es más, ser yo el creador, que fuera mi ojo el que lo generara, que nadie más que yo lo viera o lo conociera. Justo en aquel momento la señora Gray desplazó el hombro, apagando el haz de sol, y la rueda dentada desapareció. Mis ojos deslumbrados se apresuraron a adaptarse a la forma sombría que había sobre mí, y rápidamente pasó el momento del eclipse y allí estaba ella, inclinándose hacia mí, sujetándose el pecho izquierdo con tres dedos separados y ofreciéndolo a mis labios como si fuera una preciada y lustrosa calabaza. De todos modos, lo que vi, o lo que veo ahora, es su cara, en escorzo, ancha e inmóvil, los párpados caídos, la boca sin sonrisa, y la expresión que hay en ella, pensativa, melancólica y distante, como si ella no me contemplara a mí, sino algo que había más allá de mí, algo lejano, muy lejano.

Kitty me despidió en una esquina del claustro, a través de una poterna... Ah, cómo me gustan las palabras antiguas, cómo me consuelan. Yo jugueteaba con el sombrero, los guantes, de repente no era más que un viejo nervioso. No sabía qué decirle. Nos estrechamos la mano rápidamente y di media vuelta y fue como si rodara por aquella colina, y pronto volví a encontrarme entre aquellas calles míseras e imperfectas.

Me voy a los Estados Unidos. ¿Encontraré allí a Svidrigailov? A lo mejor sí. JB y yo vamos a viajar juntos, una pareja bastante variopinta, lo sé. Hemos depositado nuestra fe en la generosidad del catedrático Blank, nuestro anfitrión putativo en la Axelvanderfest de Arcadia, donde me han dicho que no hay estaciones. Tenemos el pasaje reservado, las maletas hechas, y estamos impacientes por embarcar. Sólo nos queda rodar la escena final, aquella en que Vander va a despedirse de Cora, la trágica muchacha que murió de amor por él. Sí, Dawn Devonport ha vuelto a los platós. Al final fue Lydia, naturalmente, quien la convenció para que regresara entre los vivos. No preguntaré qué trato hicieron en la guarida de su cocina, entre libaciones de té y vapores sacrificiales de humo de cigarrillo. Prefiero esperar en los bordes de luz mientras ellos amortajan a la estrella en su sudario y le aplican los últimos toques de maquillaje, y pensaré, mientras permanezco allí, antes de avanzar para inclinarme hacia ella y besar su frente fría y pintada, que un plató de cine a lo que más se parece es a una escena de la Natividad, ese lugar poco iluminado rodeado de figuras atentas y borrosas.

Billie Stryker pronto emprenderá también un viaje, a Amberes, Turín, Portovenere. Sí, le he encargado que siga cualquier rastro de baba que Axel Vander pudiera haber dejado en esa ruta hace diez años. Más asuntos pendientes. No quiero pensar qué cosas sacará a la luz, pero he de saberlas. Me temo que todavía queda mucho por descubrir. Está impaciente por salir, tiene muchas ganas de alejarse de ese marido que tiene, no lo dudo. Le he cedido todo lo que me habían pagado por interpretar a Vander estas últimas semanas. ¿Qué mejor uso puedo darle a tan deshonrosa paga? Billie, mi sabueso.

Cuando yo era niño, al igual que Cass, sufría de insomnio. Creo que en mi caso quería permanecer despierto de manera deliberada, pues tenía pesadillas, y era presa de un permanente temor a morir de repente. Recuerdo que nunca dormía del lado izquierdo, convencido de que si el corazón me fallaba mientras dormía, me despertaría y sentiría que se paraba y sabría que iba a morir. No sabría decir a qué edad sufría esta dolencia; probablemente fue en la época en que murió mi padre. Si es así, añadía al tormento de mi madre por su reciente pérdida el atormentarla con mi vigilia, noche tras noche. Le suplicaba que dejara abierta la puerta de su dormitorio para poder llamarla cada pocos minutos y asegurarme de que estaba despierta. Con el tiempo, exhausta sin duda por su propio dolor y las desconsideradas molestias que yo le provocaba, acababa durmiéndose, y yo me quedaba solo, con los ojos como platos y los párpados que me ardían, acurrucado bajo la asfixiante manta negra de la noche. Y así permanecía, aterrorizado y angustiado, todo el tiempo que era capaz de soportarlo, que no era mucho, y entonces me levantaba y me iba a la habitación de mi madre. La convención era, y nunca variaba, que yo me había quedado dormido y me había despertado una de mis pesadillas. Pobre mamá. No me permitía meterme en la cama con ella, era una regla que había impuesto, ella, que nunca imponía nada, pero me entregaba algo, una manta o un edredón, para que lo colocara en el suelo y me echara junto a la cama. Entonces alargaba un brazo desde debajo de su tapamiento y me acercaba uno de sus dedos para que lo agarrara. Con el tiempo, cuando ese ritual se convirtió en norma, y yo pasaba una parte de la noche en el suelo, junto a su cama, agarrado a su dedo, utilicé una ropa de cama distinta. Encontré un saco de dormir de lona en el desván —algún inquilino debía de haberlo dejado allí— y lo guardé en un armario, y lo arrastraba conmigo al dormitorio de mi madre y me metía dentro y me echaba en mi sitio en el suelo, junto a su cama. Aquello duró meses, hasta que al final debí de superar una barrera, llegué a una fase nueva y más aplomada del crecimiento y me quedé en mi habitación, durmiendo en mi propia cama. Y entonces, años más tarde, una de esas noches de agonía posteriores a la marcha de la señora Gray, me descubrí hurgando en el armario en busca de ese viejo saco de dormir, y al encontrarlo me fui a rastras, entre sollozos ahogados, a la habitación de mi madre y lo extendí en el suelo, como antes. ¿Qué pensó mi madre? Creo que dormía, pero al poco —¿sabía que yo estaba llorando?— oí un susurro y su mano salió de debajo de las sábanas y me tocó en el hombro, ofreciéndome el dedo para que lo agarrara, como antaño. Me quedé rígido, por supuesto, y aparté la mano, y al cabo de unos momentos ella retiró la suya y se dio la vuelta, suspiró y pronto estaba roncando. Observé la ventana que había encima de mí. La noche terminaba y nacía el alba, y la luz, aún vacilante, una leve efulgencia, se filtraba en torno a los bordes de la cortina. Me dolían los ojos de llorar y tenía la garganta hinchada e irritada. Lo que yo creía que no podía terminar había terminado. ¿A quién amaría ahora, y quién me amaría a mí? Escuché roncar a mi madre. A causa de su aliento, el aire de la habitación olía a rancio. Un mundo terminaba, sin ruido. Volví a mirar hacia la ventana. La luz que bordeaba las cortinas ahora era más intensa, una luz que de algún modo parecía temblar dentro de sí misma a medida que se afianzaba, y fue como si un ser radiante avanzara hacia la casa, sobre la hierba gris, a través del patio cubierto de musgo, y desplegara sus grandes y temblorosas alas, y esperándolo, esperándolo, me adentré sin darme cuenta en el sueño.

Sobre el autor

John Banville nació en Wexford, Irlanda, en 1945. Ha trabajado como editor de *The Irish Times* y es habitual colaborador de *The New York Review of Books*. Fue finalista del Premio Booker con *El libro de las pruebas* (1989), premio que obtuvo en 2005 con la novela *El Mar*, consagrada además, por el Irish Book Award como mejor novela del año. Entre sus novelas destacan también *El Intocable, Eclipse, Imposturas* y *Los infinitos*. En 2011 recibió el prestigioso Premio Franz Kafka, considerado por muchos como la antesala del Premio Nobel, y en 2012 el escritor Javier Marías lo nombró duque del Reino de Redonda, un reconocimiento personal a sus escritores admirados. Bajo el seudónimo de Benjamin Black, ha publicado en Alfaguara, con gran éxito de público y de crítica, *El lémur* (2009) y la serie de novela negra protagonizada por Quirke —*El secreto de Christine* (2007), *El otro nombre de Laura* (2008), *En busca de April* (2011), elegida como una de las mejores novelas del año por *Qué leer*, y *Muerte en verano* (2012)— que próximamente será llevada a la televisión por la BBC británica. *Antigua luz*, es su última y esperada novela.

Alfaguara es un sello editorial del Grupo Santillana

www.alfaguara.com

Argentina
www.alfaguara.com/ar
Av. Leandro N. Alem, 720
C 1001 AAP Buenos Aires
Tel. (54 11) 41 19 50 00
Fax (54 11) 41 19 50 21

Bolivia
www.alfaguara.com/bo
Calacoto, calle 13 n° 8078
La Paz
Tel. (591 2) 279 22 78
Fax (591 2) 277 10 56

Chile
www.alfaguara.com/cl
Dr. Aníbal Ariztía, 1444
Providencia
Santiago de Chile
Tel. (56 2) 384 30 00
Fax (56 2) 384 30 60

Colombia
www.alfaguara.com/co
Carrera 11A, n° 98-50, oficina 501
Bogotá DC
Tel. (571) 705 77 77

Costa Rica
www.alfaguara.com/cas
La Uruca
Del Edificio de Aviación Civil 200 metros
  Oeste
San José de Costa Rica
Tel. (506) 22 20 42 42 y 25 20 05 05
Fax (506) 22 20 13 20

Ecuador
www.alfaguara.com/ec
Avda. Eloy Alfaro, N 33-347 y Avda. 6 de
  Diciembre
Quito
Tel. (593 2) 244 66 56
Fax (593 2) 244 87 91

El Salvador
www.alfaguara.com/can
Siemens, 51
Zona Industrial Santa Elena
Antiguo Cuscatlán - La Libertad
Tel. (503) 2 505 89 y 2 289 89 20
Fax (503) 2 278 60 66

España
www.alfaguara.com/es
Avenida de los Artesanos, 6
28760 Tres Cantos, Madrid
Tel. (34 91) 744 90 60
Fax (34 91) 744 92 24

Estados Unidos
www.alfaguara.com/us
2023 N.W. 84th Avenue
Miami, FL 33122
Tel. (1 305) 591 95 22 y 591 22 32
Fax (1 305) 591 91 45

Guatemala
www.alfaguara.com/can
26 avenida 2-20
Zona n° 14
Guatemala CA
Tel. (502) 24 29 43 00
Fax (502) 24 29 43 03

Honduras
www.alfaguara.com/can
Colonia Tepeyac Contigua a Banco Cuscatlán
Frente Iglesia Adventista del Séptimo Día,
  Casa 1626
Boulevard Juan Pablo Segundo
Tegucigalpa, M. D. C.
Tel. (504) 239 98 84

México
www.alfaguara.com/mx
Avda. Río Mixcoac, 274
Colonia Acacias, C.P. 03240
Benito Juárez, México D.F.
Tel. (52 5) 554 20 75 30
Fax (52 5) 556 01 10 67

Panamá
www.alfaguara.com/cas
Vía Transísmica, Urb. Industrial Orillac,
Calle segunda, local 9
Ciudad de Panamá
Tel. (507) 261 29 95

Paraguay
www.alfaguara.com/py
Avda. Venezuela, 276,
entre Mariscal López y España
Asunción
Tel./fax (595 21) 213 294 y 214 983

Perú
www.alfaguara.com/pe
Avda. Primavera 2160
Santiago de Surco
Lima 33
Tel. (51 1) 313 40 00
Fax (51 1) 313 40 01

Puerto Rico
www.alfaguara.com/mx
Avda. Roosevelt, 1506
Guaynabo 00968
Tel. (1 787) 781 98 00
Fax (1 787) 783 12 62

República Dominicana
www.alfaguara.com/do
Juan Sánchez Ramírez, 9
Gazcue
Santo Domingo R.D.
Tel. (1809) 682 13 82
Fax (1809) 689 10 22

Uruguay
www.alfaguara.com/uy
Juan Manuel Blanes 1132
11200 Montevideo
Tel. (598 2) 410 73 42
Fax (598 2) 410 86 83

Venezuela
www.alfaguara.com/ve
Avda. Rómulo Gallegos
Edificio Zulia, 1°
Boleita Norte
Caracas
Tel. (58 212) 235 30 33
Fax (58 212) 239 10 51

Antigua luz

Esta obra se terminó de imprimir en Agosto de 2012
en los talleres de Impresora Tauro S.A. de C.V.
Plutarco Elías Calles No. 396 Col. Los Reyes Iztacalco
Delg. Iztacalco C.P. 08620. Tel: 55 90 02 55